Adolfo Bioy Casares:
Historias de amor

El Libro de Bolsillo
Alianza Editorial
Madrid
Emecé Editores
Buenos Aires

Primera edición en "El Libro de Bolsillo": 1975
Segunda edición en "El Libro de Bolsillo": 1981

© Emecé Editores, S. A., Buenos Aires, 1972
© Alianza Editorial, S. A., Madrid, 1975, 1981 (por acuerdo
  con Emecé Editores, S. A.)
Calle Milán, 38; ☎ 200 00 45
ISBN: 84-206-1589-7
Depósito legal: M. 4361-1981
Impreso en Artes Gráficas Ibarra, S. A.
Printed in Spain

Por la ventana llega el rumor del agua, casi inmóvil, y veo, delicadamente desdibujada, la ribera opuesta, verdosa o azul en la tarde, con las primeras luces titilando en el camino que va a Niza y a Italia. Diaríase que no hay límites para la paz de este golfo de Saint-Tropez, pero aquí estoy yo, sin embargo, procurando componer las frases, para reprimir un poco la angustia. Me repito que al término de la narración he de encontrar la salida de esta maraña. Lo malo es que mi maraña se compone únicamente de vacío y descampado, y no sé cómo uno puede salir cuando ya está fuera.

Nos instalamos en el Aïoli, el otro domingo. Amalia, en seguida, quedó embelesada con los muebles y con los cuadros del hotel. Yo le porfío que en materia hotelera sólo cuentan las comodidades, pero debo reconocer que en este aspecto nuestro alojamiento no envidia a ninguno. Muy pronto nos vinculamos a un interesante grupo internacional, integrado por Mme. Verniaz, la mecenas de Ginebra, que no se cansa de agasajar en París a los poetas; sus protegidos, Clarence y Clark, famosos tenistas australianos, a quienes la crítica augura, si perseveran en el juego en pareja (lo que yo tengo por probable), el campeonato mundial de dobles; Bárbara, llamada por los ingleses *Aussie* y por los franceses *Aussi*, una muchacha de Arkansas, una estatua, habría que decir —sin otro defecto que el de estar noche y día al pie de los australianos—, más alta que yo, con el pelo negro, con los ojos celestes y con la piel mejor tostada que he visto: el doctor Cesare Vittorini, hombre joven, pero de lo más apagado, aunque me aseguran que es una celebridad en no sé qué sanatorio de Florencia; y algún otro personaje, no menos pintoresco para quien lo trata. De mañana el grupo se reúne en una playa de verdadera arena, próxima a Sainte-Maxime; a la tarde nos dedicamos al tenis, como jugadores los unos, como espectadores los otros, en el pinar de Beauvallon y a la noche recorremos los casinos o llegamos a Super-Cannes, donde suelen tocar *A media luz, Garufa, Adiós muchachos* y, cuando ando con suerte, *Don Juan*. Ni qué decir que ofrezco a los compañeros lecciones de tango con corte. En toda la zona abundan los *fruits de mer, bouillabaisse*, la *quiche varoise*, la becasina *flambée* y el vinito de Gassin; de modo que yo no me quejo.

En cuanto a mi amiga, declaro que nunca estuvo tan linda, ni tan alegre, ni tan dulce. Esto no tendría nada de extraordinario si la pobre durmiera bien; pero el aire de mar, aunque el de aquí no es el de Mar del Plata, la desvela y noche a noche toma pastillas. Los muchachos del Richmond me habían asegurado: «Hay que viajar solo. Si cargas con mujer, acabas loco y aborreciéndola.» Que haya ventajas en viajar solo, no lo niego; pero a lo largo del itinerario —y no es poco lo recorrido antes de llegar a Saint-Tropez— nunca tuve ganas de librarme de Amalia. El mérito, sin duda, le corresponde a ella. ¿Por qué negarlo? Yo la miro con orgullo patriótico. Se habla de la República Argentina, más conocida en estos parajes por Sudamérica, y lo que realmente espera el extranjero es que Amalia y yo seamos un par de negros. Quedan boquiabiertos cuando la ven, con ese aire de inglesita fina (que a mi lado se acentúa, por contraste), blanca, rosada, con el pelo de oro y los ojos azules.

Ayer de mañana, en la playa, nos encontramos con el cuadro habitual: Clarence y Clark, alejándose por las aguas en *pédalo,* Mme. Verniaz, proponiendo a los rayos solares la plenitud del cuerpo, el doctor Vittorini, absorto en algún árido opúsculo. Desde luego, para quien tiene ojos, cada día trae su novedad. La de ayer consistió en que Bárbara no escoltaba, siquiera a la distancia, a la pareja australiana, sino que se paseaba ansiosamente por la ribera, con algo de leona joven. Tenía que ir a Sainte-Maxime antes del mediodía —explicaba a quien la oyera—, antes de que cerraran las tiendas, para buscar unas raquetas que ella había dejado para encordar y que sus amigos necesitaban a la tarde, para un importante partido de entrenamiento. Como hacía calor, mientras yo oía esta cháchara, mi atención pregustaba con delicia la inminente frescura del mar. Vittorini cerró el libro y me preguntó:

—¿No comprende que la muchacha está desesperada porque la lleven? Usted, que tiene coche, hágase ver.

Antes de que yo encontrara respuesta, Bárbara me tomó de las manos y exclamó:

—Gracias, gracias.

Amalia fue la única en defenderme:

—No sean malos —dijo—. Al pobre no le gusta perder un baño.

—¿Y su Alfa Romeo? —pregunté a Vittorini.

—Prometo que mañana estará a disposición de quien lo requiera —contestó, con irritante solemnidad—. Hoy los mejores mecánicos de la zona lo ponen a punto, lo afinan. Un motor nervioso, usted sabe, tiene exigencias.

Como en la hora de la derrota es inútil andar con rodeos, subí los pantalones, bajé el *pull-over* y dije, con la satisfacción de colocar un epigrama:

—*Après vous.*

La verdad es que esta gente no sabe que para el criollo una frase en otro idioma siempre tiene algo de cómico. Para juntar fuerzas olí el pañuelo, empapado en agua de Colonia, y seguí a la muchacha hasta los pinos, a cuya sombra habíamos dejado el Renault. ¿Recuerdan el lugar? Es tan hermoso que infaliblemente serena el ánimo de quien lo mira. Yo no lo miré. En el breve trayecto manejé de manera automática y, en cuanto a Bárbara, la atendí apenas. Crispado, tenso, pensaba que si Amalia y yo partíamos en la fecha fijada no cumpliríamos con los veintiún años que prescribe la hidroterapia.

Ocurrió lo que debía ocurrir. En Sainte-Maxime nos encontramos con que la casa de las raquetas había cerrado, y cuando llegamos de vuelta a nuestro punto de partida, Bárbara declaró:

—Yo no bajo. Con las manos vacías no me presento ante Clarence y Clark. No tengo valor. No bajo.

Esta actitud, minutos antes, me hubiera indignado; pero no hay duda de que en un lapso muy corto se operó en mi ánimo un cambio radical. Yo explicaría el fenómeno por los tamaños relativos del Renault y de Bárbara. Los Renault que uno alquila para viajar por Europa corresponden al modelo pequeño. Créanme, adentro de ese cuartito —nuestro automóvil— la muchacha resultaba inmensa e inmediata. Para que Amalia y los amigos no nos vieran desde la playa y pensaran quién sabe qué, puse de nuevo en marcha el automóvil, volví al camino y, poco después, distraídamente, enfilé por uno lateral que se internaba en el *arrière pays*. Por un rato bastante largo guardamos un silencio notable. Nada mejor puede uno hacer en medio de esa belleza tan delicada y tranquila.

No he de hallarme del todo libre del *snobismo* del individuo que por haber pasado una temporadita en un lugar se cree conocedor y señala matices meritorios; pero habla mi corazón cuando afirmo que a la variada y espectacular perfección de la costa, con las rocas que recortan la intensidad de sus rojos contra el azul del cielo y bajo el azul del mar, prefiero la quietud bucólica de estos valles con olor a pasto, de estos caminos empinados, de estos pueblecitos viejos y humildes que ahí nomás, del otro lado de un recodo, están enclavados en el fin del mundo.

—Me muero por hacer una proposición deshonesta
—dije en la pendiente de Grimaud.

—Ten cuidado —contestó Bárbara— porque voy a
aceptarla.

Detuve el coche y, como en las películas, caímos uno
en brazos del otro. No caímos también en el fondo del
barranco porque empuñé a tiempo la palanca del freno.
En Grimaud —uno de los famosos *villages perchés*—,
luego de contemplar el panorama de sierras, valles y
mar, bajamos en el Belvedere. Pregunté a la patrona si
podía alquilarnos un cuarto.

—Eso no es difícil —respondió.

Llamó a una muchacha, le entregó una llave, le dijo:

—Denise, el once para el señor y la señora.

Seguimos a Denise por una escalera, por un corredor,
hasta la puerta del once. La muchacha la abrió, encendió
la luz, y lo primero que vi fue el deslumbrado rostro de
Bárbara. En verdad, no esperaba uno encontrar dentro
de las cuatro paredes de un hotelito de aldea ese dormitorio admirable. Cubrían el balcón unas cortinas de seda
rosada, y el empapelado, de tono gris, tenía escenas que
recordaban a Fragonard y a Watteau. En algún momento, Bárbara apagó la luz y en otro abrió las cortinas; en
el intervalo de penumbra enfrenté los botones del vestido; no los conté, pero afirmo que había más de veinte.
Esos botones impusieron un alto, que me permitió va-
lorar mi suerte. Después todo pasó como un sueño. La
moraleja del episodio es que las vírgenes y los mejores
premios de la fortuna se nos dan gratuitamente, y que
tal vez para restablecer el equilibrio de la justicia res-
balan como el agua entre las manos. Yo flotaba aún,
mirando el techo, por íntimas lejanías, cuando Bárbara
habló:

—Tengo hambre —dijo—. Vamos a almorzar. Hasta
las dos no abren, y yo no me presento sin raquetas ante
Clarence y Clark.

Confieso que el tema de las raquetas me halló menos
dispuesto a la credulidad que en ocasiones anteriores.
Pensé en Amalia; me dije que yo no debía esperar que
las mujeres velaran por su dicha; eso me tocaba a mí.

También pensé que el impedir que se completaran y llegaran a su natural perfección los momentos felices de la vida era un error, de modo que apreté el timbre y ordené a Denise el almuerzo, que un rato después, en un jardín pequeño y muy florido, comimos alegremente.

A las dos y medias pasadas recogimos las raquetas. En el trayecto de vuelta, Bárbara me dijo:

—A ver, mírame.

Sacó el pañuelo de mi bolsillo y me limpió los labios.

—Ahora ¿qué hago? —preguntó, mostrando las manchas rojas del pañuelo.

—Lo tiras —contesté.

Con expresión tensa, Bárbara lo olió, hundiendo la cara en él; al cruzar un puente lo arrojó. Me excuso por relatar pormenores como éstos; indudablemente, son un poco ridículos, pero quedan en la memoria de un hombre, y cuando reconoce que, a pesar de todo, en la vida hubo dulzuras y que vivirla valió la pena, ténganlo por seguro, está pensando en ellos. Dejé a Bárbara en la casa de Mme. Verniaz, en la misma playa de Beauvallon; vale decir que antes de llegar a mi hotel tuve que rodear el golfo. En el trayecto desperté a las responsabilidades. El primer amor, me dije, es cosa grave para una muchacha; mañana mismo la llevaré aparte y, con palabra atinada, pero firme, le anunciaré que no la quiero. Me invadió entonces una auténtica melancolía, atenuada por la satisfacción de prever mi conducta abnegada y varonil. Suspirando, llegué a la conclusión de que debemos tratar considerablemente a las mujeres porque son tan frágiles como respetables.

El recibimiento de Amalia me sorprendió de manera ingrata. Hasta entonces mi día había sido casi perfecto, y, no lo niego, me dolió que la persona más allegada mostrara esa falta absoluta de simpatía. Aquello fue un balde de agua.

—Qué desconsideración —exclamó Amalia—. Te esperé hasta no sé qué horas. Pensé que habrías tenido un accidente. Menos mal que Vittorini me acompañó; si no, tengo que dejar las cosas. Cargados como dos mulas nos arrastramos hasta el camino. Ahí hubo que esperar el óm-

nibus. No te digo lo que esperamos al rayo del sol.
Cuando llegamos al hotel no querían servirnos. ¿Cómo
iban a servir el almuerzo a la hora del té? Qué desconsideración la tuya.

Etcétera.

Ustedes lo saben: yo estaba dispuesto a sacrificar a
Bárbara, a cerrar los ojos al resplandor de su generosa
juventud, a volver a Amalia con naturalidad, como quien
retoma el destino, a exprimir la imaginación hasta in-
ventar una sarta de contratiempos que justificaran, bien
o mal, la demora. Traía la firme resolución de mentir,
pero mis intenciones, por inmejorables que fueran, se
estrellaron contra aquel recibimiento —¿cómo diré?—
refractario. El sacudón debió de cambiar algo dentro de
mi cerebro, porque vi el problema bajo una nueva luz.
¿Por qué nunca hacer lo que uno siente?, me pregunté. ¿Por qué vivir en la mentira? Abrí la boca y la hallé
tan seca que volví a cerrarla, como si me faltara el
coraje. Amalia lanzó otras andanadas de reproches. Recordé a Bárbara. El detalle físico, me dije, carece tal vez
de importancia, pero la manera, ¡qué elegante y qué
espléndida! ¡Bárbara no tuvo una duda, no se hizo valer, no puso condiciones! Me quiere la mejor muchacha
del mundo y le vuelvo la espalda. ¿Por qué? Por la pereza de provocar un momento desagradable.

Amalia no compartía esa pereza. Para no ser menos,
me erguí noblemente y, en tono tranquilo, articulando
las palabras con nitidez, repliqué a su lluvia de ex
abruptos:

—Te aseguro que no me demoré un minuto más de
lo que tardamos Bárbara y yo en descubrir que nos queremos.

Ya estaba dicho.

—No entiendo —declaró Amalia, con ingenuidad.

Repetí la frase.

—¿Hablas en serio? —preguntó.

—Sí —contesté.

Entré en el baño para lavarme los dientes. Cuando
volví al dormitorio, Amalia estaba echada en el suelo
boca abajo. A su lado vi el tubo de somnífero. Lo le-

vanté. No quedaba una sola pastilla. Inmediatamente perdí la cabeza. Tomé a Amalia por los hombros, la sacudí, le grité que no me hiciera eso. La llamé por un nombre que sólo empleo cuando nadie nos oye. Le pregunté cómo pudo creer que una chiquilla como Bárbara iba a reemplazarla en mi afecto, si ella era toda mi vida, estaba en todos mis recuerdos. Corrí al baño, llené el vaso, le eché agua en la cara. Abrí la puerta para gritar por los corredores, pero esa repulsión nacional contra el escándalo que tenemos los argentinos me detuvo. Recordé que nuestro amigo Vittorini era médico. Fui a golpear a su puerta. Cuando abrió murmuré:

—¡Amalia!

Debió de comprender en seguida, porque echó a correr y llegó al cuarto antes que yo. Desde un principio me trató descomedidamente. Cuando ya no fue indispensable mi ayuda, me expulsó del cuarto. No le pedí explicaciones, porque entendí que las circunstancias exigían la postergación de toda cuestión personal. Quedé en el corredor, sentado en un banco, del otro lado de la puerta cerrada, dialogando en mi mente con la providencia y con Amalia, rogándoles que me castigaran como quisieran, con tal de que no ocurriese nada malo, nada malo.

A las cinco o seis, Vittorini salió del dormitorio para correr hasta el suyo a buscar una medicina. Le intercepté el paso.

—¿Cómo vamos, doctor? —pregunté—. ¿Puedo verla?

—No me parece conveniente —contestó—. Hay que dejarla tranquila. Usted provocó todo, y su reaparición (¡las mujeres son tan raras!) podría conmoverla.

—Pero ¿cómo vamos, doctor? —repetí.

—Ella va relativamente bien —contestó, como si me dijera: no me soborna incluyéndose o incluyéndome en el plural de ese verbo *vamos*—. Entienda que todo diagnóstico es aún prematuro. Dése una vuelta, tome aire. Su presencia aquí no sirve para nada.

No hablaba Vittorini, hablaba el médico, y en ese momento yo estaba en su poder. Salí del hotel sin rumbo fijo. Recuerdo que pensé: «Tiene razón. Mi presencia aquí no sirve para nada. Tanto hubiera valido que bajara hasta la playa a tomar el baño que esta mañana perdí. Ya es tarde.» Fue un día rarísimo. Vagabundeando, llegué hasta el puerto, miré los barcos y desarrollé la peregrina teoría, que entonces me impresionó vivamente, de que los barcos eran símbolos de nuestras esperanzas y de nuestros terrores. Luego me entró sed, no sed de alcohol, como correspondía a un individuo un poco desesperado, como yo, sino sed de agua. En uno de los cafés que hay frente a la plaza, acodado a una mesa, afuera, bebí una Badois, y, como si en ello me fuera la vida, estuve siguiendo el partido de unos viejos que jugaban a las bochas con bochas de metal. Por detalles como éste uno descubre que está soñando, reflexioné cuando regresaba. En verdad, todo el día parecía un sueño. De pronto me dije: «Con tal de que pensar estas tonterías no me traiga mala suerte. Con tal de que tardar tanto no me traiga mala suerte. Con tal de que no haya pasado nada malo.» El miedo lo vuelve a uno supersticioso. Desde lejos miré el hotel, como si esperara discernir en las ventanas o en las paredes un signo revelador, y cuando entré corrí hasta la escalera, temeroso de que al verme algún señor de la recepción exclamara: «Estoy desolado. Ha ocurrido una gran desgracia...» Por fin llegué a mi banco; suspiré con alivio, como quien se ha expuesto a un riesgo y se ha salvado. Del otro lado de la puerta el silencio del dormitorio parecía total.

Al rato llamaron a comer. Yo no me moví de mi puesto porque pensé: «Con esta hambre voy a comer como un cerdo, y eso, inevitablemente, traerá mala suerte.» En alguna parte había un reloj que daba las horas, las medias y los cuartos. Hasta anoche yo nunca lo había oído. A las dos apareció el sereno con una bandeja con café, *sandwiches*, bizcochos y tostadas. Lo que son las cosas: me paso la vida diciendo que el café es agua sucia y que las tostadas huelen a repasador húmedo, pero debo reconocer que anoche el café y las tostadas despedían un aroma exquisito. El sereno llamó a la puerta. Cuando Vittorini recibió la bandeja, le pregunté:

—¿Cómo vamos?

—Mejor. Pero ¿qué hace usted aquí? ¿No le dije que saliera?

—Salí y volví.

—Y ahora ¿por qué no se va a la cama? Disponga de mi dormitorio.

—Bueno, pero déjeme entrar, aunque sea para sacar la ropa. Estoy con lo puesto desde que me levanté.

—No está muy elegante, que digamos, pero no necesita el *smoking* para dormir.

Cerró la puerta. Yo me fui al dormitorio indicado. Si conseguía echar un sueño, el tiempo pasaría... En cuanto me tiré en la cama advertí el error. En el trayecto me desvelé. Más me hubiera valido no dejar el banco, pues la cama de Vittorini me resultaba francamente maléfica. Por de pronto, calculé que el reloj tardaba una hora en dos cuartos. Además me había invadido una tristeza pesada y concreta, como una piedra. Tan pesada, que la luz del alba, después de esa enorme noche, me encontró inmóvil en la cama. Inmóvil y con los ojos abiertos quedé hasta que apareció Vittorini con la noticia de que Amalia ya estaba bien. No había concluido de expresarle mi júbilo cuando tuve una ocurrencia desafortunada: para no darle el gusto de postergar otra vez mi entrada en el cuarto, la postergaría yo mismo.

—¿Qué le parece —pregunté— si ahora corro a la playa, me doy un remojón, vuelvo a mediodía, descansado y sin penas, un hombre nuevo, para presentarme ante Amalia?

—Haga lo que tenga ganas —respondió secamente.

En cuanto llegué a la playa me zambullí. Fuerza es declararlo: el baño de mar obra en mi organismo como una panacea, aunque si lo prolongo por demás trae la secuela infalible de dolores reumáticos. Al salir del agua era otra persona. Afirmaba mis pies en la arena, me había liberado de la ansiedad supersticiosa y no veía razón —puesto que Amalia estaba sana— para descartar a Bárbara. Confieso que miré a la muchacha con alguna curiosidad porque temí que no fuera tan linda como yo creía. Ahora doy fe de su hermosura. Me costó bastante apartarla del grupo.

—¿Hoy almorzamos de nuevo en Grimaud? —le pregunté, ni bien caminamos unos metros.

Bárbara agarró mi brazo.

—Procura ser indulgente —pidió—, porque debo decir algo que me cuesta mucho: no te quiero.

Logré balbucear:

—¿Entonces lo de ayer?

—Lo de ayer es un buen recuerdo. Clarence, tú lo conoces, con ese horror por ciertas cosas, me dijo: Hasta que no seas mujer no te casas conmigo. Ahora está conforme. Te lo debo a ti. Promete —porque todo fue maravilloso— que no estarás triste, que guardarás un buen recuerdo.

Insistió con el buen recuerdo varias veces. El resto requiere pocas palabras. Un tanto alelado emprendí el regreso, pero antes de entrar en el hotel me convencí de que la mujer que yo siempre había querido era Amalia. En el Aïoli, uno de los señores de la recepción me alargó un sobre. Abrí el sobre y leí estas líneas, que Amalia ha escrito de su puño y letra: «Disculpa la locura de ayer. Te juro que la encuentro injustificada. ¿Por qué pretender que tu vida se detenga en mí? Hoy entiendo que no sólo tu vida, sino la mía, debe continuar. Por eso me voy con Cesare.» ¿No es increíble? Desde no sé cuándo estoy releyendo el papel. ¿Cómo Amalia pudo irse con Vittorini? ¿No sabe que es un extraño? Sin embargo, salta a la vista... Yo, en un minuto, la convencería; pero no hay que soñar en alcanzarla; ahora vuela, quien sabe por dónde, en el Alfa Romeo de ese demonio. Si por lo menos yo encontrara la manera de esfumarme en el acto... Antes debo pagar las cuentas y dar las propinas. Habrá, pues, que aguantar que estos extranjeros, con aire de no saber nada, me miren y se miren. La verdad es que hasta al hombre más cobarde le llega la hora de hacer frente. Yo no soy cobarde. Cuando sea menester me cuadraré, si no queda otro remedio.

Todavía hoy lamento que mi madre no me diera una hermana. Si yo pudiera convertir en hermana a cualquiera de las mujeres que trato, elegiría a Verónica. Admiro en ella la aptitud para tomar decisiones (qué tranquilidad vivir al lado de alguien así), la condición de buena perdedora, la muy rara de mantener en las mayores tristezas la urbanidad, el ánimo para descubrir detalles absurdos, aun para reír, y una ternura tan diligente como delicada. Creo que siempre la he conocido —yo diría que los inviernos de mi infancia pasaron en casa de Verónica, en el barrio de Cinco Esquinas, y los veranos en la quinta de Verónica, en Mar del Plata—, pero la belleza de mi amiga guarda intacto el poder de conmoverme. En sus ojos verdes brilla por momentos una honda luz de pena que infunde en su rostro insólita gravedad; un instante después la luz que reflejan esos mismos ojos es de alegre burla. Con Verónica uno se habitúa a estos cambios y, con otras, los extraña. Como ocurre con las mujeres que nos gustan, todo me gusta de ella, desde el color oscuro del pelo hasta el perfume

19

que sus manos dejan en las mías. En la época de este
relato, con veintiocho años y cuatro hijos, Verónica parecía una adolescente.

Durante mucho tiempo, todos los domingos, comí en
su casa, pero la vida, que nos aparta de nuestros her-
manos de sangre y de elección, rompió ese rito. No sé
cuántas veces determiné reanudarlo el próximo domingo; otras tantas olvidé o diferí el propósito. Luego Verónica se casó; se rodeó de hijos y de hijas; fue feliz.
Alguna tarde vi la familia de paseo en Palermo en un
largo automóvil, un Minerva, que ya entonces tenía algo
de anticuado. Aunque no la olvidé, debí de pensar que
mi amiga me necesitaba menos que antes. Su marido, un
tal Navarro, era lo que se llama un caballero culto; en
círculos refinados y prominentes de la sociedad lo repu-
taban escritor, en mérito, sin duda, a que poseía una
notable biblioteca, cuyo catálogo, impreso por Colombo,
él había redactado personalmente. En dos o tres oportunidades los visité en la casa de la calle Arcos, frente a la
plaza Alberti; nunca dejó el hombre de poner en mis
manos por unos instantes, como quien ofrece una caja
de bombones, alguna edición de lujo de *Las flores del
mal,* de *Afrodita* o de *Las canciones de Bilitis,* envuelta
en papel de seda y con ilustraciones en color. Me he
preguntado con frecuencia si el arbitrario encono que yo
sentía contra Navarro no provenía de que él descontaba
mi admiración por esos volúmenes. La verdad era otra:
yo lo hallaba (como, por lo demás, al resto del mundo)
indigno de su mujer.

En Montevideo, donde me habían llevado asuntos de
familia, me enteré del accidente en que murió el pobre
Navarro. Creo que mandé un telegrama de pésame. En
todo caso, resolví que ni bien llegara a Buenos Aires visitaría a Verónica. Recuerdo que una noche, en el hotel
Alhambra, pensé —porque la distancia y la noche imitan
la locura— que yo debía consolarla, que obstinarme en
tratarla como hermana tenía algo de estupidez y que para
ciertas penas el único remedio era el amor. Una fotografía de Verónica, tomada años atrás, que siempre llevo
entre mis documentos, afloró por unos días a la mesa de

luz. Cuando volví a Buenos Aires olvidé mis intenciones. Meses después alguien me habló de lo dolorosa que la muerte del marido fue para Verónica. Al entrar en casa, esa misma tarde, la llamé por teléfono.

—¿Me permites comer contigo? —pregunté.

—Salgo a buscarte —contestó.

La esperé junto a la ventana. Al ver el Minerva recordé los paseos de otros tiempos, cuando el coche repleto parecía un símbolo de que no cabía nadie más en la vida de Verónica.

Durante el trayecto la miré embelesado: era notable la gracia con que manejaba el carromato. Reflexioné: «Con igual gracia lleva su dolor. Lo adivino, es imposible dudar de que está ahí, pero Verónica no me agobia con él; jamás pide nada; siempre da.»

Comimos agradablemente, mirando la plaza. Servía la mesa una muchacha rubia, una suerte de walkiria alegre, fresca y vulgar, de manos y piernas toscas, de abundante pecho, que trataba a su patrona con familiaridad ingenua.

—Parece buena —comenté en un momento en que la muchacha estaba en el antecomedor.

Mi amiga respondió:

—¿Berta? Menos mal que me ha quedado Berta. Sin ella no sé qué hubiera sido de mí.

Estoy seguro de que en esa frase no había intención de reprocharme nada, pero me avergoncé. No abandonaría otra vez a Verónica. Todos los domingos comería con ella.

Como me mimaron, me dieron excelente comida y me divirtieron, el propósito de enmienda no era demasiado meritorio; lo olvidé, sin embargo. Pasé un año y medio sin volver; cuando lo hice, llegué sorpresivamente. Nos encontramos en la calle, frente a su casa. Mientras ponía en marcha el Minerva, Verónica me gritó con suavidad:

—Perdóname, salgo.

Tan floreciente hallé su belleza, que dije:

—Tú andas en algún amor.

Se ruborizó como una chica.

—¿Cómo lo adivinaste? —preguntó, sorprendida.

Echó a reír y agregó—: Otro día nos contamos todo.

Agitó una mano y se alejó en el automóvil. Confío que el episodio no sugiera al lector cínicas reflexiones contra las mujeres. Pretender que una persona que enviuda a los veintisiete años, después de haber sido feliz en el matrimonio, quede sola para el resto de la vida me parece ilógico.

La verdad es que reclamamos lógica para los demás, y nosotros prescindimos de ella. Yo había pensado: «De nuevo Verónica no me necesita.» Yo descontaba que si la visitaba me hablaría de su amor; preveía el tono portentoso, la historia trillada, el tedio. Pues bien, antes de que hubiera corrido el mes volvía a entrar en su casa.

Ahora recuerdo: esa noche ocurrió un percance con el vino.

—Está agrio —exclamó Verónica—. Yo quería que lo probaras y está agrio. Es un vino nuevo...

Me sorprendí a mí mismo, declarando sentenciosamente:

—Suelen los vinos nuevos agriarse de pronto.

Verónica me miró perpleja. Me conoce demasiado para que yo finja ante ella algún conocimiento sobre vinos. Quizá avergonzada de mi presunción, rápidamente cambió de tema.

—Una mañana me llamó Salomé Uribe —dijo—, la amiga de mis hermanas. Cuando tú y yo éramos chicos, ella era una persona grande. Ahora la hemos alcanzado. Somos todos de la misma generación. Lo increíble es que esta persona de nuestra generación tiene un hijo en la Facultad. Salomé está muy orgullosa de él; me dijo: «Juan vive para el estudio, y si no le sale al camino alguna gran tentación, dentro de poco es medalla de oro.»

El muchacho necesitaba un libro para un trabajo que le pidió un profesor; lo buscó inútilmente por todos lados, hasta que lo descubrió en el famoso catálogo impreso por Colombo, que el marido de Verónica había repartido entre sus relaciones.

—Salomé —añadió Verónica— quería que le prestara

el libro a su hijo. «De acuerdo, si viene a buscarlo», contesté.

Verónica me explicó que nunca tuvo paciencia para descifrar el sistema de letras de clasificación de los estantes que había ideado el marido, y que la mañana en que habló Salomé hacía tanto calor que ella no se resignaba a buscar un libro por toda la biblioteca. Esa misma tarde apareció el muchacho.

—¿Te acuerdas los días de calor espantoso que hubo el último verano? —preguntó Verónica—. En el peor de todos llegó Juan. Como yo no tenía ánimo para salir de mi cuarto, le pedí a Berta que lo atendiera. Dos horas más tarde entró Berta y me dijo que Juan se iba. ¿Había pasado ese tiempo buscando el libro? «Lo halló en seguida —me dijo Berta—. Estuvo leyendo y tomando notas. Mañana vuelve. No le vamos a permitir que se lleve el libro a su casa.»

Según su experiencia, declaró Verónica, las bibliotecas eran una invención inútil.

—Por lo menos, la que yo conozco siempre lo fue. Mi marido, que era el hombre más generoso del mundo, había descubierto un verbo para defender la biblioteca: «Lo siento —decía cuando le pedían un libro—, pero no puedo descabalar la colección.» Ahora yo sigo defendiéndola de los lectores para que Berta y su familia entera no me acusen de falta de respeto o de algo peor. «Hay que preguntarle si no quiere tomar algo. Si no va a creer que somos unas viejas avaras», le dije a Berta.

Esta contestó:

—Le preparé un mazagrán.

—Parece que el niño cayó en gracia —comentó Verónica.

Cuando ella entró en la biblioteca, lo que había caído en gracia —una suerte de insecto con anteojos, un insecto repelentemente joven—, tropezó con el mazagrán, salpicó la alfombra y ofreció una mano sudorosa. El muchacho era (según las palabras de mi amiga) por momentos penosamente tímido, por momentos desaforadamente atrevido. O callaba para siempre o no callaba nunca. Si hablaba, mantenía la boca demasiado abierta, de modo que las palabras fluían como una baba.

Esa primera entrevista fue breve. Juan volvió al otro día. Volvió todos los días.

—Examina, por favor, el libro que leyó durante un mes.

Verónica me alargó un librito, de tapa gris y azul, con letras blancas, que decían: Otis Howard Green: *Vida y obra de Lupercio Leonardo de Argensola.* Hacia la derecha del anaquel donde había estado el volumen de Howard Green divisé una vitrina rococó.

—¿Qué es eso? —pregunté.

—Todos los hombres son iguales —respondió, moviendo la cabeza—. Mi pobre marido llamaba a esa vitrina su botiquín espiritual.

Me acerqué a mirar. Traduzco de memoria los títulos de algunos libros que allí había: *El jardín perfumado, Obras escogidas de Louis Prolat, Justina o las desventuras de la virtud, Preludios carnales, Ciento veinte jornadas de Sodoma.*

—Son libros pornográficos —exclamé.

—No hay duda de que no tienes alma de bibliófilo. Son libros raros y curiosos. Pero ¿viste el que te di? No alcanza a doscientas páginas. ¿Cómo puede alguien tardar un mes en leerlo?

—Estudiar lleva más tiempo que leer.

—No soy zonza, che. No venía solamente para leer ese libro —me miró en los ojos e hizo una pausa para indicarme que recapacitara—. Tardé en sospechar que el motivo de tanta asiduidad era yo misma. Confieso que la idea me divirtió. Por curiosidad me dejé arrastrar. Simulé interés en el trabajo de Juan.

Al principio el resultado de la maniobra fue humillante. Diríase que el muchacho no advertía nada; pero luego, con audacia un tanto brutal, acometió.

—Yo aflojé en seguida —reconoció Verónica.

Cuando Juan se retiró empezaron los remordimientos. Ella cavilaba: «Soy la gran tentación de que habló Salomé. Qué gran tentación ni gran tentación. Soy una vieja obscena.» Como no lo veía más, escribió una carta de ruptura, pero antes de que echara la carta al buzón estaba Juan de vuelta; antes de que ella protestara estaban abrazados.

Partió Juan y de nuevo se encontró avergonzada y arrepentida. Creyó que debía pedir consejo.

—Yo no podía ser juez y parte —dijo—. Necesitaba a alguien que viera las cosas de afuera.

Eligió a Berta, la criada, como confidente.

—¿Qué hay de malo? —preguntó Berta, con una inopinada vehemencia, que la volvía casi bella y casi feroz; en tono tranquilo agregó luego—: Juan es un muchacho que me gusta, y ¿qué más quiere que tener una historia con una señora como usted?

Verónica atinó a decir:

—Nunca me perdonaré si por mí no es medalla de oro.

—Si no cae con la señora —afirmó Berta—, caerá con alguna otra arrastrada. Es la ley de la vida. El amor es como el biógrafo: al salir de la sala usted está cambiada. A usted misma la sentará distraerse con un amor inocente.

El amor, me aseguró Verónica, entre personas honestas nunca es inocente, ni parece cuerdo que lo sea; de modo que para ver a Juan sin causar un escándalo que perjudicara a los chicos, ella alquiló un departamento. Me dijo:

—Queda en Juncal al 3000. Cuando quieras te lo muestro: creo que lo arreglé bastante bien. Lo que es incomprensible es la reacción de la gente. Tan furiosa estaba Berta, que no me hablaba. Un día me interpeló: «¿Andan paseando por las calles? ¿O ya se cansó del pobre muchacho?» Casi debo asegurarle que lo veía en otra parte. Con Juan, desde el primer día, fuimos felices. Tuve una preocupación, es verdad: el automóvil. Si algún conocido pasaba por Juncal, al ver el Minerva en la puerta se preguntaría: ¿Qué hará Verónica en este barrio? Lo que es más grave, podría preguntarse: ¿Qué hará Verónica en este barrio todas las tardes? Entonces tuve la gran idea de que Juan llevara el coche a un garage. Al principio no tardaba demasiado en volver, pero cada día tardaba más. Por último, no volvió.

—¿No volvió? —pregunté.

—Cuando volvió yo no estaba. Me había cansado de esperar —contestó Verónica.

—Entre el garage y el departamento —seguí preguntando—, ¿la distancia es considerable?

—Quinientos metros, más o menos. Esperé una hora y me fui.

—Después ¿lo viste?

—Es claro.

—¿Tardó siempre lo mismo?

—Lo mismo no. Alguna tarde volvió en seguida.

—¿Y las otras?

—Las otras lo seguí en un automóvil de alquiler.

—¿No me dirás que recogía mujeres?

—No.

—Ni que visitara a las mujeres de otros departamentos de la casa.

—No.

—Ya sé. ¿Iba a la calle Arcos a recrearse con esos libros raros y curiosos?

—No. Tampoco iba a abrazar a Berta. No hay nada que hacer. Tu mente no está menos depravada que la mía. Somos de otra generación. Somos viejos. No podemos entender a la juventud de ahora. Lo que descubrí...

—¿Qué descubriste? —pregunté, bajando la voz y la mirada.

—Me cuesta confesarlo. Es tan horrible, tan deprimente para mi amor propio. Descubrí que Juan salía a manejar el automóvil. Nada más que manejar el automóvil.

Levanté los ojos con alivio, seguro de encontrar una sonrisa; Verónica parecía tristísima. Estuve a punto de lanzar la exclamación. ¡Esa juventud mecanizada!, pero dudé por un momento de su originalidad y me contuve.

Faltaba el aire en ese cuarto.

—Salgamos —dije.

—Es tarde para ir al teatro, y en el cinematógrafo no dan nada.

Yo anuncié:

—Esta noche inauguran el Salón del Automóvil.

Verónica me miró enigmáticamente y replicó en un tono por demás desabrido:

—Vamos donde quieras.

Ultimamente el argentino salió a probar mejor suerte en el extranjero, lo que antes no era imaginable, y formó grupos o colonias por todo el mundo, al extremo de que si usted, en sus largos viajes, se halla un tanto perdido y nostálgico, deténgase a oír el rumor de la ciudad, sea ésta cual fuere, como quien escucha un caracol; no tardará en descubrir voces que le probarán cuánto se alargó en estos años la calle Corrientes (porque no es Rivadavia, sino Corrientes, con sus tapes de las catorce provincias, que hoy son no sé cuántas, con su olor a grasa enfriada, de las pizzerías, la que alcanzó los puntos más remotos de Europa y de Norteamérica). En mi tiempo no era así. Había gente en Londres con alguna noticia de nuestro campo y de nuestros ferrocarriles. Los franceses, los de París al menos, tuvieron trato con el tango, con la gomina, con los trasnochadores, y aún es fama que el espíritu curioso desentrañaba, en los aledaños de la Madeleine, un almacén que vendía yerba y dulce de leche. No hablo de Italia, tierra de los mayores, ni de España, donde nunca nadie se creyó lejos de la Avenida de Mayo; pero la verdad es que en el resto del globo la República Argentina no era entonces mucho más que un nombre prestigioso. ¿Qué fue de ese prestigio? Ahora cualquier italiano sentencia: *Argentini, taquini.*

Otro paraje donde el criollo vio siempre compartida su admirable fe en la realidad de la patria es Pau. En la capital del Bearn —levantada sobre alturas diversas, aun superpuestas, tan hermosa que alguien la reputó, junto a Grenoble, una de las dos ciudades más hermosas de Francia—, el nombre del propietario pintado en el frente de la droguería, de la carpintería, de la panadería, de la herrería, de la peluquería o de la fonda, sugiere que el peregrino se halla de vuelta en el corazón de la República, precisamente en los partidos del Azul, de Olavarría, de Tapalqué y, por cierto, de Las Flores.

En Pau, una noche de fines de otoño de 1937 vi por última vez a Margarita. Yo vagaba un poco perdido, sin saber qué hacer de mi persona, por los salones desvaídos y monumentales del Hotel de France, en un té de beneficencia al que me había arrastrado la *belle madame* Cazamayou, conocida también como la Hija de la Tienda (porque su padre es dueño de la tienda *de la Poste,* famosa por los manteles de hilo blancos y grises con escenas de la vida de Enrique IV: *Levántate Sully, van a creer que te perdono, Seguid mi penacho blanco,* etc.). Como la *belle madame* —blanca, opulenta, con su descomunal rodete rubio— debía atender a todos y no quería malgastar sus minutos conmigo, retuve, perorando sobre el tiempo, sobre cuánto me gustaba Pau, sobre los méritos relativos de los hoteles de France y Continental, retuve, ahora confieso, hasta donde el decoro y el amor propio lo permitieron, a un escribano amigo y a su familia, para caer muy pronto en una soledad de la que no tenía esperanzas de salir, cuando me hallé entre los brazos rosados, frescos y fragantes de Margarita.

Diríase que desde entonces la luz del mundo cambió para mí. Margarita era la mujer más linda de la reunión. La tomé de la mano por el placer de tocarla y para que todos vieran que yo no estaba tan desemparado y tan huérfano.

Mientras tanto, abriéndose paso entre la muchedumbre, progresaba hacia nosotros, con ceremoniosa lentitud, un caballero alto, canoso, de cara inexpresiva pero hecha de cartón o de madera, vagamente parecido a ese rey de Suecia que logró fama de tenista mediocre. Margarita murmuró:

—Mi marido.

La solté rápidamente, pero ella, retomando mi mano, dijo:

—El vejete no importa.

La aparición de este personaje, que me había alarmado, dio ocasión a una nueva gama de placeres: presentarlo a la *belle madame,* al escribano y a su familia, demostrarles que tengo por el mundo mi reserva de amigos (no podían saber desde cuándo lo conocía). El caballero se inclinaba un poco, levantaba otro poco la mano de las damas, les besaba los guantes negros o grises con una cortesía quizá lúgubre, pero elegante.

—Esto es una droga —suspiró Margarita—. Llévame a bailar a Biarritz.

—De acuerdo —contesté—, pero primero vamos a comer. Verte despierta el hambre.

Yo quería ganar tiempo en la esperanza de salvarme del largo viaje a Biarritz. Mi amiga respondió:

—A mí también.

No sé qué quiso decir.

—¿Habrá que llevar a tu marido?

—¿Estás loco? Gustav no cuenta. Tiene eso de simpático y de práctico: uno puede olvidarlo en cualquier parte.

La llevé a un restaurante de la calle Barthou llamado *Chez Pierre.* Nos atendió un criado viejo de saco negro; sospecho que se trata de Pierre en persona. Por una mueca de Margarita descubrí que el saloncito del piso alto donde nos metieron, con paredes desnudas, de zócalo pintado, con sillas de esterilla y madera rubia, rodeando una mesa evidentemente destinada a familias burguesas, no la deslumbró. Las mujeres, aunque tienen el

vigor del caballo, se deprimen por todo. Un restaurante
las deprime; prefieren comer en uno de esos lugares
donde suena un piano y donde, al favor de la oscuridad, se besuquean las parejas y tal vez ingieren cucara-
chas. Yo olvido estas preferencias y, a lo largo del tiempo, con diversas mujeres cometo idénticos errores. En
la noche de mi relato, Pierre me reivindicó, exaltó mi
fama de hombre conocedor, conquistó (para mi causa,
desde luego) a Margarita bajo el peso de un caldo con mi-
gas de pan tostado, al que siguieron *paté* de pato con
salsa de uvas y fondos de alcauciles, truchas del *gave*,
ortolans con papas fritas (no indignas del Perosio y del
Pedemonte), quesos *camambert* y del país, *omelette sur-
prise* y un café que no valía la pena. Pedí un vinito del
Jurançon y, por indicación de mi compañera, un vino
tinto. En homenaje a Toulet, me mantuve fiel a Jurançon,
hasta que trajeron el *champagne* dulce al promediar el
postre. Cuando salimos a la calle miré las personas de la
ciudad dormida y anuncié:

—Ahora a casita. ¿O quieres todavía dar una vuelta?

—¿Una vuelta? Me llevas a Biarritz a bailar.

—¿Con todo lo comido? Tu cuarto y tu cama te esperan. ¿No te atraen?

—Nunca me atraen. Me deprimen. ¿Conoces mayor
depresión que la de un cuarto de hotel? Quizá la de la
propia casa. Me gusta que me lleven de paseo. De noche,
de madrugada, soy andariega, como los gatos. Lo único
que me deprime un poco es el café con leche, con pan
y manteca a la mañana temprano en un bar recién abierto, con las sillas patas arriba sobre las mesas y un lava-
copas fregando el piso; pero como es una prueba de que
pasé la noche fuera de casa, lo tolero bien.

La odié mientras la escuchaba, sobre todo cuando declaró:

—Si me devuelves a casa, ¡te odio!, ¡te odio!, y
muero de depresión.

Ya lo dije muchas veces: junto a las mujeres la vida
es una milicia, una milicia que debiera ser obligatoria
para la juventud, pues completa la educación y forma el
carácter; por ella triunfamos de nuestras debilidades y,

lo que es más importante, aprendemos a cuidar el detalle
personal, a atender la cama, a preparar el té.

Sintiéndome poco menos que heroico, dirigí mi Ford
hacia la carretera que va a Biarritz, por Orthez y por
Bayona. No sólo me abrumaba el cansancio; el vinito de
Jurançon estaba activo.

Yo he descubierto que es muy peligroso aplicar a la
conducta ideas literarias. Uno se retira a una estancia
con la intención de llevar una vida natural y con el sueño
de convertirse en un *gentleman farmer,* pero no tarda
en corroborar el dicho del viejo Wilde de que el campo
embrutece, envejece, empobrece; o para imitar a modelos
de la Puerta del Sol o de Montmartre abraza la vida de
cafés, duerme poco, pierde la salud, ya no escribe; o
para saludar a Toulet, de quien uno es amigo por algún
epigrama leído veinte años después de su muerte, bebe
copas de Jurançon y, por la ruta de Biarritz, una noche,
es el hombre más desdichado del mundo.

Por fin llegamos. En una esquina pregunté a un transeúnte qué lugar había para bailar.

—El Luna Park —dijo, e indicó el camino.

Encontramos el Luna Park, después de extraviarnos
dos o tres veces.

—Esto no es lo que buscamos —declaró Margarita.

Como si hubiera perdido toda la confianza en mí, ella
misma interrogó a un *chauffeur* de taxímetro. Me comunicó después:

—Vamos a La Paiva, en el Casino Bellevue.

Bailamos interminablemente. Yo hubiera querido
echarme en un rincón a mil leguas de Margarita y del
género humano. En algún momento tomé en el bar dos
aspirinas, un vaso de agua, dos tacitas de café. Persuadí
luego a mi amiga de que volviéramos. Dijo:

—Perfectamente. Pero volvamos por caminos del interior. Recorreremos el país vasco antes de que amanez-
ca, pero lo fundamental es llegar al Bearn, que es la
parte linda del trayecto, con el alba.

Todavía no había amanecido cuando le pregunté:

—¿Por qué te casaste con él?

—Ustedes no entienden eso, pero las mujeres tene-

mos ansia de seguridad. Como decía la descocada de Ró-
mula, sin ropa de hombre en la casa no es vida. La más
aventurada de nosotras clama por un puerto, por un hogar sólido, por un protector. Cuando lo vi a Gustav me
dije: Este es el marido que busco: experimentado, tran--
quilo, varonil. Hay momentos en que la mujer necesita
a su lado un hombre de veras. El loco de Julio —eso no
es hombre ni es nada— me había dejado medio deshecha,
y, lo que es peor, ya sabes cómo, y con la frasecita que
me repetía con la cara impávida: «Vieja, es cosa tuya.»
No tuve tiempo de preguntarme a quién se lo cuelgo, y
ya apareció, tan cortés, el vejete, y no había pasado una
semana sin que fuéramos el más flamante matrimonio
en Montevideo, eso sí, porque su primera mujer está en
Europa y yo de Clemens no me olvidaré mientras viva:
debí de tener una venda en los ojos cuando me casé con
el monstruo. ¿Sabes que de noche despierto en un mar
de lágrimas porque sueño que todavía estoy casada con
Clemens? Gustav es otra cosa. Me dio prueba sobre
prueba de mi acierto en elegirlo. Con el nacimiento del
niño se reveló como un caballero de proporciones consi-
derables. ¿Tú crees que se rebajó a determinar el grupo
sanguíneo? Nada de eso. Como tabla reconoció a su
hijo. Por su parte, mi padre me había arrancado la pro-
mesa formal de que le llevaría al heredero a Lima ni
bien naciera. Pero cuando llegó Gustavito me entró una
flojera tan absoluta que le dije al Gordo...

—¿Quién es el Gordo?

—¿Cómo quién? El vejete, Gustav, mi marido. Entre
nosotros lo llamo el Gordo.

—No tiene barriga.

—Pero es un hombre como queremos para la casa las
mujeres. No está en la pavada como tú, no es frívolo.
Tiene los dos pies firmemente enterrados en el piso y
piensa en problemas de su casa, de su familia, de mi dinero. Es un burgués. Cuentas con él para lo bueno y
para lo malo; a su manera es muy seguro. Los hombres
de este tipo generalmente son calvos y barrigones; éste,
por causualidad, tiene pelo y no tiene barriga, pero corresponde al tipo. Bueno, me entró tanta flojera que le

dije: «Que papá se enoje, que Gustavito pierda sus millones, pero yo no viajo a Lima.» Pensé, con lo que le importa el dinero, que Gustav se convertiría en un loco furioso o más bien en un elefante enojado, porque tarda en indignarse, pero cuando se indigna es terrible. No te caigas de espaldas: Gustav se mostró comprensivo, cooperativo, como él dice, lleno de recursos. Consiguió de un médico un certificado de que yo pasaba por una demencia puerperal o algo así, con la cláusula de que viajar en mi estado no era prudente.

—¿Sabe que el hijo no es suyo?

—¿Cómo quieres que yo lo sepa? No se lo pregunté; pero tú debes compenetrarte de que no es gente como tú y como yo. Hace planes, piensa en el mañana. ¿Te acuerdas de la fábula de la cigarra y de la hormiga? Cuando era niña la recitaba. Tú y yo somos cigarras, Gustav es la hormiga. Siempre trabaja, siempre esa cabeza está revolviendo algo. Cuando mi padre me escribió para anunciar que había puesto el dinero a nombre del niño, no le dije nada a Gustav, porque tan tonta no soy, pero vaya uno a saber qué hice con la carta, porque debió de leerla. ¡Con lo curioso que es con todo lo que se refiere a mi plata, a la de Gustavito y a la de mi padre! Lo cierto es que poco después de recibir yo esa comunicación, a Gustav le entró la manía de declararme insana —loca de atar—, y un día se me aparecieron en la puerta dos individuos de guardapolvo blanco que pretendían llevarme, pero los conquisté y me dejaron, y otra noche tuve que guarecerme en el Santísimo con Gustavito porque los médicos del loquero me buscaban en serio.

Habíamos llegado a Mauleon. Cargué nafta en la plaza. Indicando el castillo, pregunté:

—¿No te gusta?

—Claro que me gusta —contestó—. Pero si nos quedáramos tú y yo a vivir en él me gustaría más.

¡La subjetividad de las mujeres! Todo lo vinculan a cuestiones personales. Sin ningún amorío adentro, no aprecian este melancólico y digno castillo de provincia.

—En realidad —prosiguió Margarita— si yo tuviera

algún seso te obligaría a quedarte conmigo. Pero no temas, cuando estoy resuelta no vuelvo atrás.

Continuamos el camino entre laderas labradas, vivos verdes, ocres de tierra desnuda, caseríos con techo de pizarra y, de tanto en tanto, un castillo. El europeo desdeña este paisaje ordenado; Byron y Lamartine le enseñaron a maravillarse ante la naturaleza feroz del valle de Ossau, hasta el punto de que si en la guía usted lee *camino pintoresco* descuente que va a serpentear por las alturas entre barrancos y peñascos. Cada uno se admira de lo que no tiene. El criollo prefiere el orden y el trabajo humano, porque el potrero y el cardo, la laguna y el duraznillo, lo aguardan en el primer hueco, a unos pasos de la plaza San Martín. Mientras tanto, Margarita contaba:

—Las peleas arreciaron, hasta que intervino un noviecito mío que es abogado y todo se calmó. Gustav anunció que tenía que irse a Islandia por una temporada. Tan bueno se había puesto, que se excusó de no llevarme y prometió que el próximo viaje lo haríamos juntos. En cuanto se fue, creo que al otro día de la partida, llegó una carta para él de un compatriota suyo que le escribía en su idioma. El noviecito mío, el abogado, la incautó; una vez traducida por otro amigo, el doctor Pulman resultó que reseñaba la dirección de un médico del *Open Door* de Reykhavic. Después de tres meses de tranquilidad, en que engordé tres kilos, volvió Gustav. Estuvo tan cariñoso que seguí engordando. Hace cosa de veinte días me dijo, de buenas a primeras, que nos íbamos a Islandia. Pusimos pupilo a Gustavito y aquí me tienes, de paso. Mañana salimos para París y Londres; desde allá, el jueves, un avión nos lleva a Reykhavic.

Estábamos entrando en Pau. Le dije:

—No vayas.

—¿Por qué? —preguntó.

—Va a encerrarte el crápula.

—Quizá no sea un crápula. Ya te expliqué: a veces creo que, al verse engañado, juntó rabia, como un animal grande de reacciones lentas.

—Lo cierto es que va a encerrarte. ¿Cómo te defenderás? No hablas el idioma y allá nadie entenderá el español.

—Habrá algún cónsul del Perú que conocerá a mi padre, aunque sea de nombre.

—No creo que en Islandia haya representación del Perú.

—¿Puedo saber por qué? Si no la hay del Perú, tampoco la habrá de la Argentina.

—Peor todavía. No es cuestión de patriotismo. Si te encierran...

—No te preocupes. Me arreglaré de algún modo. Una mujer debe seguir a su marido, a menos que...

—¿A menos que encuentre a otro? Quédate conmigo.

—Para eso me hubiera quedado con el noviecito. Por lo menos trabaja en su estudio.

—Como no te quedaste con él, lo damos por eliminado. Yo soy la última tabla de salvación...

Me apretó la mano, me besó la mejilla y bajó en su hotel. Con pena en el corazón la vi alejarse, pero la verdad es que a esa hora yo sólo podía pensar en mi cuarto y en mi cama.

Seguía mirando el sepulcro, porque estaba resuelto a no moverse hasta que se alejaran las hermanas de la pobre Emilia y porque en el instante en que se volviera para salir del cementerio entraría en el mundo donde ya no podría encontrarla. No se resignaba a emprender el regreso platicando pías trivialidades con esas mujeres ni se dejaría engañar con la esperanza, tan deplorablemente inútil, de buscar en ellas algún rasgo en que su amiga perdurara. Las mujeres partieron por fin; él estaba por irse cuando descubrió a una distancia que sarcásticamente calificó de respetuosa, al hombre de las pompas fúnebres con el aire contrito, servil, implacable, que ya le conocía. Desde la noche del accidente lo vio merodeando por los alrededores de la casa de Emilia en un automóvil negro. Ahora pretendería, probablemente, venderle algún álbum de fotografías y de recortes o algún adorno para la tumba; pero lo aterraba la posibilidad de que el individuo, en el afán de ponderar el trabajo de la empresa, le comunicara pormenores macabros. Lo que estaba ahí debajo no era Emilia, y para acercarse a ella no había en toda la tierra un lugar más incongruente que ese rectán-

gulo de mármol con el nombre y la cruz. Mientras él vi-
viera, sin embargo, traería flores. Alguien debería ha-
cerlo y la persona indicada era él. La persona indicada,
reflexionó con orgullo, y la única, pues en la vida y en
la muerte de Emilia estaba solo. Con dolor en el corazón,
recordó que en alguna época había anhelado una seguridad como la que ahora tenía: la seguridad de que nada
pudiera ocurrir. Juntos habían leído los versos de un
poeta francés:

> Por poco que te muevas,
> despiertan mis angustias,

y él había exclamado: Es verdad. ¿Cómo pedir a un ser
tan vivo como Emilia que permaneciera quieta a su lado,
que no fuera inconstante? No pidió nada, pero el milagro
de fidelidad ocurrió. Tal vez por eso ahora se hallaba en
medio de una soledad tan extrema, sin nadie para compartir el dolor. El cansancio de los últimos días lo llevó
a pensar en imágenes; poco menos que soñando despierto, se vio a sí mismo como un jardinero de tumbas.
«Todos los viernes pondré aquí un ramo de rosas —murmuró— para compensar las calas que traerán esas mujeres.»

Cuando advirtió que el individuo había partido, lentamente emprendió el camino de vuelta. Cruzó lugares
abiertos y desolados, bajó hasta la plaza y a la sombra
de los árboles de la calle Artigas, en la tibieza del aire
y en un olor de hojas presintió la todavía lejana primavera. Un piano, en una de las casas próximas, tocaba una
marcha circense y trivial que no oía desde hacía tiempo.
Recordó a Argüello o Araujo, ¿cómo se llamaba su an-
tecesor? Era éste un personaje borroso que nunca lo in-
quietó. Por lo que había colegido, la conoció a Emilia
cuando ella tenía menos de veinte años, y probablemente
se valió de la circunstancia. Nada concreto le había dicho Emilia contra ese primer amor —era incapaz de
ello—, pero sin lugar a dudas le dio a entender que en
su vida había contado poco. El episodio no tenía otro
significado que el de probar lo ciega y lo cruda que era
la juventud.

Se detuvo para cruzar la calle. Miró su casa: el frente de imitación piedra, la angosta y oscura puerta de madera, los dos balcones laterales, los de arriba (en previsión de un piso alto); se admiró de que alguna vez todo eso le hubiera parecido alegre. Abrió la puerta y entró como en un sepulcro.

Aquella tarde no pudo renunciar a una convicción absurda. Cuando llamaban a la puerta, acudía temblando de esperanza. A pesar de que había llevado una vida retirada, se encontró con que tenía numerosos amigos, a pesar de las particularidades de su luto, las visitas se sucedían a las visitas. Él recordaba otras, de un ayer que había quedado muy cerca y muy lejos; ni bien cerraba los ojos creía ver a Emilia, llegando un poco atrasada, agitada por haber corrido, y creía sentir en el rostro la frescura de su piel; pero nada fuera de lo regular ocurrió hasta el viernes por la mañana, cuando acudió al cementerio, con un ramo de rosas blancas. Apenas ajado, como si estuviera allí desde la víspera, encontró sobre la tumba un ramo de rosas rojas. Por dos motivos el hecho le extrañó: porque se le hubieran anticipado con la ofrendas las hermanas y porque desafiando las convenciones hubieran elegido flores de color. Opinó que el azar era capaz de todo. Transcurrieron siete días y olvidó el asunto. El viernes acudió a la tumba con sus rosas blancas. Ahí encontró, por cierto, un nuevo ramillete de rosas rojas.

Aunque resolvió no pensar más, caviló bastante por aquellos días, hasta la mañana del jueves, en que tuvo una inspiración. Apresuradamente se dirigió a un puesto, donde compró flores. En Rivadavia subió a un taxímetro. Muy pronto había depositado su ofrenda y estaba un poco perplejo, sin saber qué hacer. Mientras erró por el cementerio, los minutos pasaron con señalada lentitud. Descorazonado, cruzó el pórtico y en la soleada escalinata se detuvo un instante; se volvió para dar otra oportunidad al destino, y en el fondo de la alameda oblicua divisó con estupor la escena que toda la mañana había previsto y esperado: el hombre colocando en la tumba las rosas rojas.

Su repugnancia de las cosas de la muerte, un tanto neurótica y obsesiva, lo había llevado a tomar por empleado de pompas fúnebres al hombre que rondaba en un automóvil negro por la casa de Emilia en los días del accidente. Ahora recordaba una fotografía de Araujo que había mirado distraídamente años atrás. El hombre era Araujo.

Si no quería que lo sorprendieran ahí debía alejarse cuanto antes. Aún se demoró un poco. Partió luego, caminando despacio. Todo el día esperó; esperó sin inquietud, como quien está seguro. A las diez de la noche llamaron a la puerta. Antes de abrir sabía con quién iba a encontrarse. Araujo le dijo:

—Caminando se conversa mejor. Sobre todo caminando de noche. ¿No quiere dar una vuelta?

Por Bacacay y por Avellaneda bajaron hasta Donato Alvarez; rodearon la plaza Irlanda; volvieron al Oeste por Neuquén. Durante horas caminaron y hablaron plácidamente de la mujer que habían querido. Araujo explicó:

—No le llevo flores de muertos porque me parecen una afrenta para Emilia. ¡En ella la vida era evidente! —Después de una pausa agregó: —Tenía algo sobrenatural, sin embargo.

El pensó: «Yo no lo había advertido, pero es verdad.» Aunque aparentemente contradictoria con algunas afirmaciones anteriores, encontró que no era menos cierta otra observación de Araujo:

—Porque era sobrenatural, debemos ahora conformarnos. Tal vez nunca perteneció a este mundo.

En algún momento lo molestó que alguien la hubiera conocido mejor que él y no estuvo lejos de los celos. Araujo debió de adivinar el sentimiento, porque declaró:

—No podemos juzgarla como a las otras mujeres. Emilia estaba en un plano distinto. Era de luz y de aire.

Se despidieron. Vio partir a Araujo en el automóvil negro; entró en la casa, encendió el calentador, preparó unos mates. Quería meditar sobre el descubrimiento de esa noche; porque otro la había querido, él no estaba solo, la memoria de Emilia le ensanchaba y más allá de la tumba continuaba el milagro de la vida.

«Casanova llegó a Constantinopla con una carta de Acquaviva para Claudio Alejandro, conde de Bonneval, que se pasó a los turcos. En Buyuk Dere compartí el cuarto con el veneciano, a quien también frecuenté en Constantinopla, donde almorzábamos y cenábamos juntos. Con toda franqueza discutíamos nuestros vanos intentos para trabar relación con otomanos más o menos notables. En cuanto a Bonneval, me consta que una tarde lo recibió. Volvió Casanova ponderando la espiritualidad del conde, pues tenía éste una biblioteca que, bien mirada, era bodega, y otras ocurrencias de parejo tenor. Cuando procuró visitarlo nuevamente, le dijeron que el conde estaba atareado y que no podía atenderlo. Casanova acabó por declararme que la famosa biblioteca-bodega, lejos de cubrir de gloria a su propietario, lo presentaba como parangón de vulgaridad. A mi entender, la importancia del objeto en cuestión, curioso, desde luego, no justificaba que lo discutiéramos diariamente.

De tales contratiempos compensó la fortuna a Casanova con inauditas aventuras amatorias. Que un cristiano se introduzca en un harem musulmán es un hecho corriente en los libros; en la vida lo tengo por impracticable. No una, sino dos veces penetró Casanova en el palacio de Yusuf, filósofo displicente. Cuando le pregunté cómo cumplió la hazaña, respondió: *Fatam viam inveniunt,* y, por cierto, el hado halló el camino, ya que la primera ocasión bastó a mi veneciano para enamorar a una esposa del filósofo, Sofía de nombre, y la segunda para recoger el premio del coraje. En qué consistió el premio no es claro, pero Casanova trajo como reliquia un velo (objeto de paño que ahora servirá para disipar vuestros temores de que el episodio se reduzca a una alegoría). Por si lo anterior fuera poco, en el orden de las aventuras algo más ocurrió en una fiesta. Con mis propios ojos lo vi con esa esclava de Imael Efendi, compatriota suya, bailando frenéticamente la forlana.

Todo esto lo mantuvo más ocupado en la imaginación que en los hechos. Para el viajero, Constantinopla es impenetrable. Quienes alguna vez vivimos dentro del precinto de la ciudad, guardamos recuerdo de haber vivido extramuros. El turco, ya lo dije, no se prodigaba; en cuanto a las mujeres recluidas en harem, ¿alguien las trató? Sólo Casanova, en ocasiones poco menos que únicas. De manera que para platicar de nuestra vida y de nuestros amoríos el tiempo sobraba, al punto de que la sobremesa del mediodía se prolongaba en la sobremesa de la noche. Casanova me refirió sus prodigiosas aventuras turcas y las italianas, que pasan de cincuenta. Opino que no peco de crédulo si declaro que mi amigo no fue mentiroso. Prolijo, eso sí. Con idéntica desenvoltura narró sus triunfos y su derrota, que más de un caballero hubiera ostentado como galardón.

En las antecámaras del conde conoció a la señorita Bonneval. Sangre limusina por parte del padre y armenia de la madre (una poetisa aclamada en mérito de la perfección corpórea) confluían en esta señorita, con sus primores y caracteres, de modo que en el rostro cobrizo la claridad de los ojos tenía la hondura de mundos que amanecen y la belleza del conjunto, aunque no se allanaba a los patrones habituales, era alucinante.

Como las damas en Constantinopla reclamaban poco
o nada de su tiempo, por todos los medios procuró el
veneciano que la señorita le ofrendara la mayor parte
del suyo. Bastante pronto la conquistó, o siquiera obtuvo
favores que lo confirmaron en su buen ánimo y seguridad. Solía por entonces pavonearse con no retaceados
panegíricos de la señorita Bonneval, a quien no podía
menos que reconocer diferente de las otras mujeres.
Elogiaba en ellas los arranques, aun los caprichos y la
vitalidad. Esta vitalidad, más propia de una yegua que de
una niña, fue nefasta para Casanova. En efecto, los días
de su amante eran una apretada trama de ocupaciones
en las que apenas había, de tarde en tarde, un resquicio
para nuestro aventurero. No sólo la requerían la fiesta
y el sarao; por peregrino que parezca, la señorita se había erigido en amanuense de su padre, y con esa vitalidad
por quemar y con su afán de advenediza —¿qué otra
cosa, con relación al trabajo, es la mujer sino una advenediza permanente?— se entregaba, según Casanova, de
cuerpo y alma a los asuntos del despacho del conde
(Consejero de la Sublime Puerta). Intencionalmente, Casanova detalla de *cuerpo y alma*, pues (hay que atribuir
la exageración al despecho) mantenía que para dar buen
término a cualquier gestión que le encomendara su padre
ella estaba resuelta a entregarse y aun a otros extremos.
Poco a poco advirtió don Giacomo que en esta nueva
intriga no lograba la felicidad que había descontado. Llegaba el fin de semana y la muchacha prefería retirarse
a una propiedad de campo, en las orillas del Bósforo,
donde se reunían jóvenes de su amistad, gente frívola,
cuya majadería proclamaban los mismos motes y sobre-
nombres que se aplicaban entre ellos, a quedarse en la
ciudad y correr, en un instante robado a la vigilancia
de quienes la rodeaban, a los brazos de su querido, que
la aguardaba en alguna alcoba tenebrosa. De veras, en
esta situación, tocaba en suerte a nuestro don Giacomo
(probablemente por lo despoblado de sus días en Constantinopla) el buscar, el esperar y el ansiar. Protestaba:
'¿Hay alguien que no haya advertido que la ansiedad de
la busca y de la espera no se miden por el merecimiento

de lo buscado o esperado? Ganas no me faltan de hacer valer mis otros amores, pero en Turquía la menor infidencia es grave, porque pone en peligro la vida de las damas y la propia. Siempre mi desvelo fue persuadir a la mujer de que no la engaño; a ésta no podré nunca persuadirla de que no la quiero. También me tienta la ilusión de explicarle: soy Casanova, terror de las damas, cuyos corazones estragué, como incendio empujado por el Siroco y el Mistral, desde Venecia hasta Roma, desde Ancona hasta Rimini; pero si la señorita es plenamente ingenua de mi renombre, por alto que éste sea, ¿no caeré, al comunicarlo, en un género de vulgaridad y de fanfarronada?' ¿Quería decir que por mero error de información, aquella chicuela que lo traía medio aturdido no lo temía ni lo respetaba mayormente, y que él, de puro ocioso, encarnaba el papel de enamorado constante y manso, papel que en la odiada Constantinopla se le estaba volviendo una segunda naturaleza? ¡Con qué deleite denigraba por aquellos días a su enamorada! 'Es ignorante —sostenía— como una paisana limusina, y tan astuta y embustera. Es belicosa como una vendedora de pescado de Chioggia y artera como una ramera de Murano.' Tras una carcajada hueca, agregaba: 'A su respecto nada hay de seguro. Ni siquiera que me engañe con los badulaques de fin de semana.'

De tal modo, a este hombre, que en la propia estima brillaba como irresistible para las mujeres y de cuyos enredos ulteriores vosotros contáis portentos, yo he visto suspirar de amor por Angélica María Clara Yolanda Josefina de Bonneval, que casó con tudesco y hoy es madre de un lozano ramillete de hijos.»

Trascribo estos párrafos de la carta del caballero Pierre Mirande, del séquito de Venier, cuyo original descubrió en la Biblioteca de Lausanne, en 1951, Louise Bennet, por la luz que puedan arrojar, etc, etc.

A las diez y media, todas las mañanas, yo bajaba del hotel Gassion; mis vecinas venían del hotel de France. En el *boulevard des Pyrénées,* en distintos bancos, frente a las mismas montañas, uno leyendo *Daisy Miller,* otras repitiendo lecciones, nos entibiábamos al sol. Mis vecinas eran cinco niñas y una gobernanta. Quien mirara a las niñas distraídamente podía tomarlas por una serie de ejemplares (de tamaño diverso, de edades que variaban entre los nueve y los diecinueve años) de una misma persona, sumisa, rubia, espigada, con ojos grises, con uniforme azul. De la gobernanta —mujer provecta y de mal genio— guardo un recuerdo indefinido.

Los contertulios de Sporting-Bar me informaron que las niñas eran compatriotas mías; que el padre, «un americano de sangre bearnesa», tenía estancias y una vasta fortuna en Buenos Aires, y que ahora la familia estaba en Pau para cobrar una herencia.

Una mañana bajé a las diez. Al rato apareció la mayor de las hermanas y me pidió permiso para sentarse en mi banco. Entablamos conversación inmediatamente.

—Me llamo Filis —dijo.

—¿Le gusta Pau? —pregunté.

—Me aburre tanto como la estancia. También la vida que llevo... Con la *mademoiselle* a cuestas, ¿quién se va a divertir? No crea que siempre fue igual. Mis padres son locos: o me dejan completa libertad o me vigilan noche y día. En julio estuve en Roma sola en casa de unas italianas que conocí en Puente del Inca. ¿Usted escribe, no?

—¿Cómo lo sabe?

—En Pau uno sabe todo. ¿Quiere que le cuente lo que me pasó en Roma? Se va a divertir. Ahí viene la *mademoiselle* con las chicas. Lo veo esta tarde en el Casino.

Esa tarde no me encontré con una niña, sino con una mujer encantadora, que me tomó del brazo y echó a reír. Yo exclamé:

—¡Cómo cambió!

—No crea —dijo—. Si descubren que me escapé me matan, me ponen en penitencia. ¿Quiere que le cuente mis amores romanos?

La áurea Filis, de mirada virginal y gritos de pájaro, me refirió que un caballero de la corte papal —lo vi en una fotografía dedicada, casi gordo en su impecable levitón blanco— le había pedido la mano. La escena ocurría en un restaurante de Roma, y no recuerdo la contestación que le dio la muchacha, pero recuerdo que lo ofendió pidiendo al *maître d'hotel* un *beefsteak*.

—Es viernes —observó el caballero.

—Ya sé —respondió Filis.

—Entonces, ¿cómo se atreve a comer carne?

—Soy argentina, y en mi país no hacemos vigilia todo el año.

—Estamos en Roma, soy caballero de la corte papal y aquí observamos la vigilia todos los viernes del año.

—No volveré a comer carne los viernes. Pero ya he pedido y no me gusta molestar al mozo diciéndole que no la traiga.

—Prefiere apenarme a mí.

(Yo no quería confesar —me dijo Filis —que tenía hambre.)

Trajeron el *beefsteak,* un tentador *beefsteak,* y Filis, con ademanes de irritada resignación, no lo tocaba, lo dejaba en el plato.

El novio preguntó:

—Y ahora, ¿por qué no come?

—Porque no quiero apenarlo —contestó ella.

—Ya que lo ha pedido, cómalo —concedió él, desdeñosamente.

Filis no esperó que insistiera; todavía enojada, pero con apuro y con placer, devoró el *beefsteak.* El novio exclamó con voz dolida:

—Nunca hubiera esperado este golpe.

—¿Qué golpe?

—Todavía se burla. Que coma esa carne, que martirice mi sensibilidad.

—Usted dijo que la comiera.

—La puse a prueba y fue un desencanto —comentó el caballero.

Pocos días después la llevó, sin embargo, a la playa de Ostia. Hacía mucho calor, y al promediar la tarde el caballero confesó:

—Usted me turba. Aunque me duela decirlo, no callaré: la deseo.

Filis le contestó que si no la hacía suya esa tarde misma no volverían a verse. El noble se arrodilló, le besó la mano y, casi llorando, le dijo que ella no debía permitirle esos malos pensamientos: que muy pronto iban a casarse, que muy pronto ella sería princesa. Filis le explicó entonces que era argentina y que en su país la nobleza no significaba nada; que en Buenos Aires y en cualquier parte ella era una persona de familia conocida y además rica; que sus padres tenían estancias y que un noble europeo era, en cambio, un artículo bastante sospechoso. Ella misma, a pesar de quererlo y de no dudar de la pureza de sus sentimientos, no podía disimularse la íntima convicción de que él planeaba un matrimonio de conveniencia... Todo esto ocurría en el tren que los llevaba de vuelta a Roma, entre una multi-

tud que llenaba los asientos y los pasillos, que mascaba
sandwiches y que parecía muy próxima en ese cálido
atardecer.

Cuando llegaron, Filis preguntó a su novio dónde
pensaba llevarla, y el cortesano balbuceó vaguedades en
que se mezclaban nombres de restaurantes y nombres
de cinematógrafos. Filis, implacablemente, repitió su amenaza: o la hacía suya o no volvería verla. Entonces el
novio pasó a explicar que en Roma no había dónde ir.

—No hay hoteles para parejas —decía, entre orgullo-
so y desesperado.

—¿Y no tienes un departamento?

—¿Un departamento para llevar amigas? Nadie lo
tiene en Roma. Habría que ser muy rico. Me contaron
que antes de la guerra...

—Llévame a cualquier parte —insistió Filis, añadien-
do argentinamente—: Para eso sos hombre.

Mientras tanto vagaban por calles interminables. Cuando Filis vio en una esquina a una prostituta encontró la
solución. Dijo:

—Vamos a la casa de esa mujer.

—Imposible hablarle —se defendió el novio—. No podemos acercarnos los dos juntos; no puedo dejarte sola
y acercarme yo.

—Entonces yo le hablaré.

El novio procuró disuadirla; repitió: «¿Cómo voy a
llevarte a la casa de una mujer de la vida?» Intentó
variantes: «¿Cómo vamos a contaminar nuestra primera
noche de amor con la sordidez del cuarto de una desdi-
chada?» Filis, sin mirarlo y con voz cortante, preguntó:

—¿Vas vos o voy yo?

El cortesano papal se resolvió por fin; habló con la
mujer y los tres se encaminaron a la casa de ella. No
iban juntos: la mujer caminaba unos metros adelante,
sola. A él le aterraba la idea de que pudieran verlo con
una prostituta; a Filis no le importaba que la vieran o
no. Como la prostitución callejera está prohibida en
Roma, cada vez que aparecía algún gendarme el caballero pasaba angustias; aunque no iban con la mujer,
quería huir y obligaba a Filis a que lo siguiera. ¿Qué se

hubiera dicho si lo hubieran detenido —a él, un caballero de la corte papal— por andar mezclado con pros-
titutas? Filis le explicaba que no iban con la prostituta
y que precisamente por ser caballero de la corte papal
no se atreverían a detenerlo. Muchas veces, en esa peregrinación por las angostas callejuelas de la vieja Roma,
perdieron a la mujer; muchas veces, con alivio, el caballero declaró que la habían perdido definitivamente, y
muchas veces Filis lo obligó a seguir buscando; siempre
la encontraron, y después de recorrer un oscuro, estrecho
y maloliente laberinto llegaron a la casa. El cuarto de la
mujer tenía las paredes cubiertas de estampas; sobre la
pequeña mesa de luz había un grupo considerable de
estatuas de santos y de los barrotes de la cama colga-
ban las desteñidas coronas del último domingo de Ramos.
El caballero declaró que esos testigos le hacían más
difícil aún la tarea que tenía por delante. En la contigua cocina la mujer freía algo y con golpes de cacerolas
manifestaba su impaciencia.

—La pobre necesita el cuarto para otros clientes —explicó, acaso con superfluidad, Filis.

Pero el novio no hacía más que temblar y sudar. Filis
repitió su amenaza; a las cansadas, el hombre cumplió
como pudo con su deber y declaró que Filis era una mujer adamantina. Cuando se despidieron de la dueña de
casa, ésta había recuperado la cortesía; les deseó mucha
felicidad y, mostrando con un ademán circular las estampas y las estatuas, la bendición del cielo.

Creo que fue Mildred quien descubrió el mejor lugar para tomar el té. Ahora me acuerdo: era de tarde, caminábamos por el vasto y abandonado parque de Marly, me cansé inopinadamente, sentí que la sangre se me enfriaba en las venas y dije, en tono de broma, que una taza de té sería providencial. Mildred gritó y señaló algo por encima de mi hombro. Me volví. Yo debía de estar muy débil, porque me incliné a pensar que por voluntad de mi amiga había surgido en ese momento, en pleno bosque, el pabellón de La Trianette. Instantes después una muchacha llamada Solange nos condujo hasta nuestra mesa, en un jardín minuciosamente florido, encuadrado en un muro bajo, descascarado, cubierto de hiedra, que parecía muy antiguo. Había poca gente. En una mesa próxima conversaban una señora, rodeada de niños, y un cura. Por una de las ventanas de los cuartos de arriba se asomaba una pareja abrazada, que miraba lánguidamente a lo lejos. Fue aquél uno de esos momentos en que la extrema belleza de la luz de la tarde glorifica todas las cosas y en los que un misterioso poder nos mueve a las confidencias. Mildred, con una vehemencia que me divertía, hablaba de Interlaken y de lo feliz que había sido allí. Afirmaba:

—Nunca vi tantos hombres guapos. Quizá no fueran sutiles ni complejos, pero eran gente más limpia, de alma y de cuerpo, que los escritores. Yo les digo a mis amigas: Cuídense de los escritores. Son como los sentimentales que define —¿lo recuerdas?— el tonto de Joyce. No había escritores en Interlaken, tal vez por eso el aire era tan puro. Pasábamos el día afuera, en la nieve, al sol, y volvíamos a beber tazones de humeante Glühwein, a comer junto al fuego, donde crepitaban troncos de pino. Bailábamos todas las noches. Si te dijera que una vez me besaron mentiría. Tú no lo creerás ni los comprenderás; la gente era limpia de espíritu.

A ella la cortejaba Tulio, el más guapo de todos. Respetuoso y enamorado, se resignaba a las negativas y hallaba consuelo describiendo las fiestas que ofrecería para que los amigos la conocieran si ella condescendía a bajar a Roma. Mildred volvió a Londres, al hogar y al marido. ¡Cómo la recibieron! Diríase que para el color del rostro del marido las vacaciones de Mildred en Interlaken resultaron perjudiciales. Nunca lo vio tan pálido, ni tan enclenque, ni tan colérico, ni tan preocupado con problemas pequeños. Una cuenta impaga había enmudecido el teléfono. No sé qué percance de un flotante había dejado las cañerías sin agua. La cocinera se había incomodado con la criada y ambas habían abandonado la casa. El marido formuló brevemente la pregunta: «¿Cómo te fue?», para en seguida animarse con otras: ¿Ella creía que eran millonarios? Gastaron tantas libras y tantos chelines en leña. ¿La pesaron? Y tantas libras en el mercado. La cocinera llevaba todas las noches envoltorios repelentes. ¿Alguien exigió alguna vez que mostrara el contenido? Por cierto, no. Sin embargo, aun los países más atrasados fijan controles en la frontera. ¿Quién no tuvo en la aduana alguna experiencia desagradable? Nuestra cocinera, por lo visto. ¿Qué comería él esa noche? No importaba que él comiera o no;

importaba que trabajara en las pruebas de Gollancz, pró-
digas en erratas, y que pagara las cuentas. Sobre todo,
que pagara las cuentas. ¿Tres vestidos largos y una capita
de colas de astracán eran indispensables? ¿Ella creía que
si no hablaba de las cuentas y las dejaba para que él las
pagara mientras en Interlaken se acumulaban otras, todo
se olvidaría? Nada se olvidó. El monólogo concluyó en
portazos, y a la tarde Mildred visitó la compañía de
aviación y las oficinas del telégrafo. A la mañana siguiente partió para Roma.

En el aeródromo la esperaba Tulio. Con ropa de ciudad parecía otra persona; era notable la rapidez con que
había perdido el tinte bronceado. Mientras los funcio-
narios trataban de valijas y de pasaportes, Tulio inquirió:

—¿Cómo van los trámites del divorcio?

—No hice nada, no pensé en eso.

—No volverás a tu marido —prometió Tulio, con
firme ternura—. Pondremos todo en manos de un abogado de mi familia. Obrará en el acto. Nos casaremos
cuanto antes. Hoy mismo te llevaré a nuestra propiedad
de campo.

Algo debió ocurrir en la expresión de Mildred, porque
Tulio aclaró rápidamente:

—En la propiedad de campo, muy cercana a Roma,
más allá del lago Albano, a unos cuarenta minutos, a
treinta y cinco en mi nuevo Lancia, a treinta y dos,
vivirás en ambiente hogareño, junto a buena parte de
la familia de tu amado: la *mamma,* el *babbo,* el *nonno,*
sorellas y *fratelli,* que van y vienen, la *cugina carnale,*
Antonietta Loquenzi, que está firme, por así decirlo, la
zia Antonia y la alegre banda de *nipoti.*

Cargaron las valijas y Mildred subió en el automóvil.

—¿No miras la joya mecánica? ¿No felicitas al feliz
propietario? —inquirió Tulio, fingiéndose ofendido—.
Te ruego que me des tu aprobación.

Como le abrieron la puerta, Mildred bajó.

—Está muy nuevo —dijo, y volvió a subir.

Tulio, mientras manejaba, precisaba pormenores téc-
nicos: sistema de cambios, caballos de fuerza, kilómetros por hora. Al rato interrogó;

—Dime una cosa, mi amada, ¿qué te decidió a venir a Roma?

Aunque la cuestión era previsible, se encontró poco preparada para responder. La verdad es lo mejor, se dijo; pero la verdad, ¿no suponía ser desleal con uno y descortés con otro? En ese instante un automóvil los pasó; Tulio sólo pensó en alcanzarlo y dejarlo atrás. Mildred reflexionó que debía agradecer el respiro que le daban; sin embargo, estaba un poco resentida. Cuando dejaron atrás al otro automóvil, Tulio, sonriendo, exclamó:

— ¡Convéncete! ¡No hay rival! ¡Este es el automóvil de la juventud deportiva!

Hubo un largo silencio. Tulio preguntó:

—¿De qué hablábamos?

—No sé —contestó ella brevemente.

Mientras buscaba una respuesta —porque Tulio insistía— advirtió que estaban cerca del lago Albano y que no faltaría mucho para llegar a la propiedad donde esperaba la familia. Bajando los ojos, murmuró:

—Yo prefiero que hoy no me lleves a tu casa. Les dices que llego, tal vez, mañana, que no llegué.

Bruscamente, Tulio detuvo el automóvil.

—Y... —balbuceó, mirándola— ¿pasarás la noche conmigo en Roma?

—Es claro.

—Gracias, gracias —prorrumpió él, besándole las manos.

Sin entender el fenómeno, Mildred notó que las manos se le mojaban. Cuando comprendió que Tulio estaba llorando, se dijo que ella debía conmoverse y le dio el primer beso cariñoso.

Con evoluciones espectaculares, casi temerarias, emprendieron el regreso rumbo a Roma.

—Iremos a un restaurante donde nadie nos vea —afirmó Tulio, recuperando, luego de enjugadas las lágrimas, su agradable seguridad varonil.

El olor a comida los recibió en la calle y se espesó en el interior de la fonda, que era bastante desaseada.

Tulio habló por teléfono con la familia. Sentada a la mesa lo esperaba Mildred, pensando: «Debo agradecerle que me haya traído aquí. Quiere protegerme. No es como tantos otros que se divierten en exhibir a sus amigas. Ese gusto mío porque me exhiban tiene mucho de vulgar. En cuanto a mi preferencia por el comedor blanco y dorado de cualquier hotel, sobre el *bistró* más encantador, es un capricho de malcriada.

En la sobremesa, Tulio conversó animadamente, como si quisiera postergar algo.

—¿Vamos? —preguntó Mildred y recordó a las muchachas que en las calles de Londres acosaban a su marido.

—Es claro, vamos —convino Tulio, sin levantarse—. Vamos, pero ¿dónde?

—A un hotel —contestó Mildred, ocupada con los guantes y la cartera.

—¿A un hotel? ¿A un albergo?

—Es claro. A un albergo.

—¿Y tu reputación?

—Esta noche no me importa mi reputación —declaró Mildred, tratando de mostrarse contenta.

Como reparó que Tulio quería besarle las manos, se quitó los guantes; pero cuando pensó que su amigo nuevamente lloraría de gratitud, le dijo, para distraerlo y también para que no se repitiera con el hotel la experiencia del restaurante:

—Quiero que me lleves al mejor hotel de Roma. Al más tradicional, al más lujoso, al más caro. Al Grand Hotel.

—¡Al Grand Hotel! —exclamó Tulio, como si el entusiasmo lo inflamara; en seguida inquirió—: ¿Qué dirán si se enteran mis relaciones? ¿Qué dirán de mi futura esposa la nobleza blanca y la nobleza negra?

—Si nos casamos —respondió Mildred—, todo quedará en orden, y si no nos casamos, pronto me olvidarán.

—¡Nos casaremos! —prometió Tulio.

En el Grand Hotel, porque Tulio no pidió cuartos contiguos, Mildred se disgustó y se contuvo apenas de intervenir en el diálogo con el señor del *jaquet* negro. Subieron al primer piso. El señor del *jaquet* los condujo por anchos corredores hasta unas habitaciones amplias, muy hermosas, con vista a la plaza de la Esedra y a las termas de Diocleciano. El mismo señor abrió la puerta que comunicaba un departamento con otro. Por fin quedaron solos. Se asomaron a una ventana. La belleza de Roma la conmovió, y de pronto se sintió feliz. Con mano segura, Tulio la llevó hacia el interior de la habitación. Aquella primera y acaso única infidelidad de Mildred a su marido fue delicadamente breve. Después del amor, Tulio se durmió como un niño, se dijo Mildred, como un ángel, quiso pensar. ¿Y ahora por qué la invadía esa congoja? Procuró ahuyentarla: ¿No estaba en Italia con su amante? ¿Algo mejor podía anhelar? Si ella siempre se había entendido con los italianos, pueblo hospitalario e inteligente que vive en la claridad de la belleza, ¿cómo no se entendería con Tulio? Trató de dormir y lo consiguió. Las emociones del día la hundieron en un sueño profundo que duró poco. Al despertar se creyó en la casa de Londres, junto al marido. Entrevió de repente una duda que la asustó. Examinó las tinieblas y halló anomalías en el cuarto. Con angustia se preguntó dónde estaba. Cuando recordó todo echó a temblar. El hermoso cuarto del hotel le pareció monstruoso, y el hermoso muchacho que dormía a su lado le pareció un extraño. «Algo atroz —dijo Mildred—. Un cocodrilo. Como si yo estuviera en cama con un cocodrilo. Te aseguro que le vi la piel áspera y rugosa y que tenía olor a pantanos.» Comprendió que no podía seguir allí un instante más. Con extremas precauciones para no despertar a Tulio, salió de la cama, recogió la dispersa ropa y, en el otro cuarto, se vistió. Dejó una nota que decía: *Por favor, manda las valijas a Londres. Perdona si puedes.* Huyó por los corredores, bajó la escalera; con visible aplomo cruzó ante el único portero y, por fin, salió a la noche. Corriendo, en la medida que lo permitían los tacos, volviendo la mirada hacia atrás, llegó a la estación, que no queda lejos. Cambió libras por liras; compró un boleto para Londres, vía París, Calais y Dover; con miedo de que apareciera Tulio, esperó hasta las cinco de la mañana, que era la hora de la partida. Cuando el tren se movió, Mildred, muy silenciosa, empezó a llorar; sin embargo, estaba feliz. Como si un escrúpulo la obligara, reconoció: «Nunca he sido tan feliz después de cumplir una buena acción.» Desde luego, la frase es ambigua.

Yo MISMO telegrafié al Gran Hotel para pedir los cuartos —uno para Violeta, otro para mí—, de modo que la repetida e imperturbable frasecita del gerente «De acuerdo a su pedido, reservamos uno solo» me indignó. ¿Cómo quedaba yo ante mi amiga? ¿Podría persuadirla de que no obré con astucia, de que no me aproveché de su confianza, de que no le tendí una trampa? La situación era grave. El Gran Hotel estaba lleno; arrastrar a una señora a un hotelucho contraría mis principios; irme solo equivalía a renunciar, en el acto, no meramente a una esperanza, que bien podría resultar ilusoria, sino al mayor encanto de mi temporada en las sierras. Me había puesto a gritar «¡Que me muestren el telegrama!», cuando Violeta dijo con dulzura:

—A mí no me importa compartir el cuarto, ¿a ti?

La emoción me paralizó. Articulé la palabra «gracias», pero entonces no quedaba nadie para oírla. Eché a correr por los pasillos en pos de Violeta y del gerente. Presentí que nuestro cuarto consistiría, ante todo, en una inaudita cama camera; me equivoqué, era una habitación amplia

61

con dos camas estrechas colocadas, ¡ay!, a cuatro o
cinco metros una de otra, paralelamente a paredes opues-
tas. Aquello no parecía un dormitorio de hotel, sino un
dormitorio de quinta. Ustedes conocen el establecimien-
to: diríase que es la enorme quinta de una enorme familia que ocupa cien habitaciones. En la hora de la lle-
gada, otros habrán mirado con aprehensión la alfombra
de tono incierto, que todo lo absorbe, como el mar, los
sillones de cretona desvaída, las breves camas de hondo
pasado inescrutable y el grisáceo cuarto de baño; para
mí, porque me acompañaba la persona que más admiro
y que más quiero, los objetos, la casa, el mundo, res-
plandecían mágicamente. Cuando el gerente cerró la puerta y nos dejó en nuestro cuarto, pensé: «Ahora empieza
un período importante de la vida, un período inolvidable.»

Entre Violeta, su marido y yo planeamos el viaje. Javier (el marido) me dijo:

—Para las vacaciones de invierno Violeta se va a
Córdoba. Yo no puedo acompañarla. ¿No irías tú?

Estaba de más la pregunta.

Recuerdo que esa tarde discutimos acaloradamente sobre la verdad. Según Javier, la verdad es absoluta, una
sola; yo creo que es relativa. Con poco tino, y acaso
con no mejor lógica, estuve a punto de alegar, como
ejemplo de verdad relativa, el viaje proyectado. Las razones de Javier para desear que yo acompañara a Violeta
y las mías para acompañarla se excluían mutuamente;
sin embargo, unas y otras eran buenas.

Javier supone que Violeta está segura a mi lado. No
ignora que la quiero: descuenta que la cuido. No ignora
que soy celoso: descuenta que la vigilo. Imagina que
ella lo adora: descuenta que no tengo esperanzas. Nos
ve como somos: yo, demasiado enamorado para resig-
narme a una aventura con su mujer; ella, animada y feliz entre los hombres, encantadora, brillante, siempre
casta. No hay duda de que Javier conoce los personajes
y el planteo, pero mira una sola cara de la verdad.
Porque yo miro las dos caras, afirmo que estoy en lo
cierto (Dios mío, ¿no estoy demasiado en lo cierto? Si

todo es relativo, ¿sé algo?). Sé o creía saber que las mujeres un día caen, como fruto maduro, en los brazos del enamorado constante. Desde luego, no debe uno desacreditarse por demasiada constancia y fidelidad; pero aun así las mujeres caen, porque la vida trae de todo, y cuando llega la hora del abatimiento aparecemos como la roca de salvación, y cuando llega la hora de la incertidumbre acometemos como un general con su ejército. También creo que siempre me mantuve alerta como el general, que no descuidé mi prestigio. ¿Con qué resultado? Una a una confío a Violeta mis aventuras con otras mujeres. Invariablemente las escucha con simpatía y las comenta (sólo conmigo, después de un tiempo) con sarcasmo. En esas pláticas ulteriores pago mis confidencias. Violeta (la muchacha más dulce, menos maldiciente) me convence de la justicia de identificar, en cada oportunidad, a mi cómplice con una mona; en cuanto a mí, me compara con un sátiro y no deja duda de que el sátiro es, de los dos animales, el más ridículo. Al término de la conversación me encuentro irreparablemente derrotado · mi personalidad, mi actividad, mi concepción de la vida, son erróneas—, pero no desespero porque existe Violeta. Quienes no la conozcan no entenderán. Si pienso en ella veo un resplandor, como el que nos anuncia la cercanía de una ciudad cuando viajamos de noche. La imagen es pobre. Toda la gracia, toda la belleza, toda la luz reverberan en mi amiga. Vivir cerca de su esplendor compensa cualquier desventura. Además, cuando me ocurre algo malo, mi primer pensamiento es ¿cómo cobrárselo a Violeta? Fatalmente se lo cobro. Huye el administrador con mis ahorros de años de trabajo, se quema el altillo con los recuerdos de papá, muere mi hermano... ¿Cuál es mi reacción? Llamar a Violeta sin pérdida de tiempo. ¿Para qué? Para obtener un rato de compañía, unas palabras tiernas. Si alguien juzga que me contento con poco, reflexione que todo es relativo, que para mí ese poco significa mucho, significa —los casos mentados lo prueban— que las desgracias me dejan recuerdos preciosos. A veces creo que en lo hondo de mi corazón las busco, las anhelo. Quién diría que un amor de los llamados platónicos, o algo peor, un amor no correspondido, mueva sentimientos tan reales. Por increíble que parezca, esta situación infortunada me llena de un orgullo amargo, pero firme. Yo quiero, celo, espero y sufro sin recompensa alguna, y me figuro que por ello aventajo moralmente a quienes noche a noche reciben su paga. Desde luego, aspiro a ser el amo de Violeta; si no lo consigo, me conformo con la cariñosa familiaridad que la muchacha otorgaría a un pariente que se hubiera criado con ella, al más generoso de sus tíos o al faldero predilecto, entre sus gatos y sus perros. Conformarse no equivale a renunciar. En cuanto el gerente nos dejó en la habitación conté las noches que teníamos por delante y me dije: «Nunca fue más probable mi esperanza, pero si no logro nada guardaré el delicioso recuerdo de haber compartido la intimidad de una mujer.» Interrumpiendo estas reflexiones, Violeta propuso:

—Antes de que se acabe el día demos una vuelta.

Bajamos y, por una puerta de vidrio, salimos a la galería exterior. Quien mira desde ahí se cree en un barco —un barco rodeado de césped seco y polvoriento— o en Versalles, ya que el jardín se extiende en varios planos, con estanques y con un lago final. Paseamos por aquel Versalles de espinillos retorcidos, de *chalets* alternados con chozas, de *pelouses* de paja, por donde rueda algún bollo de papel de diario, tan reseco que si fuera bizcocho tentaría por lo quebradizo.

—¡Qué aire! —exclamé—. ¿No te parece que dejaste el lumbago en Buenos Aires?

—Nunca tuve lumbago —replicó Violeta.

—Yo sí.

Con agrado encaré el futuro inmediato: vivir plácidamente, en este lugar de convalecencia y ocio, la temporada de convalecencia y ocio que desde hace treinta o cuarenta años pasan aquí los argentinos: toda una tradición de costosa trivialidad.

Llegamos a los confines del parque. En una aureola de polvo inmóvil, un desvencijado camión avanzaba lentamente por una de las calles del pueblo, difundiendo nostálgica música vernácula, interrumpida por amenazadoras afirmaciones del partido gubernista. Hablé con firmeza:

—Volvamos a nuestro edén. Un tecito bien caliente confortará.

Servían el té —tibio, desde luego, en tazones cuya loza estaba impregnada del aroma de leches anteriores, con galletitas húmedas y con rebanadas de pan lactal tostadas quién sabe cuándo— en el salón que tiene el águila embalsamada y el óleo de San Martín. Buena parte de la concurrencia era de ancianos. Me dije: «Me pasaría la vida plácidamente platicando sobre una taza de té. Lástima que las plácidas pláticas no abundan, que el interlocutor me cuenta insulseces y que yo no tengo nada que decir.» (Ahora es otra cosa, porque estoy con Violeta.) Volvía a mis exclamaciones:

—¡Qué aire! Una gota de este clima tonificaría a un elefante. ¿Confesarás que te has aligerado de treinta años?

Violeta no contestó. ¿Qué podía contestar? Con treinta años menos no habría nacido. La verdad es que por los caminos del amor uno llega a situaciones diversas y, por fin, a la de niñero. ¿Qué digo, por fin? Bastante pronto. ¿No me repiten que estoy en la flor de la vida? El trato diario me induce a imaginar que Violeta y yo tenemos la misma edad, hasta que repentinamente descubro el error. Debiera manejarla como a una niña, pero es Violeta quien maneja. Además, para desdicha de los hombres maduros, el contemporáneo de la amiga tarde o temprano aparece. En esta oportunidad no se trata de uno solo, sino del equipo completo de esquiadores franceses, de paso en Córdoba, invitado por no sé qué repartición del gobierno provisional, en camino a Potrerillo, donde disputará un campeonato.

Hay leguas entre nosotros y la mujer que tenemos al lado. Yo juraría que ninguna persona normal puede fijarse en estos palurdos: aparentemente atraen a toda mujer. Son jóvenes, son fornidos, pero no los mueve sino el deseo o el propósito más inmediato. ¿En sus ojuelos brilla una luz? No lo dudéis; divisaron un vaso de leche, un pan de salud o a la mujer del prójimo. Pertenecen a una familia de animales notables por la estatura, por el corte del pelo, por la abundancia de tricotas. No son idénticos entre sí, de modo que sin mayor esfuerzo distingo al descomunal Petit Bob, a quien juzgué en seguida el más peligroso, y a Pierrot, un sujeto que en todo grupo donde no figura Petit Bob descuella como gigante. Reconozcamos en este Pierrot, un lado sentimental, como lo señalaríamos en un tigre que se adormeciera con la música; sólo que no es por la música, sino por Violeta, que Pierrot entorna los párpados. Perfectamente desdeñoso de mí, con desenvoltura, la corteja en mi presencia (siempre estoy presente). ¡Qué desventaja la del hombre cuyo mayor vigor es intelectual! Si a nuestro alrededor no la aprecian, la inteligencia trabaja en la penumbra, se perturba con resentimiento, deja de existir. Envidio la fuerza brutal. Si resolviera (digamos) pelear a Pierrot, lo peor no sería el polvo de la derrota; lo peor sería no llegar a pelearlo, quedar en el extremo de su brazo, trompeando y pataleando en el aire. Tuve una pesadilla con esto.

Desde un principio los celos me convencían de no esperar nada bueno. Yo miraba con particular aprensión un recinto más o menos ovalado, con olor a zapatería, denominado la *boite,* donde nos reuníamos noche a noche. Cuando Pierrot sacaba a bailar a Violeta, yo me creía perdido, pero ella prontamente demostraba que mis temores eran infundados; no bailaba con Pierrot la próxima pieza: la bailaba con cualquier otro o venía a mi lado a conversar. ¿Cómo agradecer tan delicados escrúpulos, tanta generosidad? No olviden que los celos —los ocultos y los evidentes— resultan odiosos; ejercidos por una persona sin ningún derecho, como yo, son del todo intolerables.

Para huir de mi preocupación recurrí a otras mujeres. A veces logré interesarme. Cuando Violeta bailaba, yo me decía que no debía seguirla con ojos de perro. Como hay que poner los ojos en alguna parte, las últimas noches miré con aplicación la piel del rostro, de las manos, particularmente de los brazos, de una tal Mónica. Estas cordobesas tienen manos y pies admirables. La misma noche que su marido partió a Buenos Aires, Mónica bebió un litro de *champagne* y me obligó a bailar con ella. Quisiera entender la irritación de Violeta. ¿Proviene de su fastidio contra «la vulgaridad de la lujuria», como ella pretende, o no es ilegítimo hablar de celos? Reflexioné: «Si tiene celos, trata de retenerme; si tiene celos, no es perfecta; si no es perfecta, si es una muchacha como otras, ¿por qué no me ha de querer un día?

Ahora no debo soñar, debo contar los hechos como ocurrieron. Por de pronto, en la temporada de Córdoba hubo algo más que agonía de sentimientos. Lo cotidiano —andar a pie o a caballo por las sierras, tomar sol y leer San Juan de la Cruz junto al arroyo, descubrir en el aire una fragancia— era prodigioso porque lo compartía con mi amiga. Este último verbo me trae recuerdos que prefiero a todas las sierras y a todas las llanuras del mundo; recuerdos de nuestro cuarto compartido, de ver sobre una silla, como algo corriente, una prenda de mujer, o la imagen de esa mujer cuando se reclina para quitarse las medias y sigue sus piernas con movimiento desganado.

Lamentablemente, a través de las noches, que había imaginado tan promisorias, la esperanza languidecía. También languidecieron los temores. Llegué a una conclusión evidente: si Violeta no cedía conmigo, no cedería con los otros. Por esta falta de temores y de esperanzas procuro explicarme la noche del 15 de julio. Nos creemos el móvil de cuanto ocurre.

El 15, a la hora del desayuno, hablando de cama a cama, Violeta me dijo:

—Hoy podríamos hacer una excursión con don Leopoldo.

—De acuerdo —contesté.

—Podríamos almorzar en las sierras.

A lo largo de la vida he comprobado cuánto agradan los *pic-nics* y toda suerte de meriendas campestres o, por lo menos incómodas, a las mujeres. Yo vuelvo de tales paseos con dolor de cintura, con dolor de estómago, con dolor de cabeza, con las manos sucias. Exclamé:

—¡Idea excelente!

La respuesta fue sincera. Un *pic-nic* con Violeta fatalmente dejaría buenos recuerdos. El norte de mi conducta, sobre todo cuando estoy con una mujer, es lograr abundancia y variedad de recuerdos, ya que éstos constituyen la parte durable de la vida.

—Yo me ocupo de las provisiones —declaró Violeta.

—Yo, de don Leopoldo y de los caballos —contesté.

—No te duermas, no sea que don Leopoldo se vaya con otros.

—¿Con otros? En el hotel no hay más que viejas momias y franceses maturrangos.

Diciendo esto último, yo minaba la posición de mis rivales. Me bañé y salí. En la esquina del almacén *El pasatiempo* encontré a Mónica. No estaba fea.

—Mañana vuelve mi marido —anunció—. ¿Por qué no vienes esta noche a comer a casa?

Respondí con alguna zalamería y con vaguedades para no comprometerme. Mientras proseguía el camino pensaba: «Me miman las mujeres, ando con suerte.» Don Leopoldo estaba en su apostadero. Le dije que deseaba alquilar dos caballos y le pregunté si él no nos acompañaría en la excursión. Arreglamos todo sin dificultad.

Cuando converso con don Leopoldo Alvarez me vigilo. Junto a este señor, el hombre de ciudad, tratando de decir muchas cosas rápidamente, gesticulando, descubre su fondo de fantoche. Hasta la misma ropa nos condena. No sabíamos que la nuestra fuera tan flamante ni tan vulgar.

Cada uno montó en su caballo y, con el tercero del cabestro, nos dirigimos al tranco hacia el hotel. Interrogué a don Leopoldo sobre posibles paseos. Enumeró el cerro San Fernando, la Mesada, el Agua escondida, el Agua escondida de los leones (pronunciaba *liones*). Nada más que por el nombre elegí el último.

Como don Leopoldo dio a entender que el paraje no quedaba cerca, expliqué a Violeta la conveniencia de partir inmediatamente. El tiempo es la manzana de la discordia entre hombres y mujeres. Qué talento el de Violeta para demorar. Un poco más de estas peleas y cabría la ilusión de que estábamos casados. No salimos hasta el mediodía. Buena parte del trayecto corresponde a una senda estrecha, empinada, por la ladera a pique de una sierra. Don Leopoldo señalaba a lo lejos los Tres mogotes, el San Fernando, el Pan de Azúcar.

Eran casi las tres cuando desmontamos, bebimos el agua de la vertiente de los leones, que nos pareció deliciosa, extendimos en el suelo un mantel, fijado por piedras, abrimos las canastas y almorzamos. Al sol no teníamos frío.

Los muchos años de la vida de don Leopoldo habían transcurrido en esa región de las sierras de Córdoba, y él hablaba como si allí cupiera toda la geografía, toda la fauna, toda la flora, toda la historia y toda la leyenda del mundo; la poblaba de tigres, de leones (que al rayar el alba bajaban a beber en la vertiente), de dragones, de hadas, de reyes, aun de labriegos. Por cierto, mi felicidad y mi desventura provienen de Violeta, pero en homenaje al pobre viejo que nos condujo por lugares en armonía con nuestra alma aquella tarde memorable diré que mientras uno estaba con él podía creer que la vida y la dicha eran cuestión de un poco de juicio.

Entrada la noche, llegamos al hotel. Dijo Violeta:

—Estoy tan cansada que no tengo ánimo para comer. Voy a meterme en cama.

Pensé que la sabiduría de don Leopoldo me hubiera recomendado no apartarme de Violeta, pero al examinar mis esperanzas perdí la fe. Acaso entendí que Violeta quedaba en lugar seguro y que en alguna medida yo me había comprometido con Mónica. Sin dar explicaciones partí a su casa. El frío, que a la tarde fue un estímulo para nuestra exultación, ahora dolió en la cara y en las piernas.

Mónica pidió que la ayudara a poner la mesa. Me pareció que jugábamos a vivir juntos (agradan estos juegos a un hombre que siempre vivió solo). De cualquier manera, ya fuese porque Mónica no me atraía mayormente, o por la botella de vino tinto que bebimos antes de comer, o por las que después corrieron, apenas guardo del episodio —recibimiento, comida, etc.— un recuerdo de confusión.

Al salir tuve una sorpresa: había nevado. Me en-

contré en un paisaje de nítida blancura, iluminado por
metálica luz lunar. Debió de nevar un buen rato, porque
todo estaba cubierto. Con increíble lucidez preví que el
frío me despejaría, pero me equivoqué. No sé qué dor-
midera echó Mónica en su vino tinto. Del otro lado del
arroyo, en las inmediaciones del almacen *El pasatiempo,*
vi una casita que no tenía el acostumbrado letrero *No se
admiten enfermos,* sino uno que entonces me pareció
normal y que tal vez fuera (pienso ahora) una fantasía
de aquel vino. El letrero rezaba: *Fábrica de grutas.* La
demanda de grutas, ¿justifica la proliferación de fábricas
por toda la República? Decidí que antes de irme a
Buenos Aires trataría de ver nuevamente el letrero; debía averiguar si era real o si lo soñé.

Llegué al hotel, por fin. Creo que sólo estaba despierto para desear que Violeta estuviera dormida y no
presenciara mi entrada. El deseo se cumplió. A la luz de
la luna, que se filtraba por las entreabiertas cortinas del
balcón, vi a Violeta, boca abajo en su cama. Me desvestí
con gran esfuerzo y caí en la mía.

Desperté en medio de la noche seguro de que algo
había sucedido fuera de mi sueño. Desperté como quien
está drogado, como quien, bajo la acción del curare, siente y no puede moverse. Vaya uno a saber qué tenía el
vino que me dio Mónica. Otras veces bebí más, pero nunca me ocurrió esto. Después de un rato se entreabrió la
puerta. El gigantesco Petit Bob penetró en la habitación, miró a un lado y otro, se dirigió hacia la cama de
mi compañera, se detuvo un momento, se inclinó como
si bajara desde muy alto, la tomó suavemente de los
hombros, la puso boca arriba, se echó encima. No me
pregunten cuánto tiempo transcurrió hasta que se levantó
el individuo. Lo vi sentarse en el borde de la cama, sacar
un atado de cigarrillos, prender uno, ponerlo entre los
labios de Violeta, sacar otro, prenderlo para él. En silencio los dos fumaron los cigarrillos, hasta que el hombre dijo:

—Esta noche hay dos que lloran.

Oí, como si me lastimara, la voz de Violeta.

—¿Dos que lloran?

—Dos. Uno es Pierrot, tu enamorado. Lo obligué a que me apostara una comida a que yo no estaría contigo esta noche. Espera afuera, en la nieve. Por lo que he tardado, sabe que perdió.

Oí de nuevo la voz de Violeta:

—Dijiste dos.

—El otro es ese que está en la cama y se hace el dormido, pero vio todo y está llorando.

Instintivamente llevé una mano a los ojos. Toqué piel mojada. Con el revés de la mano me tapé la boca.

Medio sofocado desperté al otro día. Mi primer pensamiento fue interpelar en el acto a Violeta. Debí esperar que la criada descorriera las cortinas, colocara las bandejas del desayuno, primero una y después la otra, llevara las toallas al baño, se fuera. Durante ese tiempo Violeta hablaba de que tuvo frío en la noche, de que se durmió temprano, de que no sabía a qué horas yo había vuelto, con tanta naturalidad —tan idéntica, por así decirlo, a la persona que yo siempre había conocido— que empecé a dudar. Tal vez porque no me atreví a interrogarla, pensé que convenía aguardar el momento oportuno. Me figuré que descubriría todo cuando asistiera al encuentro de Violeta con Petit Bob. La observé implacablemente, disimulando la angustia, el encono, la amargura. No descubrí nada No hubo encuentro. Violeta y Petit Bob se mostraron indiferentes y lejanos. No ignoro que después del amor el hombre y la mujer suelen rehuirse (lo que no impide que se quieran como animales a los pocos días); pero la verdad es que antes de la noche del 15 de julio tampoco se frecuentaban estos dos. Resolví tener una conversación de hombre a hombre con Pierrot; luego recapacité que por mucho que me hubiera distanciado de Violeta no debía hablar de ella con gente que yo despreciaba.

Ahora estamos en Buenos Aires. Ni siquiera averigüé, antes de venirme, si realmente había en el pueblo una fábrica de grutas. Cuánto daría, sin embargo, por saber que aquella noche todo ocurrió en un sueño provocado por el vino de Mónica. A veces lo creo y me repito que Violeta no pudo cometer esa enormidad. ¿Hubiera sido

una enormidad? Por mi culpa —tantas veces le dije:
«Todo o nada»—, ceder conmigo hubiera significado
abandonar al marido y a los hijos; pero, en medio de
la noche, un amor con ese hombre quizá no tuviera para
ella mucha importancia, fuera un hecho que luego se
daría por no ocurrido. Indudablemente, yo lo entiendo
de otro modo, pero no soy parte en el asunto.

All for love, or The World well lost...
John Dryden

A lo lejos retumbó un vals criollo cuando llegué a la placita que daba al río. La casa era vieja, de madera, alta, angosta, quizá un poco ladeada, con una cúpula cónica, puntiaguda, más ladeada aún, con una puerta de hierro, con vidrios de colores que reflejaban tristemente la luz de aquel interminable atardecer de octubre. Rodeaba la casa un breve jardín, desdibujado por la maleza y por la hiedra. En la verja, en una chapa, leí el nombre: *Mon Souci.* Más adentro, en un restángulo de madera clavado en la pared, había un segundo letrero, con las enes al revés: *Taller de planchado. Planta baja.* Me pareció que desde la espesura del jardín alguien me vigilaba, pero se trataba tan sólo de uno de esos desagradables productos de la estatuaria italiana del siglo xix, un cupido que reía no sin malignidad, cubierto de racimos de lilas. Entré, subí al piso alto.

La misma señorita Eguren —una anciana delgada y limpia, con un tul en el cuello— abrió la puerta. El cuarto... La verdad es que siempre ando distraído y tengo mala memoria, de modo que me limitaré a decir que el cuarto abarcaba todo el frente y que me dejó un agradable recuerdo de orden, de muebles de caoba, de olor a lilas. Arrimamos el sillón de hamaca y una silla al balcón. Bebimos refrescos; de tanto en tanto miramos la placita, rodeada de tres calles, con el embarcadero, los mástiles, alguna vela y el río al fondo.

—¿El señor escribe? —preguntó la señorita Eguren—. Lo llamé para contarle una historia. Una historia real. Yo se la cuento y el señor en dos patadas la arregla para una revista o libro. Como quien dice, yo le doy la letra y el señor, que es poeta, le pone música. Eso sí, le ruego que no se permita el menor cambio para que la historia no pierda consistencia. ¿Me explico? Tía Carmen, que leyó su libro, asegura que usted toma en serio el amor.

—Ah —dije.

—Los que hacen libros, ¿por qué se avergüenzan del amor? O lo echan a la chacota o lo cubren de verdaderas obscenidades, que, francamente, no tienen mucho que ver.

Protesté:

—I promessi sposi, Pablo y Virginia.

—¿Son autores de mérito? —su interés duró el tiempo de formular las palabras—. Pero no me niegue que para el hombre normal el amor no cuenta. La plata cuenta, el deporte. La mujer es otra cosa y, naturalmente, los sexos no concuerdan. ¿Para usted algún libro cuenta más que la vida?

—No —dije.

—Mi buen señor, únicamente la vida es mágica. En cualquier estrechez a que uno se vea reducido cabe la vida entera. A mí por este balcón me llega la vida entera. Los bobos creen que una vieja, arrumbada en un cuartucho, no disfruta. Se equivocan. Observo, soy testigo. Ah, quién pudiera serlo para siempre.

Para probarme quizá que a ella nada se le escapaba, agregó:

—Ahora cambian la guardia en la comisaría.

Efectivamente, en la entrada de la comisaría, sobre la calle que por la derecha bordeaba la plaza, hubo un cambio de guardia.

—Esos valses machacones vienen de la calesita —continuó—. Allá está, en el baldío; la gobierna el sin piernas Américo. A la derecha, ¿ve la araucaria? La casa rodeada por el corredor es la quinta de los Varela. Al frente, en el centro de la plaza, tenemos el monumento a San Martín, rodeado por cuatro bancos verdes, concurridos por enamorados, y al fondo, si no le falla la vista, divisará la plataforma de donde arrancan los escalones de piedra. ¡Cuántos amigos los bajaron, parece ayer, para encontrar una lancha y huir al Uruguay!

Aguardó en silencio hasta que volví a ella los ojos. Luego empezó:

—En 1951 ocurrió el episodio: bien narrado logrará su página de bronce entre las leyendas de la patria. Los protagonistas descollaban como verdaderos héroes. Ambos eran bien parecidos, muy jóvenes, virtuosos y de condición humilde. En esto último, señor, ¿no ve la mano de la Providencia, que los modeló queribles para todo el mundo? Angélica trabajaba en el taller de abajo. Usted la tomaba por una reina entre esas chicas vulgares y alocadas. Yo se lo digo: la única seria, la única linda, la única silenciosa. ¡Y de qué hogar venía! No puedo menos que espantarme, pues los hechos son reales y confirman, señor, los cuentos de hadas, donde a la novia predestinada la descubría en la casa más miserable del pueblo el príncipe, en este caso un panadero.

—¿Un panadero? —repetí estúpidamente.

—Ya le explicaré. La madre de Angélica era la pobre Margarita, usted sabe, paralítica en los últimos años, tonta siempre, sin más conducta que una oveja. ¿Hace cuánto hubiera muerto si no fuera por su Angélica, tan buena hija, tan abnegada, el báculo para cualquier necesidad? ¡Le daba de comer en la boca, note bien mis palabras, como a un pichón! De inanición hubiera muerto la pobre Margarita, sobre quien corren cuentos de una sordidez que pone los pelos de punta. ¡De mi boca no los oirá! Diré, en cambio, en su honor cuatro palabras verdaderas: adoraba a su hija. Con el hombre de la casa, el padrastro de esta chica Angélica, entra el plato fuerte, el ogro de nuestro cuento, señor mío. Por todos conocido por Papy o el Negro Cafetón, tratábase de un paraguayo corpudo, oscuro como si en el infierno lo hubieran chamuscado, de una violencia y de una vivacidad admirables, que no dejaba títere con cabeza. Amén de regentear no sé qué *stud* de mujeres —no me pida aclaración, porque yo de deportes no pesco—, el terrible padrastro surcaba los siete mares del orbe como fogonero a bordo del Río Diamante. La chica restañaba las heridas y secaba las lágrimas cuando el Negro Cafetón partía en el buque, pero el retorno era en fecha cierta. No sólo por las tundas lo aguardaba con pavor: bajo amenazas de malos tratos quería casarla con Luis Chico, pelele que el fogonero manejaba con mano de hierro.

Créame, el Papy era poderoso. Trifulcas tuvo miles, enemigos le sobraban, pues el crápula avivaba con agua fuerte su natural pendenciero. Engolosinada con tales antecedentes, la autoridad política lo apadrinaba, y el negrote se abría paso en el sindicato local. ¿Cómo contrariar tamaño bravucón? Si descubría el idilio de los chicos, desollaba vivo a Ricardo, y ante la vista y paciencia de la pobre madre, postrada en el lecho, era muy capaz de vejar a la niña el infame.

—¿Quién es Ricardo? —le pregunté.

—Un panadero, ya se sabe, el amor de Angélica. Mozo gallardo, era un gusto el verlo con la canasta repleta, cumpliendo como un reloj el reparto alrededor de la plaza; no dejaba a nadie sin pan, no digamos a los Varela, buenos pagaderos, pero tampoco a la comisaría, que nunca pagó un cobre, aunque reclamaba tortitas de azúcar quemada para el mate, ni al sin piernas Américo, cliente de cuatro felipes. Desde luego, no lo llevarían por delante. Ricardo era un panaderito de lealtad y de coraje probados (repito palabras pronunciadas bajo este mismo techo en los esperanzados días de aquel septiembre por sus compañeros de conjuración), pero ¿quién detiene con los puños a una locomotora? Y si enfrentaba con armas al paraguayo, ¿en qué pararía el asunto? Angélica le recordaba: «Queremos casarnos, no separarnos. Te quiero conmigo, no entre rejas ni bajo tierra.»

Antes de partir la última vez en el Río Diamante, el padrastro declaró: «A mi vuelta será tu boda.» Puede usted imaginar cómo cayó el anuncio a los pobres chicos. Ricardo la esperaba todas las tardes, y, cuando Angélica salía del taller, tomados del brazo, gravemente se encaminaban al centro de la plaza, a uno de los cuatro bancos que miran a San Martín. Por más que debatían el intríngulis, vea usted, no adelantaban. Poco faltaba para la fecha fatal: el padrastro regresaría en la noche del primero de octubre. No encontraban escapatoria, sólo una seguridad en el alma: día a día se querían más entrañablemente, y de cualquier modo evitarían el matrimonio de ella con Luis Chico, pues tenían ahorros para comprar un revólver, si no preferían suicidarse con veneno.

La vida corre por tantas ruedillas, que este idilio, rayano a su final trágico, no era el único suceso importante que ocupaba a los muchachos por aquel entonces. Como le dije, Ricardo intervenía en la conjuración contra la dictadura. Nadie sospechaba que el repartidor, con los panes de su canasta, repartía puntualmente partes y órdenes entre los confabulados. El comando local trabajaba oculto en la quinta de los Varela; los jefes reunidos allí eran notorios opositores del gobierno, conocidos por la policía, y para evitar detenciones que hubieran comprometido la suerte del golpe, en la etapa final ni asomaban la cabeza al jardín.

Había que mandar órdenes a los oficiales de enlace, y por su lado éstos debían informar de las novedades a la quinta, amén de transmitirle despachos del comando de Buenos Aires. Como los teléfonos no eran de fiar, el panadero anduvo atareado; pero luego vino una calma —los períodos de gran actividad, con el levantamiento anunciado para una o más fechas, inopinadamente seguidos de calmas, en las que todo parecía olvidado, eran el régimen habitual de aquellos tiempos de congoja—, y aunque en la quinta de los Varela se mantenían reunidos los jefes, el mismo Ricardo perdió la esperanza en la revolución.

Una tarde, sentados allá en el banco, mirando vagamente hacia el embarcadero y el río, en una brusca iluminación los jóvenes habrían entrevisto el plan. Lo cierto es que hablaron con el patrón de la *Liebre*, un lanchero que pasó montones de fugitivos a la otra banda. Tenía fama de espía del gobierno, mas por aquella época nadie dudaba de que sus pasajeros llegaran a destino, o como se diga. Francamente, sin connivencia con los mandones, el hombre no hubiera cumplido por largo tiempo el tráfico salvador. Lo más probable es que comprara la impunidad, pagando parte de lo que cobraba; no olvidemos que por encima de las peores pasiones el espíritu comercial cuidaba del último detalle en tiempos de la dictadura. El patrón de la *Liebre* convino con Angélica y Ricardo que los cruzaría al Uruguay en la noche del primero de octubre.

Todo lo habían previsto nuestros enamorados. Margarita sólo pasaría un rato desamparada, pues el Negro Cafetón, aunque inferior a Angélica en fineza de atención y demás miramientos, no la dejaría morir de hambre ni de sed. Una ternura extraña profesaba el crápula por su compañera, simple reliquia de un ayer de loqueos. Generosamente los jóvenes cargaron con el riesgo del plan. «Sería más que mala suerte —habrán pensado— que el padrastro llegue antes de nuestra partida; que llegue y nos busque inmediatamente; que nos busque y empiece por el embarcadero.»

El plan estaba preparado, pero en un rato el azar lo echó por tierra. El 27 de septiembre, en un encuentro casual, el patrón de la *Liebre* informó a Ricardo de que no podría cruzarlos a la otra Banda porque iba a pintar la lancha para dejarla nuevita. Con el ánimo por el suelo, el muchacho concluyó el reparto de la tarde en la jabonería de Veyga. Este, uno de los oficiales de enlace de la conjuración, les dijo que habían adelantado la fecha; que de Buenos Aires llegaron órdenes de estar listos para

la calle en cualquier momento; que en el primer reparto
del otro día alertara a los caballeros reunidos en la quinta, pero que no los visitara fuera de las horas habituales
para no llamar la atención de la comisaría, que sin duda
vigilaba, ya sobre aviso; que viera al sin piernas Américo para que en su repertorio repitiera, de tanto en
tanto, la *Marcha de San Lorenzo:* musiquita que significaba, en la clave de los conspiradores, peligro y acción
inminente.

El hecho es que Ricardo no encontró en su puesto al
sin piernas. Como siempre, a la salida del taller esperó
a Angélica. Yo los vi: se encaminaron con lentitud los
pobres chicos al banco de sus coloquios. Eran patriotas,
de modo que la inminencia de la rebelión —esté seguro, señor— los alegró; pero abandonar el proyecto de
fuga, encarar otra vez al padrastro, ahora sin más coca
patoria que un suicidio doble, ¡en qué tribulaciones los
habrá sumido! Un arrebato, un impulso momentáneo de
la esperanza o de la desesperación, vaya a saber, los
llevó al borde del agua. Ahí, junto a la escalera, encontraron al patrón de la *Liebre*. Recriminó con aspereza
Angélica, Ricardo rogó y el hombre por fin los confundió con la propuesta de cruzarlos al Uruguay inmediatamente. Era entonces o nunca, pues a la otra mañana pon-
drían en dique seco a la lancha, y antes de que navegara
de nuevo habría llegado el temido padrastro. Los jóvenes
pidieron un instante para hablar entre ellos. Caminaron
en dirección al banco y muy pronto se detuvieron. ¿Qué
no daría usted, señor, por conocer las palabras cambiadas
por la heroica pareja? Acaso no las conocerá nadie. En
cuanto a la resolución fue evidente. Yo puedo hablar,
pues ventilándome en este mismo balcón fui testigo de
las consecuencias afrontadas por los chicos. ¡Las culpas
que cargaron sobre la espalda!

A la tarde del otro día los vigilantes rodearon la quinta de los Varela. La cara en alto, los conjurados pasaron
entre dos hileras de facinerosos con uniforme rumbo a
la comisaría. El sin piernas Américo no incluyó en el repertorio la *Marcha de San Lorenzo;* pero por orden del
comisario, que en la calesita destacó un hombre armado

de mauser, a todas horas con música nos atronó. A la madrugada hubo una interrupción. No imagine que nos alivió la tregua. Fue algo horrible, porque oímos entonces los aullidos de los desventurados a quienes en la comisaría torturaban. ¡La mejor gente de la zona! Al pobre sin piernas también lo torturaron un rato, porque sospecharon que la interrupción fue adrede, para que nos enteráramos de lo que estaba ocurriendo. Aquí no acaban las calamidades. En la mañana del primero de octubre cruzó esta calle un entierro. ¡Tan debilitada estaba Margarita que le faltó aguante, y, sin amparo, en pocos días murió de hambre y de sed! Me aseguraron que el fogonero, cuando llegó, gimió como un pobre negro sobre la tumba de su mujer y juró destripar con las manos a los chiquilines, aunque tuviera que buscarlos en la vecina orilla: amenazas de borracho, que valen como de quien vienen.

Ahora yo le encomiendo, señor mío, que medite un instante sobre el punto sublime de esta narración. Usted, que leyó tanto, ¿encontró una historia de amor más perfecta? Vea con la imaginación a esos dos jóvenes, unos niños todavía, no lejos de la estatua del prócer, resolviendo entre ellos un dilema que abruma el corazón. En un platillo de la balanza está la vida de una madre adorada, la lealtad o el perjurio a la patria y a los correligionarios; en el otro, el amor de sus corazones. Mi Ricardo y mi Angélica no vacilaron.

Haciendo torres sobre tierna arena
Lope de Vega

Como si no bastaran las promesas del más allá, queremos perdurar en nuestra tierra, tan vilipendiada y tan querida. Casi todo el mundo comparte el afán por sobrevivir en obras, en hijos, de cualquier modo. Sin duda nos mueve un instinto, y en ese punto al menos igualamos en inteligencia a dos insectos, la hormiga y la abeja, y a un roedor, el castor o *castor fiber*. Si reflexionáramos un minuto acerca de la inmortalidad deparada por libros, obras de arte, inventos, función pública, saborearíamos la amargura de quien se dejó atrapar en una estafa. Yo anhelo la inmortalidad de mi conciencia y no soy tan vanidoso para contentarme con sobrevivir en media docena de volúmenes alineados en un anaquel; pero, desde luego, me aferro con uñas y dientes a esa inmortalidad de la media docena, mi robusto bastión contra los embates del tiempo, y no es menos verdad que me hago cruces, metafóricamente hablando, ante quienes día a día se afanan en trabajos que día a día se desvanecen.

81

¿Cómo entender a tanto artista, cuyos productos afrontan pruebas que barrerían con los cuadros del Museo de Arte Moderno, por no decir nada de muchos libritos de los poetas? Hablo de peluqueros de señoras y grandes *chefs,* del todo indiferentes a la rápida ruina de sus elucubraciones, llámelas complicados peinados o sabias tortas.

En cuanto a los referidos tomitos, descuento que me asegurarán un nicho —vivienda poco alegre, pero ¿qué tiene de alegre la posteridad?— en la historia de la literatura argentina. Acaso no figure entre los exaltados ni entre los ínfimos; me conformo con un lugar secundario: en mi opinión, el más decoroso. Mi nombre es desconocido por la muchedumbre, erudita en los bandos del *foot-ball* y en la genealogía de los caballos. Cuando digo que soy novelista brillan los ojos del fortuito interlocutor que me propone el asiento del vagón o la mesa del casino o del banquete, pero cuando a su pregunta doy mi nombre, la sonrisa momentánea se turba, hasta que una nueva esperanza la reanima: «¿Firma con seudónimo?» «No, no firmo con seudónimo.» Tal vez el interlocutor no recuerde al novelista, pero sí las novelas. Con abnegación las enumero, porque esa mueca en el ingenuo rostro desilusionado excluye toda duda: nunca oyó tales títulos.

Mi yerro, como escritor, fue probablemente el de contar ficciones, a la postre mentiras; las mentiras, quien lo ignora, llevan adentro un germen de muerte. Ahora contaré un suceso verdadero.

Hasta hoy me abstuve de aprovechar literariamente estos hechos, por consideración a las personas comprometidas; pero en nuestro país el olvido corre más ligero que la historia, de manera que uno puede publicar un episodio ocurrido diez años atrás, perfectamente seguro de no incomodar a los vivos ni empañar la memoria de los muertos. No hay memoria que empañar, porque nadie recuerda nada.

Lucharon siempre en mi ánimo la íntima holgazanería y la voluntad de dejar obra. Aquel año la holgazanería fue demasiado lejos, aprovechó demasiado cuanto pretexto le ofreció la vida en Buenos Aires. Como yo tenía entre manos un buen argumento —generalmente creo tener entre manos un buen argumento—, resolví salvarlo, escribirlo, aunque para ello debiera abandonar la ciudad y los compromisos, rusticar quién sabe dónde.

—Aproveche para visitar el país —dictaminó la mujer del portero.

Como desconfía de mi patriotismo —es tucumana, y más de un 9 de julio me sorprendió sin escarapela— no me atreví a explicarle que mi propósito no era turístico ni patriótico, sino literario.

En el fuero interno determiné ignorar el consejo y partir a Mar del Plata. Con espuma en la cara, frente al espejo de la peluquería, hablé del proyecto.

—Francamente —comenzó el peluquero, con su habitual displicencia— usted no abusa de la imaginación.

—El novelista —repliqué— debe ejercer la imaginación en la obra, pero en la vida, ¡por favor!, déjenos elegir cualquier expediente fácil. Le digo más: conviene Mar del Plata porque es pan comido; no andaré alelado buscando puntos de interés ni me distraeré de la novela.

Por si ello fuera poco, estábamos en abril, cuando las últimas tandas de veraneantes han vuelto a sus reductos y cuando son más hermosas las tardes. ¿No es abril el mes de los ingleses, de los que saben?

Debatí el asunto con mi amigo Narbondo. En el barrio así lo llamamos, a despecho de su verdadero apellido, según creo Rechevsky, por estar al frente de la antigua farmacia de aquel nombre, que en el treinta y tantos compró a un anterior Narbondo, a quien conocíamos por tal, pese a su verdadero apellido, Pérez o García. Alegó el farmacéutico.

—Allá tenemos unos parientes que están muy bien. Explotan una red de estaciones de servicio desde la costa hasta el Tandil. Ganan más de lo que gastan, usted me entiende, y año tras año levantan un *chalet*. Si quiere le pedimos que le alquilen uno de los mejorcitos.

—¿Cómo no va a querer? —protestó la señora—. Un artista en un cuarto de hotel muere de asfixia.

—Hago la salvedad —dije— de que José Hernández, en hoteles, ¡y de entonces!, escribió el *Martín Fierro*, ida y vuelta. Un argumento en favor de la vida de hoteles.

—O de la vida de cárceles —observó el farmacéutico—. ¿No redactó Barca en la cárcel de Henares *La vida es sueño*? Así se salió.

Hablaban tan rápidamente que usted no tenía tiempo de rectificarlos. Ya insistía la señora:

—Una casita proporciona otra tranquilidad. Con su buena chimenea y la vista al mar, yo misma daría rienda suelta a la inspiración y escribiría una novela.

Me dejé persuadir. «No busco aventuras —reflexioné—, sino condiciones favorables para el trabajo.» Los farmacéuticos telegrafiaron a los parientes, los parientes telegrafiaron a los farmacéuticos y yo, en Constitución, me encaramé a un tren y encontré la aventura, la sórdida aventura interminable que es hoy en esta República todo trayecto ferroviario. A las cansadas llegué a Mar del Plata, a mi casa, donde por no sé qué agradable generosidad del destino me esperaban imágenes que la señora del farmacéutico evocó en nuestro diálogo: en la chimenea los leños crepitando, en la ventana el mar.

También me esperaban los parientes de Narbondo, el matrimonio Guillot; me entregaron la casa y con delicadeza notable miraron que nada faltara. Yo había pensado: «Prósperos nuevos ricos de una ciudad un tanto materializada. ¡Cruz diablo!» Me llevé una sorpresa. Quizá en Juan Guillot, admitidas la inteligencia, la ilustración, la rectitud, la liberalidad, quedara por perdonar una que otra futesa, innecesaria prueba de que el hombre se hallaba en pleno curso de refinamiento detrás del mostrador; pero su mujer, Viviana, doña Viviana (como todos la llamábamos, aunque tenía menos de veinticinco años), era una persona extraordinaria, en quien no sabía yo si preferir la belleza tan nítida o la gracia, el don de gentes, que me dejaba satisfecho de la vida y de mí.

La definí como la esposa perfecta no sólo para el circunstancial marido comerciante, sino para el potencial cualquiera, artista o escritor.

Cuando partieron abrí la valija, escarbé entre la ropa que me había acomodado la señora del portero —con porfía afloraron objetos relativamente inútiles: una máquina de asentar hojas de afeitar, cuyo fabricante previó tal vez una nueva edad de oro donde no cupieran la prisa ni la impaciencia, un traje de baño que de sólo verlo usted por las dudas tomaba una aspirina, un bastoncito que requería de quien lo empuñara un coraje superior a mis fuerzas, un catalejo anhelado largamente, que después de comprado quedó en un cajón—, como pude extraje los zapatos con suela de goma, los pantalones de franela, una gruesa tricota con mangas. Con ese conjunto plenamente marrón y con la pipa encendida (pipa y conjunto que me depararon cierta fama entre las mujeres de espíritu curioso) me senté frente a la chimenea. Pensé: «Debo comprar una botella de whisky. Con el vaso de whisky en una mano, la pipa y un buen libro en la otra, ¿quién me echa sombra? Completaría el cuadro —reconocí— un perro fiel. De todos modos, con o sin perro, antes de volver a Buenos Aires, me fotografiarán en este rincón. Cuando la novela aparezca, lograré que algún librero exponga la fotografía.»

A la otra mañana, con la pipa humeante, me lancé a una caminata por el barrio, operación de reconocimiento que aproveché para comprar yerba, azúcar, whisky, etc., en el almacén y para desayunar a cuerpo de rey en la lechería.

Probablemente porque el viajero es pájaro que viaja con la jaula, al entrar en el almacén de Mar del Plata me creí en el almacén de la vuelta de casa en Buenos Aires: el mismo olor, la misma penumbra, la misma clientela de mujeres bajas, morenas y mustias. En el mostrador, es claro, no estaba el gallego don Faustino: estaba un gallego petisito, ojeroso, pálido, gris, notablemente desaseado que se llamaba (no tardé en enterarme) don Fructuoso. Esperando el turno, lo veía despachar a las mujeres y pensaba: la identidad de la función borra cualquier diferencia entre don Faustino y don Fructuoso. En este país, aunque de muchas maneras últimamente se rebelaron, hay (por un tiempo breve, quizá) grandes reservas de mujeres tímidas y sumisas. Cuando les toca el turno en el almacén, continúan calladas, con los ojos bajos. Así quedarían interminablemente si el gallego, don Faustino o don Fructuoso, con un tono de cordial palmada en las nalgas, no las animara: «Bueno, niña, ¿qué va a llevar?» Sin levantar los ojos, con una voz humilde como laucha que se atreve a salir de la cueva, la mujer responde: «Y... cien gramos de mondiola.» El gallego pesa la mondiola y pregunta: «¿Qué más?» Después de una pausa la mujer dice por lo bajo: «Una latita de mondongo.» El gallego empuña la escalera, trepa, vuelve al mostrador, pregunta: «¿Qué más?» La voz queda emite: «Cincuenta de cebollitas en vinagre.» Nada indica si el pedido es el último o si una larga lista continuará. El almacenero no ignora que de tales cerebros no hay que exigir la síntesis de un pedido conjunto. Con calma el hombre se encarama en la escalera, baja con la lata, obtiene de la clienta un nuevo pedido, lleva la escalera a otra parte, trepa en busca de otra lata, baja, obtiene otro pedido, vuelve la escalera al lugar de antes trepa en busca de otra lata. Magnánimo con su tiempo y con el del prójimo, el almacenero acepta este inútil ir y venir, se cobra en familiaridad, en el tono de manoseo con que trata a su clientela. Hay mucha indulgencia de su parte, pero nadie ignora quién manda, quién es el amo; de verdad el gallego es el gallo en el gallinero, un turco en el harén. Me atrevo a creer que para esta relación del almacenero y las clientas el mismo Freud hubiera encontrado una interpretación psicoanalítica.

Aunque el tiempo era desapacible, frío y ventoso, no tardé en bajar a la playa, pues las casas, con tablones que tapiaban puertas y ventanas, quién sabe por qué me deprimieron.

El mar está lejos, más allá de bañados cubiertos de maleza, que uno cruza por caminitos terraplenados. Llegué, para comprender, al fin de la peregrinación, que

sólo quería estar de vuelta. Me alenté: «En una mañana fría, nada más agradable que una caminata.» La verdad es que ya en la caminata la cintura duele; como si
hubiera que llevarlo a cuestas, el cuerpo pesa; pies y cal-
zado tardan, retenidos por la arena interminable.

En el borde la arena estaba firme. Del mar se des-
prendía ingrávida espuma que el viento deslizaba por
la playa. Las gaviotas, compañeras únicas en aquella
inmensidad, evocaron mis viajes y mis aventuras de alguna encarnación previa, y de pronto, olvidando el cansancio, recorrí un largo trecho, me encontré en el balneario de Atilio Bramante frente a casa. Por la playa no
tengo un punto más próximo. Aun así, para concluir la
agotadora travesía debía andar unos trescientos metros
(o quinientos, ¿quién calcula estas distancias?). Con el
pretexto de alquilar una carpa, buscaría al bañero y encontraría una silla. Confundido por la fatiga, estúpidamente olvidé mi verdadero propósito, y con la idea fija
de dar con el hombre amontoné más cansancio, mientras
obstinadamente empujaba mi pobre humanidad por el
desierto. Por último, llegué a la vivienda de Bramante,
en el centro del balneario, una casita de madera, sobre
postes, pintada de azul; cuatro altos peldaños llevaban a
la puerta de entrada, que estaba al frente, cara al mar;
a ambos lados de la puerta había ojos de buey. En uno
de ellos, como en un medallón, Bramante fumaba su pipa.

Le pregunté si era él. Sin apartar la pipa de la boca,
sin mirarme, rugió, según entendí, afirmativamente.

—¿Puedo pasar? —fue mi segunda pregunta.

Subí y entré. La casa consistía en un cuarto, había un
catre cubierto por una manta gris; lonas apiladas, cuer-
das; un cofre de madera con una calavera pintada y el
nombre Bramante; un salvavidas con el mismo nombre
colgado en la pared; un barómetro y olor de cáñamo, de
maderas y de resinas.

—¿Qué quiere? —preguntó.

—Alquilar una carpa.

—Levanto todo —repuso—. La temporada se acabó.
Por cuatro náufragos que quedan...

En esa vaga categoría despectiva, sin duda yo estaba

incluido. No era cosa de enojarse: el aspecto del bañero
reflejaba un tranquilo y concentrado poder que se me
antojaba más que humano, como si procediera de las
rocas o del mar, de algún ingrediente elemental de nuestro planeta. Atilio Bramante era corpulento, cobrizo, con
la cara cruzada por una cicatriz lívida; con las manos
cortas, hirsutas; con una pierna de palo. Vestía gruesa
tricota azul, pantalón azul, que se perdía, en la pierna
sana, en una bota de goma roja. Con tal individuo en
ese cuartito yo me imaginaba en un barco en medio del
océano; pero no en un barco de ahora, sino en un velero
del tiempo de los piratas y los corsarios. Probablemente
el cofre con la calavera tenía su parte en la ilusión.

—Yo paro en un *chalet* de los Guillot, por eso lo veo.

—Haberlo dicho —reprochó—. En esta casa un amigo
de los Guillot manda.

Con el andar torpe y pomposo de un león marino fuera del agua bajó a la playa, trajo dos sillas de mimbre.
Del cofre sacó una botella y vasos.

—¿Ron? —preguntó.

También me convidó con unas galletas revestidas de
chocolate que se llaman Titas o algo por el estilo, fu-
mamos y conversamos.

Así comenzó una de mis tres o cuatro costumbres de
aquella calmosa temporada que abruptamente desembocó
en infortunios. El agrado que yo encontraba en los paseos junto al mar en la pipa, el ron y el diálogo con Bramante provenía, a lo mejor, de imaginarme en esas ac-
tividades y de suponer que me documentaba para alguna
meritoria obra futura. En idear pretextos para postergar
el trabajo es infatigable el hombre holgazán. ¿De qué
me hablaba el bañero? De lejanos recuerdos de niñez, de
buques y de tormentas del mar Adriático; del balneario
donde nos hallábamos, distinto de todos (en su opinión)
y muy superior; del caminito de acceso, que lo enorgu-
llecía casi tanto como el propio hijo, una suerte de Apolo
rubio, rojo y robusto, cuyo cuerpo joven, cubierto de vello
dorado, tendía a la forma esférica; lo avisté más de una
vez, como a un capitán en el puente de mando, en el
centro de la herradura de carpas del balneario contiguo.

A este hijo que había formado a su lado, el verano último lo puso al frente de uno de los dos balnearios que regenteaba; el muchacho se portaba a la altura de las circunstancias, y a la tarde trabajaba en la estación de servicio, donde el matrimonio Guillot lo trataba «como de la familia», y en las madrugadas de invierno salía a pescar con la lancha mar afuera.

Tales diálogos frente al océano duraban hasta el mediodía. Después yo juntaba fuerzas para emprender la vuelta, almorzaba como un tigre en la cantina, y cuando llegaba a casa, con buen ánimo para el trabajo, caía en un siestón del que no despertaba del todo hasta la hora del té. Algún pretexto —por ejemplo, preguntarle si conocía a una muchacha para la limpieza— me encaminaba hacia el departamento de doña Viviana, que estaba en los altos de la estación de servicio. Allí, en buena compañía, yo absorbía, sin llevar la cuenta, repetidos tazones de chocolate espeso, más una cantidad notable de factura. Aunque mi conversación era pobre, por un prejuicio en favor de los escritores, del que tardaba en desengañarse, la señora me escuchaba como a un maestro, mientras yo, absorto en la visible suavidad de sus manos blancas, entreveía esperanzas descabelladas. Comportarme de tal manera no me preocupaba demasiado, porque estaba borracho por el aire fuerte y la digestión.

Los Guillot tenían un hijo: un gordo de tres o cuatro años que rodeaba en un silencioso y terco triciclo la mesa donde tomábamos el chocolate. Yo debía estar bastante enamorado de la madre, pues el chiquillo —por lo general, no los veo— me interesaba. Que al dirigirse a ella la llamara doña Viviana me parecía una irrefutable prueba de personalidad. Un chico es un loro que repite lo que oye; yo sabía esto, pero lo había olvidado.

Mirando al gordo, una tarde afirmé:

—Sobrevivimos en la obra. Por eso hay que hacerla con amor.

Por todo Viviana se ruborizaba. Misteriosa y encantadoramente ruborizada, replicó:

—Qué disparate. La obra reemplaza al autor, y no

hay más que resignarse. ¿De verdad usted cree que re-
vive Chopin cada vez que toco un nocturno? ¿Cuando alguien lea la historia de Flora, de Urbina y de
Rudolf dentro de cien años, el autor sonreirá en su
tumba?

—Hablamos en serio —protesté, molesto y halagado
de que me citara.

—No hay que renegar de las criaturas —declaró—.
Yo sé que no sobreviviré en mi hijo, pero estoy contenta de que sea él quien me reemplace.

Pensé: «Nadie reemplaza a nadie.» También: «Está
contenta porque piensa que de algún modo su vida sigue
en el vástago.» Pero no me atreví a hablar porque sabía
que no encontraría las palabras ni me atreví a decirle que
yo deseaba un hijo porque adiviné que la frase, en aquel
momento, sonaría a vulgaridad.

Mayor audacia desplegué en mis tratos con Dorila, la
muchacha que la señora Viviana me mandó diariamente
para barrer, fregar y planchar. Al principio me llevé una
desilusión, me dije que por ese lado no había esperanzas
y la bauticé la Mataca. Era baja, de color cobrizo, de
pelo negro, de cara ancha, de frente angosta, de ojos
pequeños, bastante apartados el uno del otro y sesga-
dos. Me ocurrió algo inexplicable: mientras procuraba
pensar en mi novela, de algún modo yo seguía por la
casa los movimientos de esta mujer joven. Días u horas
de convivencia bajo un mismo techo operan en las personas auténticas metamorfosis. Perplejos, asistimos al
paulatino florecimiento de encantos; una insospechada
morbidez en el brazo o aquella región inexplorada entre
la oreja y la nuca, blanca como los lados crudos de un
pan, investida de no sé qué deseable intimidad, o los
ojos, que de pronto revelan una ferocidad en la que uno
quisiera entrar como en las aguas de un río. Desde luego, me refrenaba el peligro del paso en falso que llegara
a oídos de doña Viviana. Me hubiera muerto de vergüenza, aunque lo más probable es que tal extremo
resultara innecesario, a juzgar por las familiaridades acor-
dadas por la Mataca a repartidores y medio mundo. Pre-
sumo que hubo entre ella y yo un acuerdo tácito y que

nos deslizamos, no sin vértigo de mi parte, hasta lo que se llama el mismo borde.

Como un pecador que no perdiera la fe, yo confiaba en que esta rutina, por una admirable transición, algún día me abocaría de lleno en el trabajo de la novela, cuyo manuscrito me acompañó en mis andanzas fielmente bajo el brazo. En determinado momento pareció que la previsión se cumpliría. Con relación a las dos mujeres (tan diferentes que debo acallar escrúpulos para juntarlas en una frase) me resignaba al papel de espectador; por otra parte, indudablemente empezaba a acercarme u la historia del libro, los personajes eran de nuevo reales para mí.

Después de comer, mientras volvía a casa mirando el cielo amenazador, una noche me encontré en plena invención de los episodios finales de la novela. Había leído en un diario que el ocupante previo dejó en mi mesa un suelto sobre la «costa galana». Me pregunté si con el epíteto *galana* habría alguna frase tolerable. Como respuesta, los versos de López Velarde me vinieron a la mente:

> *¿Quién en la noche...*
> (siguen unas palabras olvidadas)
> *no miró antes de saber del vicio*
> *del brazo de su novia la galana*
> *pólvora de los fuegos de artificio?*

Rápidamente inventé el episodio de los fuegos artificiales, que los héroes contemplan de la mano. Sólo faltaba la voluntad de pasar todo aquello al papel. Resolví madurar el tema, rumiarlo durante la noche, postergar el trabajo para el otro día. En este punto salí burlado, porque ya en cama el sueño me abandonó, inconteniblemente urdí situaciones y frases. Muy tarde me habré dormido, porque en seguida las detonaciones me despertaron. Primero creí que eran salvas de la fiesta de mi libro. Después comprendí que ocurrían en el mundo de afuera, pero lo comprendí con una razón tan oscurecida por el sueño, que me atribuí la culpa. «Quién me

manda pensar en pirotecnia», dije asustado. No era para
menos. De tanto en tanto, por la persiana entraban ira-
cundos relumbrones, como extremas olas de un creciente
mar de luz. «No se embrome el barullo: no me va a
sacar de la cama. Habrá tiempo mañana de averiguar las
cosas.» Me tapé completamente con la cobija, me imaginé a mí mismo como alimaña en la madriguera. Ya
el previsto sueño me solazaba, cuando reventó, yo diría
que en mi propio cuarto, una bomba o un rugido enorme. El relumbrón inmediato fue vivo. Incorporado en
la cama proyecté en pared y techo una sombra que me
intimidó: «La pereza es la madre de los vicios», mas-
cullé, mientras me vestía con notable prontitud. No omi-
tí la chalina, porque la noche debía de estar fresca.
«Voy a ver qué pasa. No vaya a convertirme, dentro
del *chalet,* en pichón al horno.»

Abrí la puerta. No hacía frío. La noche tenía una insólita tonalidad de cobre. Había grupos de gente mirando hacia el lado del faro; del lado del puerto llegaban
más gentes. Cuando en un grupo avisté a don Fructuoso, corrí como a los brazos de un amigo.

—¿Qué pasa? —pregunté.

—Fuego, un incendio bastante gordo —contestó.

—Saboteadores —explicó uno de los que llegaban del
lado del puerto—. Mientras aquí no apliquen la pena de
muerte estamos fritos.

—El país no tiene fundamento —dijo otro.

—¿Qué se quemó? —pregunté.

—Pues casi nada —respondió don Fructuoso—. Verá
usted.

—La estación de servicio —dijo la señora de la lechería.

—¿No la de Guillot? —pregunté con miedo en el
alma.

Ya veía las llamaradas y la ingente columna de humo.

—La de Guillot —respondió don Fructuoso.

—¿Quién estaba adentro? —pregunté.

—El fuego los atrapó adentro —dijo la señora de la
lechería.

La chica que atiende en la frutería agregó:

—También al pobre Cacho Bramante, sin comerla ni beberla.

—¿Cacho Bramante? —pregunté un poco atontado.

—El hijo del bañero Bramante —dijo la señora de la lechería—. El balneario queda enfrente del *chalet*...

Interrumpí las explicaciones con la pregunta:

—¿No puede uno hacer nada por salvarlos?

—Allí arde nafta, mi buen señor —razonó don Fructuoso—. ¿Quién se arrima? Ni yo ni usted.

Un anciano que parecía muy débil opinó:

—Todos, póngale la firma, incinerados.

Me alejé de esa gente cruel. Rondé por donde pude, llegué hasta donde bomberos cortaron el paso. Realmente apretaba el calor. De nuevo encontré a la chica que atiende en la frutería.

—¿Está llorando? —me preguntó.

—Es el humo —contesté—. ¿A usted no le incomoda el humo?

—Dicen que no estaban todos adentro —anunció.

Yo no quería esperanzas, pero interrogué:

¿Quiénes estaban?

—No sé —contestó—. Ojalá que no estuviera el Cacho.

«Pensamos en distintas personas —me dije—, pero la ansiedad es igual.» La tomé del brazo, la chica sonrió, yo hallé que había algo noble en su mirada y que debajo de mucho desaliño y poca higiene no era fea.

Afirmó un muchacho corriendo:

—El que no está es Guillot. Ayer a la tarde fue al Tandil.

Dios me perdone, quedé consternado. Solté a la muchacha porque temí que me trajera mala suerte.

—Cuando vuelva —observó una mujer—, ¡qué cuadro!

Dijeron otras:

—Yo en su lugar prefería haber muerto.

—Mil veces.

—Pasto de las llamas la señora y el pobre hijo inocente.

—También Cacho Bramante, sin comerla ni beberla —repitió la chica que atiende en la frutería.

—Ya serán polvo y hollín los pobres. ¡Miren qué infierno!

—No crea. El cuerpo humano aguanta. ¿No oyó hablar de los cadáveres de Pompeya?

—No me gusta hablar de esas cosas. Tengo imaginación. Pienso en doña Viviana, llena de vida ayer, y ahora... ¿qué parecerá? Yo tengo mucha imaginación.

—Yo he visto el cadáver de un siniestro: queda un mechón de pelo áspero y la dentadura blanquea.

—Tan blanca la señora: se habrá quemado como un terrón de azúcar.

—Tanto desvelo de doña Viviana por ese hijo. Ya no hay ni hijo ni Viviana.

—Muy joven doña Viviana y muy señora.

—Ayer nomás vi al chico en el triciclo.

«Qué gente —murmuré con rabia—. Qué manera de conmoverlo a uno.» Me alejé, tratando de atender las cosas que me rodeaban, los pormenores del camino, el incendio a lo lejos; tratando de distraerme de mis pensamientos. ¿Quién no es un miserable? Casi tanto como la confirmación de la muerte de Viviana temía yo la eventualidad de llorar en público. «Es una vergüenza —repetía ambiguamente—. Si me hablan del pobre chico en el triciclo me revuelven un cuchillo adentro.» Miré el humo y me encontré pensando que tal vez una parte ínfima de esa columna negra provenía del cuerpo de Viviana. Sin querer exclamé: «Pobrecita.» Procuré callar la mente, pero ya formulaba otra reflexión: «No volveré, ¡qué raro!, a verla nunca.» Argumenté en el acto: «¿Quién sabe? No tengo más testimonio que el rumor de la calle.» Recordé las obras de Gustave Le Bon como si las hubiera leído, y sostuve que la multitud siempre se equivoca. «Ojalá se equivoque ahora», murmuré.

No había suficiente agua o faltaba presión, o todo era uno y lo mismo, de modo que tardaron los bomberos en apagar el fuego.

Como sonámbulo rondé por allá, describiendo círculos cuyo obstinado propósito no imaginé. Los dueños de una casa me llevaron al balcón para que viera mejor, y en otra a medio construir llegué al techo. Pronto bajé de

estos miradores, afanado por continuar las vueltas.
¡Cuánto anduve aquella noche y aquella mañana!

—Acabará arrojándose a la hoguera —opinó la señora de la lechería.

Era increíble: hablaba de mí y todos convenían con
ella. Sospecho que el mucho trajinar me habrá dado aire
de loco. Fue inútil resistir: me arriaron al almacén, en
cuya trastienda me sentaron a una larga mesa cubierta
por un pulcro mantel de diarios, presidida por don Fructuoso y compartida por la señora de la lechería, los
fruteros, que son turcos acriollados, la chica y otros ve-
cinos que no identifico en la memoria.

—Corra, pues, aperital con granadina —ordenó el
dueño de casa.

El siniestro, como decían, les abrió el apetito; a mí
me cerró la garganta. En una fuente enlozada trajeron un
lechón —juro que parecía un niño rubio—, un lechón
entero, con todos los detalles de ojos, orejas, etc. Con
voracidad lo devoraron. Era admirable en esa gente la
cálida fraternidad, tan generosa, tan dispuesta a no ex-
cluir a nadie, que me incluía a mí: la valoro con gratitud.

Una mujer me gritó en la oreja:

—Ahogue la pena en vino dulce.

Bebí; quería huir; cada trago era un paso que me
alejaba. Aún hoy no entiendo por qué los pormenores
macabros, referencias pías a cadáveres carbonizados o no,
que todo el mundo aportaba en la comilona, combinados
con tanto lechón, me incomodaban. Comí poco. Bebí el
aperital con granadina; después, vino dulce. Mi último
recuerdo es de alguien que llegó de repente y declaró de
un modo indefinidamente dramático:

—Anoche lo vieron al hijo de Bramante cuando salía
por una ventana.

— ¡Bravo! —aplaudió la muchacha de la frutería.

Luego me enteré de que me llevaron a casa y me metieron en cama. Desperté a la madrugada. La noche ínte-
gra soñé con Viviana y su hijo, carbonizados y vivos, o
admirablemente blancos y muertos, con Bramante, con
el hijo de Bramante, huyendo por la ventana como la-

drón; soñé con fuego, con explosiones, con ambulancias, con carruaje de bomberos aullando sirenas.

Lo que en el sueño repetidamente interpreté como sirenas fue sin duda el viento. Diríase que arrancaría la casa. Ventanas, marcos, tirantes, unían sus quejidos al quejido de todo lo de afuera. Dominando el estruendo general bramaba el mar, inmediato como si rodara y reventara encima.

Me levanté, en la cocina preparé un café negro y salí, bastante arropado, a beberlo al corredor. El alba se trocó en mañana luminosa. No podía uno menos que mirar hacia la playa. Era muy notable el rumor de las olas: nunca oí un rumor tan grande. En cuanto al mismo mar, próximo y colérico, nadie hubiera dudado de su poder (si un antojo meteorológico lo ordenaba, de acabar con nuestra tierra firme). Por todos lados el aspecto era de restos dispersos, desolación, tumulto. Los bajos y el camino del balneario estaban anegados. Las olas todavía llegaban a la casa de Bramante. Cuando divisé un punto negro y móvil entre las desnudas armazones de las cargas recordé el catalejo. Yo estaba seguro de haberlo sacado de la valija. Después de un rato lo encontré.

En el nítido lente del catalejo apareció mi amigo, el bañero Bramante. Para salvar las maderas de sus carpas luchaba con el mar a brazo partido de igual a igual.

—Qué madrugador —me espetó el turco frutero.

Tenía una inconfundible manera de modular sinuosamente las palabras.

—Usted también —repliqué.

—Pobre Bramante —dijo.

—¿Por qué? —pregunté con algún fastidio.

La imagen de Bramante atareado allá abajo que me traía el anteojo sugería un león, una antigua locomotora a vapor, cualquier símbolo de poder y de orgullo, pero, francamente, no el término *pobre*.

—La noche entera peleando con el mar para salvar palos y estacas. No le queda otra cosa.

Lo miré sin entender y repetí:

—¿No le queda otra cosa?

—Al hijo hay que darlo por perdido. Salió con la lancha ayer a la madrugada. Todos los pescadores volvieron menos él.

—Ni volverá —dijo don Fructuoso, que había llegado silenciosamente.

—¿Por qué? —pregunté.

—Con este mar —respondió el frutero.

—Que el mar se lo trague —sentenció don Fructuoso—. ¿Os digo lo que me dijo el auxiliar Boccardo? Está probado que aprovechando el viaje del marido al Tandil el hijo de Bramante trató de deshonrar a doña Viviana. En el forcejeo la mató. Luego, para borrar crimen y rastros, el tipejo arrimó una cerilla a las cortinas: al rato los tanques de combustible completaron la faena.

Aquel día no tuve coraje de visitar a Bramante y a Guillot. Me recluí en casa a trabajar. Para las comidas corría hasta una fonda, donde nadie me conocía ni me hablaba. Escribí con provecho. Porque al retratar a la heroína pensaba en Viviana, y al explicar el dolor de los héroes refería mi dolor, escribí con elocuencia. A fines del invierno, en Buenos Aires, publiqué el libro; en mi opinión los críticos no lo entendieron debidamente.

Por cierto, no dejé a Mar del Plata sin llevar antes mi pésame a Guillot —un cuarto de hora de incomodidad, en que hablé menos al deudo de su pena que de su *chalet*— y a Bramante. Cuando enfrenté la casita azul, el bañero asomado a un ojo de buey, como en aquella primera mañana que ahora me parecía tan remota, fumaba la pipa. Bebimos ron, comimos galletas revestidas de chocolate y, por último, conversamos. Involuntariamente me puse a consolarlo. ¿Quién era yo para consolar a Bramante? La desgracia no lo apocaba. Del hijo no quería acordarse, y del mar afirmó que era un bicho nada simpático.

—Pero le debo algo —admitió—. En mi largo trato con el mar aprendí que lo más natural del mundo son los cambios.

Como yo estaba pobre de ideas, nuevamente lo arengué:

—No se descorazone —dije.

No lo tomó a mal. Admitía la posibilidad, confiado de dominarla. Declaró:

—No me descorazono, porque dejo obra.

Con un ademán sereno indicó la playa.

> *(A E. P., tan amistosa
> como secretamente.)*

Amor loco...
(Refrán español)

La otra tarde, en la editorial, frente al enrejado castillete de la caja, cuando cobré mis últimos trabajos, usted me previno que el día menos pensado la gente se cansaría de Emilia, y yo le prometí otras mujeres. Bueno, mi señor Grinberg, lo engañé. No lo engañé por cálculo ni por enojo, sino porque mi espontaneidad es tan torpe que si yo hubiera intentado una inmediata justificación lo hubiera irritado sin convencerlo. Usted dijo: «La cara de arlequín rubio, de Emilia, y esos pechos en forma de pera de agua, son un caramelo que todo lector de la revista por demás ha relamido. Es hora de ponerse a trabajar, no de repetir la misma acuarela o el mismo dibujo: de trabajar en serio.» Yo entiendo que para trabajar en serio debe uno trabajar con ganas, no como un escolar en el yugo de sus deberes. Mis ganas de retratar a Emilia no se agotaron. Basta mirarla para desechar el temor de repeticiones. Porque Emilia es un modelo infinito; siempre estoy descubrien-

do en su fisonomía o en su cuerpo una nueva luz, que
no fijé aún. Me aventuro por mi modelo, como un ex-
plorador que descubriera bosques, montañas, torres, en
el fondo del mar, y rescato para los lectores de la revista vislumbres de un mundo prodigioso, pero usted,
el director, sacude la cabeza, agita una mano, grita ¡No! ,
reclama, en lugar de Emilia, un surtido de señoritas in-
trascendentes. «Vaya a la confitería —ordena— de siete
a nueve y eche mano. Hay que moverse, hay que reno-
varse, amigo mío.» Con el infalible instinto de un ciego,
usted opina que estoy más interesado en Emilia que en
el arte.

Es raro: dos veces oí las mismas, o casi las mismas,
palabras. La primera ocurrió hace tiempo. Yo colgaba
mis cuadros para una exposición titulada *Nueve pintores
jóvenes* (mil años pasaron desde entonces), cuando una
colega, que todavía machaca por galerías y bienales, murmuró, como quien piensa en voz alta: «Estoy por creer
que te gustan más las mujeres que la pintura.» Aquel
día no acabó sin que llegara usted, traído probablemente
por su infalible instinto, y me abriera de par en par la
revista: oferta monstruosa, oferta que para cualquier
pintor era una bofetada en el rostro, y que acepté en el
acto (aunque usted la propuso con las palabras: «Lo
espero sin apuro. En la vida no se apure si quiere salirme bueno»). Aliviado, renuncié a pintar mujeres con
algo de naturaleza muerta, como las veíamos los pintores, para recrearlas como las quiere el común de los mortales. Tardé bastante en advertir que no sólo me había
mudado de una convención a otra, sino que había bajado
a un nivel subalterno. Estaba conforme porque había
encontrado mi camino. Ya no trataba de imitar a maestros; era por fin yo, con descanso y con naturalidad.
Hay que ser el que uno es; nada amarga tanto como
una doble vida. Aunque mis antiguos amigos del grupo
Pintura Nueva lo vean como una suerte de corruptor
que me apartó del arte, tentándome con dinero y con
mujeres para hundirme en faenas poco menos que te-
nebrosas, comprendo, si reflexiono, que usted fue un

segundo padre para mí. Porque lo tengo por tal, ahora le escribo esta carta.

¡Cuántas mujeres pasaron por el estudio! ¿Ha olvidado a Irene, señor Grinberg? Era alta, pálida, con largas trenzas rubias, y cuando se plantaba de espaldas para que yo la dibujara, sus pies caían en ángulo admirable. Usted la observaba con fauces de lobo hambriento. ¿Olvidó también a nuestra Antoñita, famosa por aquella desviación de un ojo, que usted llamaba su vértigo particular? Pienso en todas ellas con alguna nostalgia, pero si las recuerdo por separado me juzgo dichoso de que estén lejos.

Invistiendo caracteres de verdadero padre, un día usted me reconvino: «Hay que asentar cabeza. En esta multitud de mujeres, ¿quién no se perdería? El Gran Artista trepa, se encarama, descubre en el tropel a la mujer única, y por el procedimiento de la repetición pura la impone. Entonces los del gran número nos enamoramos de su modelo y levantamos para usted un pedestal del que nadie lo bajará al primer cascotazo.» Diríase que el mundo se confabuló para que yo pareciera un ejemplo de docilidad. Isaura, que por su vigor de animal joven, desechaba la sola idea del abrigo y siempre andaba acatarrada, cayó enferma. No di con Antoñita ni con Violeta. El teléfono de Saturna funcionaba mal. Yo había perdido la pista de Irene. Preocupado, porque era sábado y el lunes debían entregar los trabajos, crucé enfrente, al parque Chacabuco, a tomar sol. Cuando pasé del parque propiamente dicho al sector que los jubilados llaman el jardín italiano, divisé, a la izquierda, en el extremo de un sendero rojo, rodeado de simétricos canteros de césped, a mi amigo don Braulio, cubierto por el paño negro de su máquina, fotografiando a una señorita rubia y larga, vestida de verde, sentada en un banco de mármol debajo del arco de ciprés. Para mis adentros comenté: «Es un cuadro de Gaston Latouche.» Mientras me alejaba, la idea de cuadro me llevó a la de modelo y reflexioné que dejaba atrás la solución. Volví sobre mis pasos. Con algo de cocinero que revuelve y

prueba, don Braulio manipulaba sus placas. La señorita
había desaparecido.

Pregunté:

—¿Quién es? ¿Crees que volverá?

—Tiene que volver. Si no vuelve, ¿me como las fotografías? No, mi amigo, eso no se hace.

Después de explicarle la situación, dije a don Braulio:

—Necesito cuanto antes un modelo. Tal vez tú podrás
hablar a la señorita.

—Déjalo por mi cuenta —respondió.

—Que vaya a tratar a casa. ¿Recuerdas el número?

—No importa el número. Es la casa que parece un
mascarón de proa.

Aunque mi casa, que forma esquina, no parece un
mascarón de proa, sino una proa, comprendí que don
Braulio la identificaba; según el estado de ánimo, la
veo como una proa avanzando triunfalmente sobre el
verde del parque o como un agudo vértice que gravita
sobre mi corazón con la sombra y el peso de muros,
donde alguna que otra ventana, muy breve, se entreabre
sórdidamente.

Calentaba el agua para el mate cuando sonó la campanilla. Abrí la puerta: Emilia, la mujer única, por la
que usted clamaba y ahora protesta, entró en mi casa.

—El fotógrafo me habló —dijo—. Nunca trabajé de
modelo, pero vengo resuelta a todo.

Echó a reír, porque estaba en uno de sus días alegres
y tontos. Creo que me enamoré inmediatamente, aunque
no es imposible que en verdad el proceso llevara una
semana.

Con desagrado reflexioné: «Como nunca trabajó de
modelo, no sabe lo que va a cobrar; tendré que decír-
selo; le parecerá poco.»

Para que no sospechara que yo era idiota —hacía
rato que estaba callado—, justifiqué mi silencio:

—Estoy pensando en algo que después arreglaremos.

—¿En qué? —preguntó.

—Ya arreglaremos —repetí.

Insistió:

—Quiero saberlo ahora. No me pida que espere. Yo nunca espero. Odio la incertidumbre.

La curiosidad le iluminaba el rostro y le oscurecía la inteligencia. Emilia era prodigiosamente joven.

—Bueno: pensaba que deberíamos convenir cuánto le pagaré.

Como si me dijera: «Esperaba algo más intresante que esa miseria», exclamó:

—Ah.

Aquella tarde tomamos mate y trabajamos. Mi señor Grinberg, ¿le comunico los dos axiomas de mi conducta? Helos aquí: lo primero va primero, y que cada cual se conozca. Si no dibujo a Emilia, acaso no dibuje. Yo con Emilia estoy contento; lo demás viene después. Permítame que alce un poco la voz, como si usted fuera sordo, para aclarar que lo demás incluye todo lo demás. Desde luego, mi situación con Emilia no es tan estable como yo la desearía (ni como ella la desearía: «La mujer quiere estabilidad» es una frase que siempre repite). Me consuelo, o trato de consolarme, con la reflexión de que la vida misma, comparable a una cambiante luz que pasa por nosotros, también es precaria. Estas ideas me traen el recuerdo de la gente de la casa de al lado cuando yo era chico. En cuanto apretaba el verano, cargados de valijas, precedidos de camiones de Villalonga cargados de baúles, partían a Mar del Plata a instalarse por la temporada, pero usted, contando los bultos, calculaba que no volverían hasta quién sabe cuándo; pues mire, aunque entonces el tiempo fluía con pasmosa lentitud, antes de que usted se acostumbrara a la noción de que habían partido, los tenía de vuelta, con las valijas, con los baúles, con Villalonga. Como predica en el parque un inglés de cuello de celuloide y traje negro, sobre arena movediza levantamos un tabernáculo.

Mi vida es calma y ordenada. Por la mañana trabajo en apuntes de la víspera o dibujo de memoria hasta que llega Tomasa, la sirvienta. Entonces, con la red debajo del brazo, me corro a la panadería, al mercado, al almacén, y, ¿usted lo creerá?, no sin agrado elijo las compras, alterno saludos y comentarios con los conocidos,

casi diría con los amigos, que encuentro ritualmente,
a la misma hora, en los mismos lugares. A mi vuelta la
casa está limpia. Tomasa prepara la comida, yo sigo di-
bujando. Después del almuerzo cruzo al parque a tomar
sol y departo con jubilados, cuyo aspecto deprime a
Emilia. Entrando a conversar, la gente vale por lo que
dice, de modo que yo, aunque pintor, paso por alto la
traza cuando es atinada la reflexión o cuando es útil,
como la que ayer sometió don Arturo, el de los ojos
como huevos al plato reventados, que, según colijo, trabajó en calidad de vareador en algún *stud* platense, pese
a que se proclame ex ascensorista del Palacio Barolo.
«Tú, carbonilla en mano —me dijo don Arturo—, suda
que te suda para arrancar el parecido a la personita que
retratas, y te juego la cabeza que mientras tanto, lo más
oronda, la fulana copia al dedillo tus gestos, palabras,
amén de opiniones: cosa de nunca acabar. La mujer hay
que ver cómo copia.»

A las cinco en punto vuelvo a casa a esperar a Emilia,
que llega con retardo. Mi dicha dura tres horas (otros
tienen menos). Antes de las nueve parte Emilia, y por
separado acometemos un largo trayecto, que preveo con
temor y que luego, muchas veces, deploro: revolución
de veintiuna horas, en que Emilia recorre un mundo hostil. Todo lo sé porque ella es perfectamente sincera.

Emilia no va a su casa a las nueve, sino al club. Créame, señor Grinberg, no sé cómo una muchacha de vivo
y delicado discernimiento tolera a esa gente; porque mi
indulgencia —habría que decir mi caridad— es menor,
no la acompaño y sufro lo que sufro. A esta altura de
nuestra relación, concurrir al club me resulta virtual-
mente imposible. Sin embargo, al principio la misma
Emilia me pedía que la acompañara. Yo me negaba para
demostrar mi superioridad. Es claro que si ahora yo apareciera una noche por los salones del club me volvería
tan odioso como cualquier espía. Emilia va, porque a
alguna parte hay que ir, pero le aseguro que no tiene
afinidad con los consocios que allá encuentra: gente sin
interés, ni un solo artista, la humanidad que abunda. No

puedo pedirle que se quede en su casa porque su casa la deprime. ¿A quién no deprimiría el estrépito de esa infinita reyerta de los padres y la compañía del hermano, de espíritu comercial, y de la hermana, la profesora, que no perdona al prójimo la propia fealdad y decencia? Tampoco puedo, sin provocar toda suerte de sinsabores, retenerla en casa. Emilia me previene: «Yo no quiero ser pasto de las fieras. No quiero estar en boca de nadie.» Por mi parte, le encuentro razón.

Usted preguntará por qué no me casé con ella. Quien mira de afuera no entiende de vacilaciones, y con rápida lógica dispara su desdeñosa conclusión. El matrimonio con Irene, con Antoñita o con Violeta no hubiera tenido sentido; cuando por fin llegó Emilia, yo me había hecho a la vida de soltero; estaba dispuesto a querer y a sufrir, pero no a cambiar de costumbres. Después, por amor propio u otra causa, Emilia no quiso que nos casáramos.

Para entender a Emilia debe uno conocer el aspecto de su carácter que me trajo más amarguras. Me refiero a la puerilidad. Recordaré como hecho ilustrativo que el invierno pasado, cuando le mandaron de Tucumán a los dos sobrinos, Norma, de cinco años, y Robertito, de siete, mi amiga continuamente imitaba a la niña, remedaba sus monerías y su modo de hablar. Una tarde, mientras tomábamos mate, me propuso que jugáramos a ser Norma y Robertito, tomando la leche. No frunza la trompa, señor Grinberg. Por amor llega el hombre a cualquier oprobio.

Cuando Emilia se pone a denigrar a sus amigos del club tiemblo. Aunque no la contradigo, insiste, por ejemplo, en que Nogueira, un individuo que desconozco totalmente, es de lo más grosero: la apretó mientras bailaban; con el pretexto de la falta de aire la sacó al balcón, donde la besó, y por último le prometió que la llamaría por teléfono «para combinar algo». Con despecho comento: « ¡Cómo lo habrás provocado! » Mi conjetura la ofende, pero al verme contrariado y pálido se enternece, pregunta si no hace mal en contarme todo. A los pocos días, cuando anuncian otro baile en el club, le pido que no vuelva a ocurrir un episodio como el de Nogueira.

—No debí contarte eso —exclama—. Además, ¡hace tanto tiempo! Me parece que yo era otra. No te quería como ahora. Ahora sería incapaz de hacer una cosa así.

Con su ingenuidad no fingida Emilia me confunde. Si no agradezco el amor que en el momento la embarga, soy ingrato; si desconfío, soy insensible, quiebro nuestra milagrosa comprensión. Estas actitudes, tan espontáneas en ella, no revelan un fondo turbio y malvado, sino (lo que no es nuevo para mí) un temperamento estrictamente femenino. Procuro, pues, olvidar la serie lamentable que incluye a Viera, a Centrone, a Pasta (un actorzuelo), a Ramponi, a Grates, a un peruano, a un armenio y a otros pocos.

Repentinamente la pesadilla ha concluido. Emilia, por milagro, cambió. De medio año a esta parte no me trae noticias de infortunadas aventuras nocturnas con los amigos que encuentra en el club. Yo he sido muy feliz. Yo estaba acostumbrado a prever, con el corazón oprimido, los inevitables episodios, fielmente confesados al otro día, que lograban siempre el perdón, porque de verdad no eran muy serios ni de efecto perturbador en nuestro modo de vivir, sino que tenían el carácter de penosas debilidades, detestadas por la misma Emilia, de caídas atribuibles a la confusión del alcohol o simplemente una puerilidad extrema, agravada de buena fe. Y ahora ¿comprende usted lo que significa de pronto descubrir y luego confirmar que acabó la pesadilla muchas veces renovada?

Como le dije, últimamente fui muy feliz. La otra noche nomás yo pensaba que no estaba acostumbrado a que la realidad, el mundo o Emilia me trataran tan bien que lo natural sería descubrir, primero, alguna grieta, y luego, por la grieta, una verdad espantosa; que en contra de cada uno de los antecedentes de mi experiencia día a día se corroboraba el carácter auténtico de mi increíble fortuna. No fue bastante que cesaran las infidelidades en el club; oí de labios de Emilia las palabras:

—Voy a quedarme esta noche hasta más tarde. De

todas maneras, los que comenten no van a quitarnos las locuras que hagamos, y los que no comenten no van a devolvernos las que dejemos de hacer.

Para tomar una resolución tan opuesta a sus convicciones de toda la vida, mucho debía quererme Emilia. Yo reflexioné que mientras una mujer lo quiera, el hombre no tiene por qué envidiar a nadie.

Amanecía cuando la dejé en la puerta de su casa. Durante el camino de vuelta recité versos, y de golpe, con la exaltación de quien descubre o sueña que descubre algún portento, entendí que en la dureza de las baldosas, a mis pies, y en la irrealidad de la luz que envolvía la calle, había un símbolo de la inescrutable fortuna de los hombres. No sólo la tienes a Emilia, me dije, como quien enumera trofeos; también eres inteligente. Sí, mi señor Grinberg, yo conocí horas de triunfo.

Al otro día, por teléfono, Emilia me explicó que para «aplacar las fieras» no me visitaría esa tarde. Desde entonces alternamos días en que se queda hasta la madrugada con días de ausencia total.

Con un poco de cordura —si yo me atuviera a los hechos y no cavilara— sería feliz. En definitiva, ¿cuál es el cambio? Ciertamente hay días en que no la veo, pero hay otros en que la veo doce horas en lugar de las tres de antes; por semana, antes la veía veintiuna horas, y actualmente, por lo menos, treinta y seis.

Puedo, pues, darme por bien servido, sobre todo cuando no recuerdo que en las relaciones de amor, si una persona influye en otra, lo habitual es que esto ocurra desde el principio. Después de muchos años, ¿a santo de qué influirá uno? ¿Por qué Emilia dejó de ir al club? ¿Por qué no recae en sus aventuras nocturnas? ¿Por mí? Asustado, como el enfermo que en medio de la noche se pregunta si no tendrá un mal sin cura, yo me pregunto si no se habrá deslizado otro hombre en la vida de Emilia.

Ahora le contaré lo que pasó en nuestra fiestita, señor Grinberg. En lo más ardiente del verano hay una fecha que celebramos Emilia y yo con una fiestita. Yo compro en Las Violetas un pollo de chacra y me ingenio para obtener el *champagne* chileno, preferido de Emilia, quien por su parte contribuye al banquete con almendras y otros manjares, cuyo mérito principal consiste en ser elegidos por ella. Este año temí que se complicaran las cosas, ya que en la misma noche inauguraban en el club una *kermesse,* con baile y tómbola, y se revelaría a las doce el resultado de una rifa que Emilia deseaba ganar. El premio era un mantón de Manila.

«Si me toca el mantón lo pongo sobre el piano —declaró Emilia, riendo, porque sabe que un mantón sobre un piano es el colmo del mal gusto y porque sabe también que ella tiene una personalidad bastante fuerte para poner sin riesgo el mantón sobre el piano y lograr para ese rincón de la casa el encanto de lo que es típico de otros medios o de otras épocas—. Sobre el mantón pongo a Mabel», continuó Emilia, riendo a más y mejor. Mabel es una muñeca de trapo con la que todavía juega.

Creo conocer a Emilia, haber advertido a lo largo del tiempo abundantes pruebas de su impaciencia y de su curiosidad, de modo que no me permití ilusión alguna sobre el cumplimiento normal de nuestro aniversario. Cargada de envoltorios, mi amiga llegó más temprano que de costumbre. Trajo uvas, almendras, una botella de salsa Ketchup y hasta una palta. Como hacía calor, yo abrí de par en par la ventana. Emilia dice que un cuarto cerrado la ahoga. Poco antes de la medianoche, en alguna casa contigua, un hombre de voz vibrante y rica empezó a cantar *El Barbero de Sevilla.* A mí la ventana abierta me incomodaba, no sólo por los enérgicos *Fígaro qua, Fígaro la* que conmovían el centro mismo del cráneo, sino por un vientito sutil que acabaría por resfriarme; pero no me atreví a cerrar porque Emilia siempre clama por ventilación, al punto de que en pleno invierno me tiene con todo abierto. Imagine usted, señor Grinberg, mi sorpresa cuando preguntó:

—¿No te sofocas, de verdad, si cierro?

La miré interrogativamente; no sabía si agradecer una amabilidad o festejar una broma.

—Se invirtieron los papeles —exclamé—. ¿Jugamos a que uno es el otro?

No me oyó porque el reloj con picapedreros que tengo sobre la chimenea se puso a dar las doce. Emilia partió a la cocina en busca del *champagne* que se enfriaba en el hielo. Caminó de un modo extraño. Cuando volvió con la botella y los vasos, nuevamente la observé. Descubrí entonces lo que había de extraño en su modo de caminar: un no sé qué masculino. Mi convicción de que Emilia estaba imitándome fue muy viva.

De repente se me ocurrió que su premura en llegar y ahora esa corridita para buscar el *champagne* y las copas ocultaban el propósito de partir cuanto antes. «Está procurando formular una frase aceptable —pensé— que empiece con *Bueno* y, después de una pausa, proponga, en tono inofensivo, *vamos hasta el club, entro para ver si gané la rifa y en cinco minutos me tienes de vuelta.*» No ignoro de lo que es capaz una mujer en un baile. Me vi en la esquina del club esperando durante horas y preví que de esa noche yo guardaría un recuerdo triste.

Hablo de la impaciencia de Emilia pero la mía no es menor. Por salir de la duda yo estaba dispuesto a anticipar, a provocar la resolución que tanto temía. Diciéndome que era generoso, que si Emilia deseaba algo yo debía contentarla, aun a costa de mi propia ruina, pregunté:

—¿Vamos al club a ver si ganaste el mantón?

Su respuesta me dejó atónito. Emilia replicó:

—Ni locos. ¿Por qué? ¿Para saber hoy que perdí la rifa? Saberlo mañana es igual.

Un enamorado tiene mucho de tonto y de suicida. Yo insistí:

—¿Pero, Emilia, vas a aguantar hasta mañana la incertidumbre?

—Yo creo —contestó— que uno debe edificar su casita y hacer la cama en la incertidumbre. Total, en la vida nada hay seguro.

La miré sin comprender. En su cabeza una peluca blanca no me hubiera parecido más postiza que tales palabras en su boca; reconozco, sin embargo, que habló con naturalidad.

En seguida se recostó, miró el vacío con ojos redondos, fijos; una sonrisa que no le conocía —arrogante, obscena, un tanto feroz— afloró a sus labios. Quién sabe por qué la sonrisa aquella me contrariaba profundamente. Murmuré algo para arrancar a mi amiga de su abstracción. ¿Cómo me pidió que callara? Dijo:

—Por favor, Emilia, no hables, no me interrumpas, que estoy pensando.

Ya sé: hay mujeres que por vanidosa afectación emplean su nombre para interpelarse en voz alta; pero Emilia habló conmigo.

¿En ella se cumplía el ideal de todos los enamorados de confundirse con la persona querida, y realmente creía que ella era yo y que yo era ella? ¿Por qué tardo tanto, me pregunté, en comprender que la suerte me entrega en su pureza perfecta a una muchacha enamorada? Trémulo de gratitud, estreché su mano. Ay, esa mano no estrechó la mía; diríase que Emilia se había alejado y que la dejó por olvido. Recordé entonces la frase que mi amiga pronunció minutos antes: *Yo creo que uno debe edificar su casita y hacer la cama en la incertidumbre. Total, en la vida nada hay seguro.* La frase no es de ella, me dije, ni mía tampoco. Rápidamente razoné: Hay personas impacientes (como Emilia y como yo) y hay personas que reprimen la impaciencia. Entre estas últimas no faltan ejemplares pintorescos, como el predicador inglés del parque Chacabuco. Y usted mismo, señor Grinberg, ¿no me dijo en una oportunidad: «Lo espero sin apuro. En la vida no se apure si quiere salirme bueno»? Todo esto no significa que usted sea mi rival ni que lo sea el inglés del parque; hay más gente capaz de formular la frase aquella; lo que todo esto significa es que no sólo hay otro hombre en la vida de Emilia, sino que Emilia, cuando está conmigo, remeda a ese otro; cuando me besa imagina que el otro está besándola, y cuando la beso imagina que ella está besando al otro.

Me turbé demasiado para ocultar mi despecho; ignoro si Emilia lo advirtió. Durante una semana traté de no verla. Eso no era vida. Cuando volvió a casa me pareció que me daba a entender, aun sin hablarme, que existía el otro. Sin duda estaba jugando, con la puerilidad y buena fe propias de su carácter, a ser él. Tal vez mi situación parezca un poco absurda y bastante innoble. Pero ¿no es absurdo todo amor? ¿De verdad Fulanita será tan maravillosa? ¿Estará Fulanito justificado en desvivirse por ella? ¿Y por qué es más noble el amor retribuido que el desinteresado y sin esperanza? Tal vez piense usted que yo soy el más infortunado de los hombres. Yo sé que sin Emilia no lo sería menos. Usted dirá que tenerla como la tengo no es tenerla. ¿Hay otra manera de tener a alguien? Aunque vivan juntos, los padres y los hijos, el varón y la mujer, ¿no saben que toda comunicación es ilusoria y que, en definitiva, cada cual queda aislado en su misterio? Yo sólo pido que mi rival no la trate demasiado bien, porque entonces ella me dejaría, y que no la trate demasiado mal, porque entonces ella, que lo imita, me trataría muy mal a mí. Ultimamente cruzamos un período borrascoso, pero por fortuna pasó.

Raúl Arévalo cerró las ventanas y las persianas, ajustó los pasadores uno por uno, cerró las dos hojas de la puerta de entrada, ajustó el pasador, giró la llave, colocó la pesada tranca de hierro.

Su mujer, acodada al mostrador, sin levantar la voz, dijo:

—¡Qué silencio! Ya no oímos el mar.

El hombre observó:

—Nunca cerramos, Julia. Si viene un cliente, la hostería cerrada le llamará la atención.

—¿Otro cliente, y a media noche? —protestó Julia—. ¿Estás loco? Si vinieran tantos clientes no estaríamos en este apuro. Apaga la araña del centro.

Obedeció el hombre; el salón quedó en tinieblas, apenas iluminado por una lámpara sobre el mostrador.

—Como quieras —dijo Arévalo, dejándose caer en una silla, junto a una de las mesas con mantel a cuadros—, pero no sé por qué no habrá otra salida.

Eran bien parecidos, tan jóvenes que nadie los hubiera tomado por los dueños. Julia, una muchacha rubia, de pelo corto, se deslizó hasta la mesa, apoyó las manos en ella y, mirándolo de frente, de arriba, le contestó en voz baja, pero firme:

113

—No hay.

—No sé —protestó Arévalo—. Fuimos felices, aunque no ganamos plata.

—No grites —ordenó Julia.

Extendió una mano y miró hacia la escalera, escuchando.

—Todavía anda por el cuarto —exclamó—. Tarda en acostarse. No se dormirá nunca.

—Me pregunto —continuó Arévalo— si cuando tengamos eso en la conciencia podremos de nuevo ser felices.

Dos años antes, en una pensión de Necochea, donde veraneaban —ella con sus padres, él solo—, se habían conocido. Desearon casarse, no volver a la rutina de escritorios de Buenos Aires, y soñaron con ser los dueños de una hostería en algún paraje apartado, sobre los acantilados, frente al mar. Empezaron por el casamiento, nada era posible, pues no tenían dinero. Una tarde que paseaban en ómnibus por los acantilados vieron una solitaria casa de ladrillos rojos y techo de pizarra, a un lado del camino, rodeada de pinos, frente al mar, con un letrero casi oculto entre los ligustros: *Ideal para hostería. Se vende.* Dijeron que aquello parecía un sueño, y realmente, como si hubieran entrado en un sueño, desde ese momento las dificultades desaparecieron. Esa misma noche, en uno de los dos bancos de la vereda, a la puerta de la pensión, conocieron a un benévolo señor, a quien refirieron sus descabellados proyectos. El señor conocía a otro señor dispuesto a prestar dinero en hipoteca si los muchachos le reconocían parte de las ganancias. En resumen, se casaron, abrieron la hostería, luego, eso sí, de borrar de la insignia las palabras *El Candil* y de escribir el nombre nuevo: *La Soñada.*

Hay quienes pretenden que tales cambios de nombre a trasmano, estaba quizá mejor elegido para una hostería, traen mala suerte, pero la verdad es que el lugar quedaba de novela —como la imaginada por estos muchachos— que para recibir parroquianos. Julia y Arévalo advirtieron por fin que nunca juntarían dinero para pagar, además de los impuestos, la deuda al prestamista, que los intereses vertiginosamente aumentaban. Con la espléndida vehemencia de la juventud rechazaban la idea de perder *La Soñada* y de volver a Buenos Aires, cada uno al brete de su oficina. Porque todo había salido bien, que ahora saliera mal les parecía un ensañamiento del destino. Día a día estaban más pobres, más enamorados, más contentos de vivir en aquel lugar, más temerosos de perderlo, hasta que llegó como un ángel disfrazado, mandado por el cielo para probarlo, o como un médico prodigioso, con la panacea infalible en la maleta, la señora que en el piso alto se desvestía junto a la vaporosa bañadera donde caía a borbotones el agua caliente.

Un rato antes, en el solitario salón, cara a cara, en una de las mesitas que en vano esperaban a los parroquianos, examinaron los libros y se hundieron en una conversación desalentadora.

—Por más que demos vuelta los papeles —había dicho Arévalo, que se cansaba pronto— no vamos a encontrar plata. La fecha de pago se viene encima.

—No hay que darse por vencido —había replicado Julia.

—No es cuestión de darse por vencido, pero tampoco de imaginar que hablando haremos milagros. ¿Qué solución queda? ¿Cartitas de propaganda a Necochea y a Miramar? Las últimas nos costaron sus buenos pesos. ¿Con qué resultado? El grupo de señoras que vino una tarde a tomar el té y nos discutió la adición.

—¿Tu solución es darse por vencido y volver a Buenos Aires?

—En cualquier parte seremos felices.

Julia le dijo que «las frases la enfermaban»; que en Buenos Aires ninguna tarde, salvo en los fines de semana, estarían juntos; que en tales condiciones no sabía por qué serían felices, y que además en la oficina donde él trabajaría seguramente habría mujeres.

—A la larga te gustará la menos fea —concluyó.

—Qué falta de confianza —dijo él.

—¿Falta de confianza? Todo lo contrario. Un hombre y una mujer que pasan los días bajo el mismo techo acaban en la misma cama.

Cerrando con fastidio un cuaderno negro, Arévalo respondió:

—Yo no quiero volver, ¿qué más quiero que vivir aquí?, pero si no aparece un ángel con una valija llena de plata...

—¿Qué es eso? —preguntó Julia.

Dos luces amarillas y paralelas vertiginosamente cruzaron el salón. Luego se oyó el motor de un automóvil, y muy pronto apareció una señora que llevaba el chambergo desbordado por mechones grises, la capa de viaje algo ladeada y, bien empuñada en la mano derecha, una valija. Los miró, sonrió como si los conociera.

—¿Tienen un cuarto? —inquirió—. ¿Pueden alquilarme un cuarto? Por la noche nomás. Comer no quiero, pero un cuarto para dormir y, si fuera posible, un baño bien calentito...

Porque le dijeron que sí, la señora, embelesada, repetía:

—Gracias, gracias.

Por último, emprendió una explicación, con palabra fácil, con nerviosidad, con ese tono un poco irreal que adoptan las señoritas ricas en las reuniones mundanas.

—A la salida de no sé qué pueblo —dijo— me desorienté. Doblé a la izquierda, estoy segura, cuando tenía que doblar a la derecha, estoy segura. Aquí me tienen ahora, cerca de Miramar, ¿no es verdad?, cuando me esperan en el hotel de Necochea. Pero ¿quieren que les diga una cosa? Estoy contenta, porque los veo tan jóvenes y tan lindos (sí, tan lindos, puedo decirlo porque soy una vieja) que me inspiran confianza. Para tranquilizarme del todo quiero contarles cuanto antes un secreto: tuve miedo, porque era de noche y yo andaba perdida con un montón de plata en la valija, y hoy en día la matan a una de lo más barato. Mañana a la hora del almuerzo quiero estar en Necochea. ¿Ustedes creen que llego a tiempo? Porque a las tres de la tarde sacan a remate una casa, la casa que quiero comprar desde que la vi, sobre el camino de la costa, en lo alto, con vista al mar, un sueño, el sueño de mi vida.

—Yo acompaño arriba a la señora a su cuarto —dijo Julia—. Tú cargas la caldera.

Pocos minutos después, cuando se encontraron en el salón, de nuevo solos, Arévalo comentó:

—Ojalá que mañana compre la casa. Pobre vieja, tiene los mismos gustos que nosotros.

—Te prevengo que no voy a enternecerme —contestó Julia, y echó a reír—. Cuando llega la gran oportunidad no hay que perderla.

—¿Qué oportunidad llegó? —preguntó Arévalo, fingiendo no entender.

—El angel de la valija —dijo Julia. Como si de pronto no se conocieran, se miraron gravemente en silencio. Arriba crujieron los tablones del piso: la señora andaba por el cuarto. Julia prosiguió—: La señora iba a Necochea, se perdió, en este momento podría estar en cualquier parte. Sólo tú y yo sabemos que está aquí.

—También sabemos que trae una valija llena de plata —convino Arévalo—. Lo dijo ella. ¿Por qué va a engañarnos?

—Empiezas a entender —murmuró casi tristemente Julia.

—¿No me pedirás que la mate?

—Lo mismo dijiste el día que te mandé matar el primer pollo. ¿Cuántos has degollado?

—Clavar el cuchillo y que mane la sangre de la vieja...

—Dudo de que distingas la sangre de la vieja de la sangre de un pollo; pero no te preocupes, no habrá sangre. Cuando duerma, con un palo.

—¿Golpearle la cabeza con un palo? No puedo.

—¿Cómo no puedo? Que sea en una mesa o en una cabeza, golpear con un palo es golpear con un palo. ¿Dónde, qué te importa? O la señora o nosotros. O la señora sale con la suya...

—Lo sé, pero no te reconozco. Tanta ferocidad...

Sonriendo inopinadamente, Julia sentenció:

—Una mujer debe defender su hogar.

—Hoy tienes una ferocidad de loba.

—Si es necesario lo defenderé como una loba. ¿Entre tus amigos había matrimonios felices? Entre los míos no. ¿Te digo la verdad? Las circunstancias cuentan. En una ciudad como Buenos Aires la gente vive irritada, hay tentaciones. La falta de plata empeora las cosas. Aquí tú y yo no corremos peligros, Raúl, porque nunca nos aburrimos de estar juntos. ¿Te explico el plan?

Bramó el motor de un automóvil por el camino. Arriba trajinaba la señora.

—No —dijo Arévalo—. No quiero imaginar nada. Si no, tengo lástima y no puedo... Tú das órdenes, yo las cumplo.

—Bueno. Cierra todo, la puerta, las ventanas, las persianas.

Raúl Arévalo cerró las ventanas y las persianas, ajustó los pasadores uno por uno, cerró las dos hojas de la puerta de entrada, ajustó el pasador, giró la llave, colocó la pesada tranca de hierro.

Hablaron del silencio que de repente hubo en la casa, del riesgo de que llegara un parroquiano, de si tenía otra salida la situación, de si podrían ser felices con un crimen en la conciencia.

—¿Dónde está el rastrillo? —preguntó Julia.

—En el sótano, con las herramientas.

—Vamos al sótano. Damos tiempo a la señora para que se duerma y tú ejerces tu habilidad de carpintero. A ver, fabrica un mango de rastrillo, aunque no sea tan largo como el otro.

Como un artesano aplicado, Arévalo obedeció. Preguntó al rato:

—Y esto ¿para qué es?

—No preguntes nada si no quieres imaginar nada. Ahora clavas en la punta una madera transversal más ancha que la parte de fierro del rastrillo.

Mientras Raúl Arévalo trabajaba, Julia revolvía entre la leña y alimentaba la caldera.

—La señora ya se bañó —dijo Arévalo.

Empuñando un trozo de leña como una maza, Julia contestó:

—No importa. No seas avaro. Ahora somos ricos.

Quiero tener agua caliente. —Después de una pausa anunció—: Por un minuto nomás te dejo. Voy a mi cuarto y vuelvo. No te escapes.

Diríase que Arévalo se aplicó a la obra con más afán aún. Su mujer volvió con un par de guantes de cuero y con un frasco de alcohol.

—¿Por qué nunca te compraste guantes? —preguntó distraídamente; dejó la botella a la entrada de la leñera, se puso los guantes y, sin esperar respuesta, continuó—: Un par de guantes, créeme, siempre es útil. ¿Ya está el rastrillo nuevo? Vamos arriba, tú llevas uno y yo el otro. Ah, me olvidaba de este pedazo de leña.

Alzó el leño que parecía una maza. Volvieron al salón. Dejaron los rastrillos contra la puerta. Detrás del mostrador, Julia recogió una bandeja de metal, una copa y una jarra. Llenó la jarra con agua.

—Por si despierta, porque a su edad tienen el sueño muy liviano (si no lo tienen pesado, como los niños), yo voy delante con la bandeja. Cubierto por mí, tú me sigues con esto.

Indicó el leño sobre una mesa. Como el hombre vacilara, Julia tomó el leño y se lo dio en la mano.

—¿No valgo un esfuerzo? —preguntó sonriendo.

Lo besó en la mejilla. Arévalo aventuró:

—¿Por qué no bebemos algo?

—Yo quiero tener la cabeza despejada, y tú me tienes a mí para animarte.

—Acabemos cuanto antes —pidió Arévalo.

—Hay tiempo —respondió Julia.

Empezaron a subir la escalera.

—No haces crujir los escalones —dijo Arévalo—. Yo sí. ¿Por qué soy tan torpe?

—Mejor que no crujan —afirmó Julia—. Encontrarla despierta sería desagradable.

—Otro automóvil en el camino. ¿Por qué habrá tantos automóviles esta noche?

—Siempre pasa algún automóvil.

—Con tal de que pase. ¿No estará ahí?

—No, ya se fue —aseguró Julia.

—¿Y ese ruido? —preguntó Arévalo.

—Un caño.

En el pasillo de arriba Julia encendió la luz. Llegaron a la puerta del cuarto. Con extrema delicadeza Julia movió el picaporte y abrió la puerta. Arévalo tenía los ojos fijos en la nuca de su mujer, nada más que en la nuca de su mujer; de pronto ladeó la cabeza y miró el cuarto. Por la puerta así entornada la parte visible correspondía al cuarto vacío, al cuarto de siempre: las cortinas de cretona de la ventana, el borde con molduras del respaldo de los pies de la cama, el sillón provenzal. Con ademán suave y firme Julia abrió la puerta totalmente. Los ruidos, que hasta ese momento de manera tan variada se prodigaban, al parecer habían cesado. El silencio era anómalo: se oía un reloj, pero diríase que la pobre mujer de la cama ya no respiraba. Quizá los aguardaba, los veía, contenía la respiración. De espaldas, acostada, era sorprendentemente voluminosa; una mole oscura, curva; más allá, en la penumbra, se adivinaba la cabeza y la almohada. La mujer roncó. Temiendo acaso que Arévalo se apiadara, Julia le apretó un brazo y susurró:

—Ahora.

El hombre avanzó entre la cama y la pared, el leño en alto. Con fuerza lo bajó. El golpe arrancó de la señora un quejido sordo, un desgarrado mugido de vaca. Arévalo golpeó de nuevo.

—Basta —ordenó Julia—. Voy a ver si está muerta.

Encendió el velador. Arrodillada, examinó la herida, luego reclinó la cabeza contra el pecho de la señora. Se incorporó.

—Te portaste —dijo.

Apoyando las palmas en los hombros de su marido, lo miró de frente, lo atrajo a sí, apenas lo besó. Arévalo inició y reprimió un movimiento de repulsión.

—Raulito —murmuró aprobativamente Julia.

Le quitó de la mano el leño.

—No tiene astillas —comentó, mientras deslizaba por la corteza el dedo enguantado—. Quiero estar segura de que no quedaron astillas en la herida.

Dejó el leño en la mesa y volvió junto a la señora. Como pensando en voz alta, agregó:

—Esta herida se va a lavar.

Con un vago ademán indicó la ropa interior doblada sobre una silla, el traje colgado de la percha.

—Dame —dijo.

Mientras vestía a la muerta, en tono indiferente, indicó:

—Si te desagrada no mires.

De un bolsillo sacó un llavero. Después la tomó debajo de los brazos y la arrastró fuera de la cama. Arévalo se adelantó para ayudar.

—Déjame a mí —lo contuvo Julia—. No la toques. No tienes guantes. No creo mucho en el cuento de las impresiones digitales, pero no quiero disgustos.

—Eres muy fuerte —dijo Arévalo.

—Pesa —contestó Julia.

En realidad, bajo el peso del cadáver los nervios de ellos dos por fin se aflojaron. Como Julia no permitió que la ayudaran, el descenso por la escalera tuvo peripecias de pantomima. Repetidamente retumbaban en los escalones los talones de la muerta.

—Parece un tambor —dijo Arévalo.

—Un tambor de circo anunciando el salto mortal.

Julia se recostaba contra la baranda para descansar y reír.

—Estás muy linda —dijo Arévalo.

—Un poco de seriedad —pidió ella; se cubrió la cara con las manos—. No sea que nos interrumpan.

Los ruidos reaparecieron, particularmente el del caño.

Dejaron el cadáver al pie de la escalera, en el suelo, y subieron. Tras de probar varias llaves, Julia abrió la valija. Puso las dos manos adentro, y las mostró después, cada una agarrando un sobre repleto. Los dio al marido para que los guardara. Recogió el chambergo de la señora, la valija, el leño.

—Hay que pensar dónde esconderemos la plata —dijo—. Por un tiempo estará escondida.

Bajaron. Con ademán burlesco, Julia hundió el chambergo hasta las orejas a la muerta. Corrió al sótano, empapó el leño en alcohol, lo echó al fuego. Volvió al salón.

—Abre la puerta y asómate fuera —pidió.

Obedeció Arévalo.

—No hay nadie —dijo en un susurro.

De la mano, salieron. Era noche de luna, hacía fresco, se oía el mar. Julia entró de nuevo en la casa; volvió a salir con la valija de la señora; abrió la puerta del automóvil, un *cabriolet* Packard, anticuado y enorme; echó la valija adentro. Murmuró:

—Vamos a buscar a la muerta. —En seguida levantó la voz—. Ayúdame. Estoy harta de cargar con ese fardo. Al diablo con las impresiones digitales.

Apagaron todas las luces de la hostería, cargaron con la señora, la sentaron entre ellos en el coche, que Julia condujo. Sin encender los faros llegaron a un paraje donde el camino coincidía con el borde a pique de los acantilados, a unos doscientos metros de *La Soñada*. Cuando Julia detuvo el Packard, la rueda delante izquierda pendía sobre el vacío. Abrió la portezuela a su marido y ordenó:

—Bájate.

—No creas que hay mucho lugar —protestó Arévalo, escurriéndose entre el coche y el abismo.

Ella bajó a su vez y empujó el cadáver detrás del volante. Pareció que el automóvil se deslizaba.

—¡Cuidado! —gritó Arévalo.

Cerró Julia la portezuela, se asomó al vacío, golpeó con el pie en el suelo, vio caer un terrón. En sinuosos dibujos de espuma y sombra el mar, abajo, se movía vertiginosamente:

—Todavía sube la marea —aseguró—. ¡Un empujón y estamos libres!

Se prepararon.

—Cuando diga ahora, empujamos con toda la furia —ordenó ella—. ¡Ahora!

El Packard se desbarrancó espectacularmente, con algo humano y triste en la caída, y los muchachos quedaron en el suelo, en el pasto, al borde del acantilado, uno en brazos del otro, Julia llorando como si nada fuera a consolarla, sonriendo cuando Arévalo le besaba la cara mojada. Al rato se incorporaron, se asomaron al borde.

—Ahí está —dijo Arévalo.

—Sería mejor que el mar se lo llevara, pero si no se lo lleva, no importa.

Volvieron camino. Con los rastrillos borraron las huellas del automóvil entre el patio de tierra y el pavimento. Antes de que hubieran destruido todos los rastros y puesto en perfecto orden la casa, el nuevo día los sorprendió. Arévalo dijo:

—Vamos a ver cuánta plata tenemos.

Sacaron de los sobres los billetes y los contaron.

—Doscientos siete mil pesos —anunció Julia.

Comentaron que si la mujer llevaba más de doscientos mil pesos para la seña estaba dispuesta a pagar más de dos millones por la casa; que en los últimos años el dinero había perdido mucho valor; que esa pérdida los favorecía, porque la suma de la seña les alcanzaba a ellos para pagar la hostería y los intereses del prestamista.

Con el mejor ánimo, Julia dijo:

—Por suerte hay agua caliente. Nos bañaremos juntos y tomaremos un buen desayuno.

La verdad es que por un tiempo no estuvieron tranquilos. Julia predicaba la calma, decía que un día pasado era un día ganado. Ignoraban si el mar había arrastrado el automóvil o si lo había dejado en la playa.

—¿Quieres que vaya a ver? —preguntó Julia.

—Ni soñar —contestó Arévalo—. ¿Te das cuenta si nos ven mirando?

Con impaciencia Arévalo esperaba el paso del ómnibus que dejaba todas las tardes el diario. Al principio ni los diarios ni la radio daban noticias de la desaparición de la señora. Parecía que el episodio hubiera sido un sueño de ellos dos, los asesinos.

Una noche Arévalo preguntó a su mujer:

—¿Crees que puedo rezar? Yo quisiera rezar, pedir a un poder sobrenatural que el mar se lleve el automóvil. Estaríamos tan tranquilos. Nadie nos vincularía con esa vieja del demonio.

—No tengas miedo —contestó Julia—. Lo peor que

puede pasarnos es que nos interroguen. No es terrible: toda nuestra vida feliz por un rato en la comisaría. ¿Somos tan flojos que no podemos afrontarlo? No tienen pruebas contra nosotros. ¿Cómo van a achacarnos lo que le pasó a la pobre señora?

Arévalo pensó en voz alta:

—Esa noche nos acostamos tarde. No podemos negarlo. Cualquiera que pasó vio luz.

—Nos acostamos tarde, pero no oímos la caída del automóvil.

—No. No oímos nada. Pero ¿qué hicimos?

—Oímos la radio.

—Ni siquiera sabemos qué programas transmitieron esa noche.

—Estuvimos conversando.

—¿De qué? Si decimos la verdad les damos el móvil. Estábamos arruinados y nos cae del cielo una vieja cargada de plata.

—Si todos los que no tienen plata salieran a matar como locos...

—Ahora no podemos pagar la deuda —dijo Arévalo.

—Y para no despertar sospechas —continuó sarcásticamente Julia— perdemos la hostería y nos vamos a Buenos Aires a vivir en la miseria. Por nada del mundo. Si quieres, no pagamos un peso, pero yo me voy a hablar con el prestamista. De algún modo lo convenzo. Le prometo que si nos da un respiro las cosas van a mejorar y él cobrará todo su dinero. Como sé que tengo el dinero, hablo con seguridad y lo convenzo.

La radio una mañana, y después los diarios, se ocuparon de la señora desaparecida.

—«A raíz de una conversación con el comisario Gariboto —leyó Arévalo—, este corresponsal tiene la impresión de que obran en poder de la policía elementos de juicio que impiden descartar la posibilidad de un hecho delictuoso.» ¿Ves? Empiezan con el hecho delictuoso.

—Es un accidente —afirmó Julia—. A la larga se convencerán. Ahora mismo la policía no descarta la posibilidad de que la señora esté sana y buena, extraviada quién sabe dónde. Por eso no hablan de la plata para que a nadie se le ocurra darle un palo en la cabeza.

Era un luminoso día de mayo. Hablaban junto a la ventana, tomando sol.

—¿Qué serán los elementos de juicio? —interrogó Arévalo.

—La plata —aseguró Julia—. Nada más que la plata. Alguno habrá ido con el cuento de que la señora viajaba con una enormidad de plata en la valija.

De pronto Arévalo preguntó:

—¿Qué hay allá?

Un numeroso grupo de personas se movía en la parte del camino donde se precipitó el automóvil. Arévalo dijo:

—Lo descubrieron.

—Vamos a ver —opinó Julia—. Sería sospechoso que no tuviéramos curiosidad.

—Yo no voy —respondió Arévalo.

No pudieron ir. Todo el día en la hostería hubo clientes. Alentado quizá por la circunstancia, Arévalo se mostraba interesado, conversador, inquiría sobre lo ocurrido, juzgaba que en algunos puntos el camino se arrimaba demasiado al borde de los acantilados, pero reconocía que la imprudencia era, por desgracia, un mal endémico de los automovilistas. Un poco alarmada, Julia lo observaba con admiración.

A los bordes del camino se amontonaron automóviles. Luego Arévalo y Julia creyeron ver en medio del grupo de automóviles y de gente una suerte de animal erguido, un desmesurado insecto. Era una grúa. Alguien dijo que la grúa no trabajaría hasta la mañana porque ya no había luz. Otro intervino:

—Adentro del vehículo, un regio Packard del tiempo de la colonia, localizaron hasta dos cadáveres.

—Como dos tórtolas en el nido, irían a los besos, y de pronto, ¡patapún!, el Packard se propasa del borde, cae al agua.

—Lo siento —terció una voz aflautada—, pero el automóvil es Cadillac.

Un oficial de Policía, acompañado de un señor ca-

noso, de orión encasquetado y gabardina verde, entró
en *La Soñada*. El señor se descubrió para saludar a Julia.
Mirándola como a un cómplice, comentó:

—Trabajan, ¿eh?

—La gente siempre imagina que uno gana mucho
—contestó Julia—. No crea que todos los días son
como hoy.

—Pero no se queja, ¿no?

—No, no me quejo.

Dirigiéndose al oficial de uniforme, el señor dijo:

—Si en vez de sacrificarnos por la repartición mon-
táramos un barcito como éste, a nosotros también otro
gallo nos cantara. Paciencia, Matorras. —Más tarde, el
señor preguntó a Julia—: ¿Oyeron algo la noche del
suceso?

—¿Cuándo fue el accidente? —preguntó ella.

—Ha de haber sido el viernes a la noche —dijo el
policía de uniforme.

—¿El viernes a la noche? —repitió Arévalo—. Me
parece que no oí nada. No recuerdo.

—Yo tampoco —añadió Julia.

En tono de excusa, el señor de gabardina anunció:

—Dentro de unos días tal vez los molestemos para una
declaración en la oficina de Miramar.

—Mientras tanto, ¿nos manda un vigilante para atender el mostrador? —preguntó Julia.

El señor sonrió.

—Sería una verdadera imprudencia —dijo—. Con el
sueldo que paga la repartición nadie para la olla.

Esa noche Arévalo y Julia durmieron mal. En cama
conversaron de la visita de los policías; de la conducta
a seguir en el interrogatorio si los llamaban; del automóvil con el cadáver, que aún estaba al pie del acantilado.
A la madrugada, Arévalo habló de un vendaval y tor-
menta que ya no oían, de las olas que arrastraron el
automóvil mar adentro. Antes de acabar la frase comprendió que había dormido y soñado. Ambos rieron.

La grúa, a la mañana, levantó el automóvil con la
muerta. Un parroquiano que pidió anís del Mono anunció:

—La van a traer aquí.

Todo el tiempo la esperaron hasta que supieron que la habían llevado a Miramar en una ambulancia.

—Con los modernos gabinetes de investigación —opinó Arévalo— averiguarán que los golpes de la vieja no fueron contra los fierros del automóvil.

—¿Crees en esas cosas? —preguntó Julia—. El moderno gabinete ha de ser un cuartucho con un calentador Primus, donde un empleado toma mate. Vamos a ver qué averiguan cuando les presenten la vieja con su buen sancocho en agua de mar.

Transcurrió una semana de bastante animación en la hostería. Algunos de los que acudieron la tarde en que se descubrió el automóvil volvieron en familia, con niños, o de a dos, en parejas. Julia observó:

—¿Ves que yo tenía razón? *La Soñada* es un lugar extraordinario. Era una injusticia que nadie viniera. Ahora la conocen y vuelven. Nos va a llegar toda la suerte junta.

Llegó la citación de la Brigada de Investigaciones.

—Que me vengan a buscar con los milicos —Arévalo protestó.

El día fijado se presentaron puntualmente. Primero Julia pasó a declarar. Cuando le tocó su turno, Arévalo estaba un poco nervioso. Detrás de un escritorio lo esperaba el señor de las canas y la gabardina, que los visitó en *La Soñada;* ahora no tenía gabardina y sonreía con afabilidad. En dos o tres ocasiones Arévalo llevó el pañuelo a los ojos porque le lloraban. Hacia el final del interrogatorio se encontró cómodo y seguro, como en una reunión de amigos, pensó (aunque después lo negara) que el señor de la gabardina era todo un caballero. El señor dijo por fin:

—Muchas gracias. Puede retirarse. Lo felicito —y tras una pausa, agregó en tono probablemente desdeñoso— por la señora.

De vuelta en la hostería, mientras Julia cocinaba, Arévalo ponía la mesa.

—Qué compadres inmundos —comentó él—. Disponen de toda la fuerza del gobierno, y sueltos de cuerpo lo apabullan al que tiene el infortunio de comparecer. Uno aguanta los insultos con tal de respirar el aire de afuera, no vaya a dar pie a que le apliquen la picana, lo hagan cantar y lo dejen que se pudra adentro. Palabra que si me garanten la impunidad despacho al de la gabardina.

—Hablas como un tigre cebado —dijo riendo Julia—. Ya pasó.

—Ya pasó el mal momento. Quién sabe cuántos parecidos o peores nos reserva el futuro.

—No creo. Antes de lo que supones, el asunto quedará olvidado.

—Ojalá que pronto quede olvidado. A veces me pregunto si no tendrán razón los que dicen que todo se paga.

—¿Todo se paga? Qué tontería. Si no cavilas, todo se arreglará —aseguró Julia.

Hubo otra citación, otro diálogo con el señor de la gabardina, cumplido sin dificultad y seguido de alivio. Pasaron meses. Arévalo no podía creerlo, tenía razón Julia, el crimen de la señora parecía olvidado. Prudentemente, pidiendo plazos y nuevos plazos, como si estuvieran cortos de dinero, pagaron la deuda. En primavera compraron un viejo sedan Pierce-Arrow. Aunque el carromato gastaba mucha nafta —por eso lo pagaron con pocos pesos—, tomaron la costumbre de ir casi diariamente a Miramar a buscar las provisiones o con otro pretexto. Durante la temporada de verano partían a eso de las nueve de la mañana y a las diez ya estaban de vuelta, pero en abril, cansados de esperar clientes, también salían a la tarde. Les agradaba el paseo por el camino de la costa.

Una tarde, en el trayecto de vuelta, vieron por primera vez al hombrecito. Hablando del mar y de la fascinación de mirarlo, iban alegres, abstraídos, como dos enamorados, y de improviso vieron en otro automóvil al hombrecito que los seguía. Porque reclamaba atención —con un designio oscuro—, el intruso los molestó. Arévalo, en el espejo, lo había descubierto: con la expresión un poco impávida, con la cara de hombrecito formal que pronto aborrecería demasiado; con los paragolpes de su Opel casi tocando el Pierce-Arrow. Al principio lo creyó uno de esos imprudentes que nunca aprenden a manejar. Para evitar que en la primera frenada se le viniera encima, sacó la mano, con repetidos ademanes dio paso, aminoró la marcha; pero también el hombrecito aminoró la marcha y se mantuvo atrás. Arévalo procuró alejarse. Trémulo, el Pierce-Arrow alcanzó una velocidad de cien kilómetros por hora; como el perseguidor disponía de un automovilito moderno, a cien kilómetros por hora siguió igualmente cerca. Arévalo exclamó furioso:

—¿Qué quiere el degenerado? ¿Por qué no nos deja tranquilos? ¿Me bajo y le rompo el alma?

—Nosotros —indicó Julia— no queremos trifulcas que acaben en la comisaría.

Tan olvidado estaba el episodio de la señora, que por poco Arévalo no dice ¿por qué?

En un momento en que hubo más automóviles en la ruta, hábilmente manejado, el Pierce-Arrow se abrió paso y se perdió del inexplicable seguidor. Cuando llegaron a *La Soñada* habían recuperado el buen ánimo: Julia ponderaba la destreza de Arévalo, éste el poder del viejo automóvil.

El encuentro del camino fue recordado, en cama, a la noche; Arévalo preguntó qué se propondría el hombrecito.

—A lo mejor —explicó Julia— a nosotros nos pareció que nos perseguía, pero era un buen señor distraído, paseando en el mejor de los mundos.

—No —replicó Arévalo—. Era de la policía o era un degenerado. O algo peor.

—Espero —dijo Julia— que no te pongas a pensar ahora que todo se paga, que ese hombrecito ridículo es una fatalidad, un demonio que nos persigue por lo que hicimos.

Arévalo miraba inexpresivamente y no contestaba. Su mujer comentó:

—¡Cómo te conozco!

El siguió callado, hasta que dijo en tono de ruego:

—Tenemos que irnos, Julita, ¿no comprendes? Aquí van a atraparnos. No nos quedemos hasta que nos atrapen —la miró ansiosamente—. Hoy es el hombrecito, mañana surgiá algún otro. ¿No comprendes? Habrá siempre un perseguidor, hasta que perdamos la cabeza, hasta que nos entreguemos. Huyamos. A lo mejor todavía hay tiempo.

Julia dijo:

—Cuánta estupidez.

Le dio la espalda, apagó el velador, se echó a dormir.

La tarde siguiente, cuando salieron en automóvil, no encontraron al hombrecito, pero la otra tarde sí. Al emprender el camino de vuelta, por el espejo lo vio Arévalo. Quiso dejarlo atrás, lanzó a toda velocidad el Pierce-Arrow; con mortificación advirtió que el hombrecito no perdía distancia, se mantenía ahí cerca, invariablemente cerca. Arévalo disminuyó la marcha, casi la detuvo, agitó un brazo, mientras gritaba:

—¡Pase, pase!

El hombrecito no tuvo más remedio que obedecer. En uno de los parajes donde el camino se arrima al borde del acantilado los pasó. Lo miraron: era calvo, llevaba graves anteojos de carey, tenía las orejas en abanico y un bigotito correcto. Los faros del Pierce-Arrow le iluminaron la calva, las orejas.

—¿No le darías un palo en la cabeza? —preguntó Julia, riendo.

—¿Puedes ver el espejo de su coche? —preguntó Arévalo—. Sin disimulo nos espía el cretino.

Empezó entonces una persecución al revés. El perseguidor iba adelante, aceleraba o disminuía la marcha, según ellos aceleraran o disminuyeran la del Pierce-Arrow.

—¿Qué se propone? —con desesperación mal contenida, preguntó Arévalo.

—Paremos —contestó Julia—. Tendrá que irse.

Arévalo gritó:

—No faltaría más. ¿Por qué vamos a parar?

—Para librarnos de él.

—Así no vamos a librarnos de él.

—Paremos —insistió Julia.

Arévalo detuvo el automóvil. Pocos metros delante, el hombrecito detuvo el suyo. Con la voz quebrada, gritó Arévalo:

—Voy a romperle el alma.

—No bajes —pidió Julia.

El bajó y corrió, pero el perseguidor puso en marcha su automóvil, se alejó sin prisa, desapareció tras un codo del camino.

—Ahora hay que darle tiempo para que se vaya —dijo Julia.

—No se va a ir —dijo Arévalo, subiendo al coche.

—Escapemos por el otro lado.

—¿Escaparnos? De ninguna manera.

—Por favor —pidió Julia—, esperemos diez minutos. El mostró el reloj. No hablaron. No habían pasado cinco minutos cuando dijo Arévalo:

—Basta. Te juro que nos está esperando del otro lado del recodo.

Tenía razón: al doblar el recodo divisaron el coche detenido. Arévalo aceleró furiosamente.

—No seas loco —murmuró Julia.

Como si del miedo de Julia arrancara orgullo y coraje, aceleró más. Por velozmente que partiera el Opel no tardarían en alcanzarlo. La ventaja que le llevaban era grande: corrían a más de cien kilómetros. Con exaltación gritó Arévalo:

—Ahora nosotros perseguimos.

Lo alcanzaron en otro de los parajes donde el camino se arrima al borde del acantilado: justamente donde ellos mismos habían desbarrancado pocos meses antes el coche con la señora. Arévalo, en vez de pasar por la izquierda, se acercó al Opel por la derecha; el hombrecito desvió hacia la izquierda, hacia el lado del mar; Arévalo siguió persiguiendo por la derecha, empujando casi el otro coche fuera del camino. Al principio pareció que aquella lucha de voluntades podría ser larga, pero pronto el hombrecito se asustó, cedió, desvió más, y Julia y Arévalo vieron el Opel saltar el borde del acantilado y caer al vacío.

—No pares —ordenó Julia—. No deben sorprendernos aquí.

—¿Y no averiguar si murió? ¿Preguntarme toda la noche si no vendrá mañana a acusarnos?

—Lo eliminaste —contestó Julia—. Te diste el gusto. Ahora no pienses más. No tengas miedo. Si aparece, ya veremos. Caramba, finalmente sabremos perder.

—No voy a pensar más —dijo Arévalo.

El primer asesinato —porque mataron por lucro, o porque la muerta confió en ellos, o porque los llamó la policía, o porque era el primero— los dejó atribulados. Ahora tenían uno nuevo para olvidar el anterior, y ahora hubo provocación inexplicable, un odioso perseguidor que ponía en peligro la dicha todavía no plenamente recuperada... Después de este segundo asesinato vivieron felices.

Unos días vivieron felices, hasta el lunes en que apareció a la hora de la siesta el parroquiano gordo. Era extraordinariamente voluminoso, de una gordura floja, que amenazaba con derramarse y caerse; tenía los ojos difusos, la tez pálida, la papada descomunal. La silla, la mesa, el cafecito y la caña quemada que pidió parecían minúsculos. Arévalo comentó:

—Yo lo he visto en alguna parte. No sé dónde.

—Si lo hubieras visto, sabrías dónde. De un hombre así nada se olvida —contestó Julia.

—No se va más —dijo Arévalo.

—Que no se vaya. Si paga, que se quede el día entero.

Se quedó el día entero. Al otro día volvió. Ocupó la misma mesa, pidió caña quemada y café.

—¿Ves? —preguntó Arévalo.

—¿Qué? —preguntó Julia.

—Es el nuevo hombrecito.

—Con la diferencia... —contestó Julia, y rió.

—No sé cómo ríes —dijo Arévalo—. Yo no aguanto. Si es policía, mejor saberlo. Si dejamos que venga todas las tardes y que se pase las horas ahí callado, mirándonos, vamos a acabar con los nervios rotos, y no va a tener más que abrir la trampa y caeremos adentro. Yo no quiero noches en vela, preguntándome qué se propo-

ne este nuevo individuo. Yo te dije: «Siempre habrá
uno...»

—A lo mejor no se propone nada. Es un gordo triste...
—opinó Julia—. Yo creo que lo mejor es dejar que se
pudra en su propia salsa. Ganarle en su propio juego. Si
quiere venir todos los días, que venga, pague y listo.

—Será lo mejor —replicó Arévalo—, pero en ese
juego gana el de más aguante, y yo no doy más.

Llegó la noche. El gordo no se iba. Julia trajo la comida para ella y para Arévalo. Comieron en el mostrador.

—¿El señor no va a comer? —con la boca llena, Julia
preguntó al gordo.

Este respondió:

—No, gracias.

—Si por lo menos te fueras —mirándolo, Arévalo
suspiró.

—¿Le hablo? —inquirió Julia—. ¿Le tiro la lengua?

—Lo malo —repuso Arévalo— es que tal vez no te
da conversación, te contesta sí, sí, no, no.

Dio conversación. Habló del tiempo, demasiado seco
para el campo, y de la gente, y de sus gustos inexplicables.

—¿Cómo no han descubierto esta hostería? Es el lugar más lindo de la costa —dijo.

—Bueno —respondió Arévalo, que desde el mostrador estaba oyendo—, si le gusta la hostería es un amigo.
Pida lo que quiera el señor, paga la casa.

—Ya que insisten —dijo el gordo—, tomaré otra caña
quemada.

Después pidió otra. Hacía lo que ellos querían. Jugaban al gato y el ratón. Como si la caña dulce le soltara
la lengua, el gordo habló:

—Un lugar tan lindo y las cosas feas que pasan. Una
picardía.

Mirando a Julia, Arévalo se encogió de hombros re-
signadamente.

—¿Cosas feas? —Julia preguntó enojada.

—Aquí no digo —reconoció el gordo—, pero cerca.
En los acantilados. Primero un automóvil, después otro,

en el mismo punto, caen al mar, vean ustedes. Por entera casualidad nos enteramos.

—¿De qué? —preguntó Julia.

—¿Quiénes? —preguntó Arévalo.

—Nosotros —dijo el gordo—. Vean ustedes, el señor ese del Opel que se desbarrancó. Trejo de nombre, tuvo una desgracia años atrás. Una hija suya, una señorita, se ahogó cuando se bañaba en una de las playas de por aquí. Se la llevó el mar y no la devolvió nunca. El hombre era viudo; sin la hija se encontró solo en el mundo. Vino a vivir junto al mar, cerca del paraje donde perdió a la hija, porque le pareció —medio trastornado quedaría, lo entiendo perfectamente— que así estaba más cerca de ella. Este señor Trejo —quizá ustedes lo hayan visto: un señor de baja estatura, delgado, calvo, con bigotito bien recortado y anteojos— era un pan de Dios, pero vivía retraído en su desgracia, no veía a nadie, salvo al doctor Laborde, su vecino, que en alguna ocasión lo atendió, y desde entonces lo visitaba todas las noches después de comer. Los amigos bebían el café, hablaban un rato y disputaban una partida de ajedrez. Noche a noche igual. Ustedes, con todo para ser felices, me dirán qué programa. Las costumbres de los otros parecen una desolación, pero, vean ustedes, ayudan a la gente a llevar su vidita. Pues bien, una noche, últimamente, el señor Trejo, el del Opel, jugó mal su partida de ajedrez.

El gordo calló, como si hubiera comunicado un hecho interesante y significativo. Después preguntó:

—¿Saben por qué?

Julia contestó con rabia:

—No soy adivina.

—Porque a la tarde, en el camino de la costa, el señor Trejo vio a su hija. Tal vez porque nunca la vio muerta, pudo creer entonces que estaba viva y que era ella. Por lo menos, tuvo la ilusión de verla. Una ilusión que no lo engañaba del todo, pero que ejercía en él una auténtica fascinación. Mientras creía ver a su hija, sabía que era mejor no acercarse a hablarle. No quería, el pobre señor Trejo, que la ilusión se desvaneciera. Su amigo, el doctor Laborde, lo retó esa noche. Le dijo que parecía

mentira que él, Trejo, un hombre culto, se hubiera por-
tado como un niño, hubiera jugado con sentimientos
profundos y sagrados, lo que estaba mal y era peligroso.
Trejo dio la razón a su amigo, pero arguyó que si al
principio él había jugado, quien después jugó era algo
que estaba por encima de él, algo más grande y de otra
naturaleza, probablemente el destino. Pues ocurrió un
hecho increíble: la muchacha que él tomó por su hija
—vean ustedes, iba en un viejo automóvil manejado por
un joven— trató de huir. «Esos jóvenes —dijo el señor
Trejo— reaccionaron de un modo injustificable si eran
simples desconocidos. En cuanto me vieron huyeron,
como si ella fuera mi hija y por un motivo misterioso
quisiera ocultarse de mí. Sentí como si de pronto se
abriera el piso a mis pies, como si este mundo natural
se volviera sobrenatural, y repetí mentalmente: No puede ser, no puede ser.» Entendiendo que no obraba bien,
procuró alcanzarlos. Los muchachos de nuevo huyeron.

El gordo, sin pestañear, los miró con sus ojos lacri-
mosos. Después de una pausa continuó:

—El doctor Laborde le dijo que no podía molestar
a desconocidos. «Espero —le repitió— que si encuen-
tras a los muchachos otra vez te abstendrás de seguirlos
y molestarlos.» El señor Trejo no contestó.

—No era malo el consejo de Laborde —declaró Julia—. No hay que molestar a la gente. ¿Por qué usted
nos cuenta todo esto?

—La pregunta es oportuna —afirmó el gordo—, atañe
al fondo de nuestra cuestión. Porque dentro de cada
cual el pensamiento trabaja en secreto, no sabemos quién
es la persona que está a nuestro lado. En cuanto a nosotros mismos, nos imaginamos transparentes; no lo somos. Lo que sabe de nosotros el prójimo, lo sabe por
una interpretación de signos; procede como los augures
que estudiaban las entrañas de animales muertos o el
vuelo de los pájaros. El sistema es imperfecto y trae toda
clase de equivocaciones. Por ejemplo, el señor Trejo su-
puso que los muchachos huían de él porque ella era su
hija; ellos tendrían quién sabe qué culpa y le atribuirían
al pobre señor Trejo quién sabe qué propósitos. Para

mí, hubo corridas en la ruta cuando se produjo el accidente en que murió Trejo. Meses antes, en el mismo lugar, en un accidente parecido, perdió la vida una señora. Ahora nos visitó Laborde y nos contó la historia de su amigo. A mí se me ocurrió vincular un accidente, digamos un hecho, con otro señor: a usted lo vi en la Brigada de Investigaciones la otra vez, cuando los llamamos a declarar; pero usted entonces también estaba nervioso y quizá no recuerde. Como apreciarán, pongo las cartas sobre la mesa.

Miró el reloj y puso las manos sobre la mesa.

—Aunque debo irme, el tiempo me sobra, de modo que volveré mañana. —Señalando la copa y la taza, agregó—: ¿Cuánto es esto?

El gordo se incorporó, saludó gravemente y se fue. Arévalo habló como para sí:

—¿Qué te parece?

—Que no tiene pruebas —respondió Julia—. Si tuviera pruebas, por más que le sobre tiempo, nos hubiera arrestado.

—No te apures, nos va a arrestar —dijo Arévalo cansadamente—. El gordo trabaja sobre seguro: en cuanto investigue nuestra situación de dinero, antes y después de la muerte de la vieja, tiene la clave.

—Pero no pruebas —insistió Julia.

—¿Qué importan las pruebas? Estaremos nosotros con nuestra culpa. ¿Por qué no ves las cosas de frente, Julita? Nos acorralaron.

—Escapemos —pidió Julia.

—Ya es tarde. Nos perseguirán, nos alcanzarán.

—Pelearemos juntos.

—Separados, Julia; cada uno en su calabozo. No hay salida, a menos que nos matemos.

—¿Que nos matemos?

—Hay que saber perder: tú lo dijiste. Juntos, sin toda esa pesadilla y ese cansancio.

—Mañana hablaremos. Ahora tienes que descansar.

—Los dos tenemos que descansar.

—Vamos.

—Sube. Yo voy dentro de un rato.

Julia obedeció.

Raúl Arévalo cerró las ventanas y las persianas, ajustó los pasadores uno por uno, cerró las dos hojas de la puerta de entrada, ajustó el pasador, giró la llave, colocó la pesada tranca de hierro.

Al pequeño grupo de compatriotas que viajaba por TUSA, inconfundible por el distintivo en el ojal con la sigla y, aún más, por los ambos marrones, un poco livianos para aquella inclemente primavera de París, los distribuyeron en dos pisos de un hotel de la rue de Ponthieu. Alojaron a Enrique Rivero Puig en una habitación del tercero con vista al patio, y en dos del quinto a Tarantino, a Sarcone y a Escobar. En tal distribución descubriría Rivero Puig otra prueba de que Tusa era acreedora de la confianza del turista; de nuevo, pues, hubo que oírle una frasecita muy suya: «Esta gente sabe lo que hace.» Efectivamente, a Tarantino, a Sarcone y a Escobar, que se criaron juntos, no los separaron, y en cuanto a él, a Rivero, un lobo solitario, según la fórmula que había empleado en repetidas oportunidades para comunicar, a relaciones de sexo femenino y de la localidad de Temperley, una imagen adecuada de su idiosincrasia, lo instalaron solo, pero no demasiado lejos de sus grandes amigos, cosechados en el trascurso del viaje. Para evitar roces, la plana mayor de Tusa había concen-

trado a los brasileños en un hotel de la rue du Colisée
y al grueso de americanos en uno de la rue de Berri.
Precauciones análogas fueron aplicadas, con invariable
éxito, en las etapas previas: Madrid, Barcelona, Niza,
Génova, Roma, Milán, Ginebra, Munich. Digno de admiración era el contento, desde luego estrepitoso y pueril, que los más exteriorizaban al verse de nuevo las
caras, en el avión o en el ómnibus, tras la obligatoria
separación en los hoteles urbanos. En esos breves minutos, ¿cómo no creer en la íntima bondad del hombre
común?

Donde se ofreciera y ante quien prestara oído, los
criollos no se cansaban de alabar los méritos del viaje.
Sin embargo, si usted los apuraba un poco, reconocían
que no en todas partes hallaron idéntica satisfacción. El
estado francamente ruinoso de las ruinas romanas les
causó grima. Cuando alguno comentó que ni siquiera los
ediles bonaerenses tolerarían tanto abandono, el lengua-
raz defendió a la municipalidad local y, en un arranque
imputable al despecho, cargó la culpa a los mismos
turistas que pagaban por visitar escombros y demolicio-
nes. De tal suerte las giras constituyen ponderables cur-
sos pedagógicos, y que mientras recorremos paisajes pintorescos nos asomamos a imprevistas peculiaridades de
la mente humana.

Por cierto, a nuestros compatriotas —de los extranjeros no hablo— les bastaba con escarbar en el corazón
para tropezar con el escollo de una doble duda. Cada
cual la incubó mientras daba vueltas en la cama, inquieto
por no dormir. Apuntaré aquí una circunstancia misteriosa: grandes campeones de regularidad en el sueño,
los cuatro conocieron el insomnio ni bien pisaron tierra
desconocida.

Como era inevitable, a todos llegó así la noche del
cálculo de gastos, que pronto se convirtió en el terror
de quien sorprende a sus pies un abismo. Amén del
monto global, francamente vertiginoso, estaba el continuo dragado por propinas, recuerdos, regalitos y demás
extras. ¿De veras los méritos del viaje compensaban se-
mejante derroche? Afligían la imaginación visiones de un

páramo fantasmagórico: la miseria. Por suerte, en el señor de Tusa, que los acompañaba en la gira, encontraron siempre el apoyo que da a sus discípulos el maestro; en la señalada coyuntura les devolvió la calma con estas leales y atinadas palabras:

—Fuera del país— dijo— se va la plata: eso no lo discuto. Pero el número de los que viajaron antes y de los que viajarán después —¡no son cuatro gatos! — prueba claramente que nadie se arruina. Por otra parte, aunque ahora parezca increíble, ya verán que los recuerdos del viaje resultan impagables, dan tema para charla a lo largo de una vida. ¿Qué digo una? ¡A lo largo de las vidas de los hijos y de los nietos!

Tarantino, Sarcone y Escobar tomaron la costumbre de visitar en su habitación a Rivero. Allí mateaban. Allí cantaba en seco Sarcone, que admiraba con *Flor de fango*, animaba con *El apache argentino*, arrancaba lágrimas con *Anclado en París*. Allí los amigos, como náufragos en una isla, alternaban confidencias; el mismo Rivero, por idiosincrasia, reservado, empezó a franquearse. Dijérase que angustias y contrariedades, compartidas por criollos como uno, se vuelven llevaderas.

A la reunión del tercer piso, quien más, quien menos, trajo otra preocupación, ésta muy personal, que resultó la de todos. El efecto de la misma variaba según el sujeto, desde la cólera hasta la melancolía, pasando por la pesadumbre, pero el motivo era uno: el monótono desfile de mañanas, de tardes y de noches desprovistas del bálsamo que infaliblemente constituye la sociedad, transitoria al menos, del otro sexo. El tormento empezó en Barcelona, donde el sociólogo reputa muy alto el nivel de la mercadería en oferta. Fuera por el atávico temor del fantasmón de alguna enfermedad felizmente borrada del mapa, hoy reimportada de las antiguas colonias, o por el apocamiento que nos aqueja en el extranjero, o por simples prejuicios, la verdad es que nuestros muchachos no participaron del festín. Después vino Niza, con el Paseo de los Ingleses y con la legión de viejas, que no los confundió; expertos en la materia, discernieron a las otras, a las que prometen paraísos terrenales, y Escobar dolidamente resumió el sentir del grupo: «¡Cuántas mujeres lindas, todas ajenas!» En Génova o en Santa Margarita, en un camino de la costa, desde la ventanilla del ómnibus, vieron a una muchacha rubia, una ciclista, cuyo recuerdo arrancaba suspiros a Rivero Puig y lo rebelaba contra la propia suerte. ¡Quizá fuera la mujer de su vida!

Oh inevitable subjetividad de la experiencia, que invalida los mejores relatos de viajeros. El elenco ¡en Roma! les mereció el calificativo de probretón, cuando no el ya feroz de *pobrete,* y así encontraron (como soldados por largo tiempo alejados de la batalla) nuevos pretextos para no aventurarse. La situación, hasta Munich llevadera, se volvió tensa en París, donde la realidad toda se volcaba en una frenética zarabanda —tal les pareció a ellos— en homenaje a los triunfos del amor. Necesariamente interrogaron la segunda duda: el viaje y sus maravillas ¿compensaban la falta de ese modesto ramillete de rubias y morenas que dejaron atrás?

Sarcone, de suyo apagado, pertinentemente apuntó:

—Tanto abunda aquí la profesional, que la honesta se hace difícil, para que no la confundan.

Los amigos lo abrazaron. Dominado por la envidia, Tarantino dio la nota discordante, pues contestó:

—No por nada se ha dicho que la adversidad aguza el ingenio.

Con admirable sangre fría, Escobar retomó el tema:

—El piropo —observó— resulta inoperante, como si no entendieran español.

Se disponía Rivero —único, entre todos, con rudimentos de francés— a recordarles la infranqueable barrera de la lengua, cuando Tarantino pidió la palabra para afirmar:

—Lo que yo noto es la carencia de tanta muchacha de tierra adentro, por lo común morocha afectada al servicio doméstico, que entre nosotros constituye un precioso elemento disponible.

—El fenómeno se debe al *standard* de vida —explicó Rivero.

—Se lo regalo —respondió Sarcone.

La salida le valió el segundo aplauso de la noche.

Ingrata, dura, pérfida, son palabras que naturalmente evoca la consideración de la vida, pero por fortuna la serie de epítetos apropiados incluye también *inesperada.* Cuando más completo parezca el cerco de la adversidad, no olvidemos que siempre rueda para nosotros una bolilla cargada con todos los premios.

En los últimos párrafos del coloquio surgen antecedentes de bulto.

—A lo mejor buscamos afuera lo que sobra en casa —afirmó Tarantino.

Sobrevino un silencio en que se oían las respiraciones; por contraste resonaban jadeantes.

—¿Tienes algo en vista? —aventuró por fin Sarcone.

En un hilo de voz Tarantino soltó la revelación:

—Una mucama.

—La joven. La que viene en yunta con la vieja —batiendo palmas, intuyó Escobar.

—¡Qué ilusos! —replicó Rivero, admonitorio—. ¿No saben que la mucama de hotel es un ente aparte, sagrado? ¡Para el pasajero, se entiende! ¿Inteligentemente conciben en qué se convertiría si no un hotel para familias? Consulten el reglamento si no me creen. O hagan la prueba.

—El reglamento, ¿dónde está? —preguntó Tarantino.

Tras breve vacilación, Rivero respondió con aplomo:

—Se pide en portería.

—Al que se propasa, ¿lo ejecutan?

—Lo echan.

—Sujetemos a este loco —pidió Escobar, apuntando a Tarantino—. Está en juego el buen nombre.

Sarcone se declaró de acuerdo.

—Un paso en falso —reconoció—, ¿y cómo queda la criollada?

Aún alegó Rivero:

—Recuerden las palabras del señor de Tusa: en el momento de poner el pie derecho en el avión nos convertimos, automáticamente, en embajadores de la patria.

Los muchachos partieron hacia arriba. Por fin solo, Rivero se encaró con la conciencia y descubrió, junto a la convicción del triunfo, una secreta inseguridad sobre los motivos de su reciente actitud. Alguien, sin embargo, alguna vez algo le contó sobre mucamas de hotel, esquivas por orden superior. El intervino con mano firme (reflexionó) porque, en el extranjero, debe uno acatar las leyes y a todo trance evitar el diferendo enojoso y el papel desairado.

Al día siguiente, a la hora del almuerzo, los muchachos no aparecieron por el comedor del hotel. Rivero Puig dedicó a compras la tarde vacía. Cuando regresaba, arrastrando el cansancio, resolvió darse una tregua frente a la mesita de un bar, en la vereda de los Campos Elíseos. Famoso degustador de horchatas, por dificultad idiomática se contentó con una menta. Al promediar la segunda, llevó la mirada al crepuscular Arco de Triunfo, olvidó la contigua muchedumbre en vaivén y encontró la calma.

Un movimiento que se repetía, un ir y venir sin duda breve y ciertamente insistido, un sector, en esa corriente humana, más ruidoso que el resto, por fin llamó su atención. Perplejo, con la lentitud de quien despierta poco a poco, vio el grupo que pasaba —tal vez volvía a pasar— ostensiblemente risueño. Con sorpresa identificó a Tarantino, a Sarcone, a Escobar; pero los tomados del brazo eran cuatro, no tres. La persona suplementaria era una mujer joven, ancha, baja, de piel oscura, de grandes ojos verdes, cuya intensa mirada bovina no participaba del trivial regocijo del rostro.

—¿Qué te parece? —preguntó Sacorne.

—No está mal —admitió Rivero.

—Por algo dicen peor es nada —insinuó Tarantino.

—Por lo menos como profesora rinde —afirmó apresuradamente Escobar—. Nos enseñó hasta media docena de palabras con la pronunciación al milímetro.

—Es bretona —aclaró Sarcone.

—Y ustedes ¿qué le enseñan? —preguntó Rivero.

—La cartilla —contestó Sarcone—. Con el cuento de que así se daban los buenos días o se pedía el café con leche, Tarantino la tuvo repitiendo un montón de palabrotas. Nos matamos de risa.

Tras pagar la adición, Rivero preguntó:

—¿Los veo después?

—Todavía nos queda mucho por trabajar —respondió Sarcone, moviendo negativamente la cabeza—. Empleamos la tarde en el tren de circunvalación y en el barquito mosca.

—Ahora va de veras —prometió Tarantino.

Ya en su cuarto, Rivero retrospectivamente reconoció a la muchacha: era la mucama joven de que hablaron la víspera. Se había cruzado con ella por los corredores del quinto piso más de una vez.

Pasó una noche particularmente inquieta. A las siete en punto de la otra mañana golpeó a la puerta de sus amigos. Ya la había entreabierto, ya carraspeaba para entonar *Febo asoma,* cuando lo disuadió un objeto, no identificable en la oscuridad, presumiblemente zapato, que de lleno acertó en la hoja de madera, no lejos de su cara.

Cabizbajo, se retiró al restaurante del hotel, donde dio cuenta de un suculento café con leche, acompañado de pancitos y medialunas. Salió después a caminar. El ambo resultaba liviano. Caminando con energía tal vez entrara en calor; desde luego, se cansó antes. A toda costa había que evitar el cansancio, pues fatalmente se lo tomaba por tristeza. Con prodigiosa facilidad uno se cansaba en el viaje. En tren de confidencias consigo, admitió que en todas y cada una de las magníficas ciudades visitadas, en algún momento se creyó el hombre más desdichado del mundo. Es triste el hambre de mujeres. Para alentarse pensó: «Estoy en París. Temperley lo sabe.» También recordó que ése era su último día allá, que a la otra mañana, de nuevo trashumante en el ómnibus, definitivamente dejaría en el pasado el lugar propicio a la aventura. ¿Volvería a la patria sin una mujer en la memoria? Hasta los excelentes muchachos del quinto habían cobrado presa; en realidad, la anécdota pertinente presentábase más bufa que honrosa, pero bien contada no era desdeñable: bordeaba lo inaudito y hacía reír. El, en cambio, ¿qué había cosechado en la materia? ¿Qué recuerdos llevaría a la sobremesa del club? Las manos vacías. La nada sin matices ni pormenores. De

puro deprimido se detuvo a mirar el escaparate del ne-
gocio —tétrico, humilde, extraño y oscuro— de un taxi-
dermista. En la vidriera había un lobo embalsamado.
Rivero Puig leyó en una chapa, en el pedestal de madera: *Lobo de Siberia*. Indudablemente ese carnicero,
reputado por la soledad y el hambre, constituía su más
cabal símbolo, su imagen más viva. Entonado, siquiera
momentáneamente, por la comunión con el lobo, retomó
la caminata y desembocó en la placita de Saint Philippe
du Roule.

Estaba junto a la iglesia dispuesto a cruzar la calle ni
bien lo permitiera el tráfico, la atención volcada en la
vereda de enfrente, en una camisería en liquidación. Si
en tal momento ponía el ojo en tal carnada, nuestro lobo
ciertamente se había resignado a la abstinencia y a la
derrota. A su espalda, a una vara quizá, había surgido
una muchacha, tan bonitilla como fresca, el auténtico
artículo de París. Por casualidad —¿o admitimos el instinto?— Rivero la notó en el distraído borde de su campo visual cuando se disponía, en alto un pie, a lanzarse
raudo a su meta de saldos y corbatas; a tiempo detuvo
el movimiento en ciernes, y con un leve contoneo cargado de experimentada seguridad miró en derredor. Con
la delicada cortedad del sexo, la francesita rehuyó la
mirada, apenas después de una instantánea pero suficiente conjugación de pupilas.

—*Mademoiselle* —preguntó Rivero—, ¿vamos al
Bois?

La respuesta fue rápida.

—Al Bois, no.

El viejo cazador había despertado: Rivero advirtió el
matiz afirmativo de la negativa. Para que la muchacha
no tuviera tiempo de arrepentirse, al albur de la impro-
visación propuso:

—¿Almorzamos juntos?

Con júbilo celebró el asentimiento y con alarma descubrió un error (a esa hora comprensible) de interpretación: la muchacha había aceptado una invitación a desayunar. La circunstancia llevó a Rivero —mientras la
pura voluntad daba cabida al segundo café con leche

acompañado de pancitos y medialunas— a meditar sobre la azarosa vida de tanta mujer joven... Porque para ella es ley el andar vestida impecablemente, porque no puede, sin riesgo de que la pierdan de vista, privarse de esto y aquello, porque todo cuesta dinero y todo bocado engorda, la mujer independiente hoy en día se ha liberado de la anticuada costumbre de comer. Desde luego, vive hambrienta, a salto de mata, merodeando los hombres de cuya mano recibe alimento. Rivero tenía un alma sentimental: ese destino, que echa por tierra, con el horario de las comidas, los últimos pilares del orden, lo conmovía no poco. Pobres mujeres, tan esforzadas en su fragilidad, pensaba, sin reparar hasta qué punto, por lo ávidas, por lo implacables y por lo feroces correspondían al símbolo que en divagación romántica había adoptado para sí.

Afable y comunicativa es la diversión. Va de suyo que el tema interesante no faltó: el misterio de la palabra Tusa en el distintivo del ojal; la descripción (hiperbólica) de Buenos Aires y de Temperley; las estaciones invertidas en el otro hemisferio. Rivero alegremente obvió penurias de idioma y descubrió —sin inferir consecuencias— que por primera vez desde largo tiempo no se aburría. Para sí ponderó: «No hay como las mujeres.»

¿Qué hacer? Para proposiciones era temprano, para el almuerzo tenían primero que alejarse del desayuno, las tiendas resultaban peligrosas, los museos tediosos. Llamó a un taxímetro y, desoyendo las obstinadas y un poco inexplicables protestas de la muchacha, ordenó:

—Al Bois.

Bajaron junto a un lago. Caminaron un rato. Rivero le preguntó:

—¿Cómo se llama?

Estaba en un buen día, de modo que sin mayor sorpresa hubiera oído Monique, Denise, Odette, Ivette, Chantal o cualquiera de esos nombres típicos, tan adecuados para esgrimir, de vuelta en la patria, ante la muchachada. Se veía entre las mesas del café, proclamando: «En todo el viaje, una sola. Chantal. Una francesita. ¡La locura!»

La chica respondió:
—Mimí.
Le gustó el apodo, aunque no pudo olvidar que había una Mimí en el club de Lomas.

Sentados en sillitas de hierro, cara al agua, se miraron a los ojos, hablaron y rieron. Con tales pasatiempos llegó pronto la hora del almuerzo. Un segundo taxímetro los trasladó a un pabellón de alta vidriera curva y lonas coloradas situado en el mismo bosque: el restaurante de la cascada. Ahí la muchacha protestó:
—Es demasiado caro.

La acalló con un largo ademán del brazo que magníficamente sugería ¿qué importa?: gesto libre de insinceridad, pues quien a diario gasta a manos llenas para visitar ciudades y demás parajes y ladrillos de interés histórico no se fija en el dinero cuando por fin dispone de una muchacha.

Relegó en ella la tarea de internarse en el frondoso menú francés, luego en la no menos frondosa lista de vinos, para rescatar enigmáticos rótulos prestigiosos y componer la comilona. Mientras tanto, Rivero Puig llevó la atención, hasta ahí ocupada en una apenas molesta sensación epidérmica que traducen las frases. «El ambo, sinceramente, es liviano. Para almorzar afuera no le vendría mal a la temperatura un refuerzo de tres o cuatro grados. Sin embargo, aquí nadie está adentro. No se diga que un criollo envidia el aguante de los extranjeros», llevó la atención, repito, a un cuadro de los que entran por los ojos y quedan extraordinariamente grabados en la memoria; en la mesa de al lado confiados gorriones picoteaban azúcar molida de las tajadas de un melón. Entonces Rivero ensayó para sí lo que podríamos describir como el primer borrador de uno de sus dichos más famosos: «Hasta el pájaro en Francia goza de clima de urbanidad.» Inopinadamente se preguntó qué le depararía la tarde, pero apartó el pensamiento porque toda previsión en la circunstancia proverbialmente se reputa de mal agüero. Sin perder la calma atisbaría la carrera de la suerte, espectativa tan fascinante como el triunfo. En cuanto a éste, ¿valía la pena? Acaso por primera

vez en las horas que llevaban juntos, Rivero se contrajo
a un examen imparcial: había sido generoso el destino,
la muchacha merecía el calificativo de agraciada. «Lástima —recapacitó— que no corresponda al modelo de
francesita que los amigos de Temperley espontáneamente
imaginan. No es rubia; más bien, la consabida elegante
de la confitería Ideal.»

A satisfacción comieron, bebieron. Antes de que el so-
por lo invadiera, Rivero se incorporó, con un resoplido
varonil soltó sobre la mesa la blanca servilleta hecha
bollos y propuso:

—¿Estiramos las piernas?

Se internaron de la mano por el bosque; él o ella
recogió una rama para luego arrojarla, corrieron barranca
abajo por una breve hondonada. Las risas de pronto ce-
saron; hubo una mirada grave, casi apenada; cayeron
en mutuo abrazo, y sin pensarlo, espontáneamente, él
preguntó:

—¿Pasamos la tarde juntos?

Una negativa en tal momento equivalía a ignorar el
milagro de amor que aúna las voluntades y (siquiera en
un espejismo) las almas. Mimí no lo defraudó. Con la
suprema sencillez de los espíritus nobles —la definición
corresponde a Rivero— murmuró:

—De acuerdo.

Resueltamente, no fuera la joven a echarse atrás, la
condujo hacia un cruce de avenidas, donde, con marcado
señorío, detuvo su tercer taxímetro de la jornada. Ase-
gurada adentro Mimí, él impartió, con ayuda de las dos
manos, las urgentes instrucciones el *chauffeur,* subió al
coche, rodeó con el brazo a la muchacha, se hundió en
un silencio del que tardó en salir. El viaje concluyó
en una callecita situada a espaldas de la Magdalena. Pobres mujeres, confiadas compañeras que sometemos ¡a
qué pruebas! por nuestra incurable ineptitud de varones.
El *chauffeur,* individuo de sensibilidad poco delicada,
los había conducido a un hotelucho infame en una ca-
lleja de hoteluchos infames, salpicada de mujerzuelas
que oteaban, cartera en revoleo, al transeúnte. Para ob-
viar lógicas resistencias, *manu militari* Rivero introdujo

a su amada en el antro. En efecto, aquello era de lo peor.
Mientras la criada vacilaba entre dos o tres llaves col-
gadas del tablero, desde un cuchitril abierto al pie de la
escalera de caracol, mujeres de aspecto nada edificante
que sorbían humeante café con leche y fumaban, con
descaro escudriñaban a Mimí. Sintió Rivero ganas de
pedirle perdón y de gritar: «Nos vamos»; pero a puro
coraje se contuvo. Mimí no se permitió una queja por
fortuna, ya que minutos después toda circunstancia desapareció para dejar lugar al hecho fundamental de estar
por fin solos en un cuarto.

Más tarde ella pacíficamente dormía, y a su lado Rivero, mirando el techo y fumando uno de esos mismos
Gaulois que entonces acremente menospreciaba y que
muy pronto elogiaría con nostalgia, planeaba la futura
exposición ante los muchachos. Para tal oportunidad
acuñó la reflexión: «Libre de las estrategias de la coque-
tería, todavía de rigor entre quienes viven supeditadas a
un Amo, la mujer europea ha conquistado su emancipa-
ción, y por grandeza de alma merece nuestro saludo.»
También observó Rivero que hasta esa tarde (y probablemente desde la partida en Ezeiza) él nunca se había
sentido feliz. ¿Por qué? En el acto contestó: por vivir
aislado, por no abrir el corazón a los amigos del quinto
piso. De ahora en adelante, prometió, no retacearía confidencias.

Despertó Mimí, tuvieron hambre, empuñaron el pomo
del timbre, la criada apareció, pidieron alimentos. Juicio-
samente sentados en la cama, con las bandejas sobre las
rodillas, bebieron sendos tazones de chocolate: refor-
zados de pancitos y de medialunas. Ya se sabe, la comida recrea y enamora. Tras la segunda tregua vino esa
lánguida plática, tan plácida que vale por todo. Hablaron de la infancia y de la tierra natal. Murmuró la muchacha:

—La tierra está lejos.

—No la tuya —corrigió Rivero.

—No como tu Buenos Aires, pero demasiado para mi
corazón —reconoció ella.

—No entiendo —confesó él.

Mimí aclaró:

—Soy romántica, soy alemana.

Al rato Rivero extrañó —en todo hombre se embosca un traidor— la compañía de los muchachos. Inventó, pues, para esa noche un banquete en casa del cónsul. Desde luego, la pobre Mimí no se atrevió a pedir que por ella desairara a tan encumbrado personaje. Tras el embuste, sin empacho, Rivero omitió toda mención del viaje que a la mañana emprendería, pero insistió en dictar el número de teléfono del hotel —que ella asentó con patética aplicación en una muy ajada libreta de direcciones— por si a la tarde le venían ganas de llamarlo. El punto prueba que no somos de vidrio y que nadie ve nuestros pensamientos; también que Rivero se enteraba con alguna lentitud de lo que pasaba en su propio corazón. Es verdad que esa noche, al detallar el asunto a Tarantino, a Sarcone, a Escobar, respiró la tonificante vanagloria, cumbre de júbilo que no alcanzamos en el trascurso de ningún hecho, sino después, ante el auditorio amigo, cuando nos pavoneamos; pero a la otra mañana, acurrucado en el asiento del «autocar» que lo arrancaba de París (ahora *su* París) para siempre, se preguntó si en definitiva el idilio no había concluido demasiado pronto, si encontraría alguna vez una muchacha como Mimí, si no era característica de la mala suerte que de un tiempo a esta parte persigue a los criollos la situación en que se veía: a las veinticuatro horas justas de topar con la mujer que tanto había anhelado, esclavo de su deber hacia Tusa, retomaba el camino cual gitano infatigable. Así mismo se comparó —no sin consuelo— con los marinos, que tienen un amor en cada puerto.

Del trayecto a Bretaña los compatriotas recordarían muy particularmente ese instante del atardecer, junto a las murallas de una ciudad medieval, en que el aparato de radio del ómnibus los conmovió con los entrañables compases del tango *Mi noche triste*.

Entre Dinan y Dinard el señor Tusa les comunicó lo que de un modo unánime el grupo reputó como la primera grieta en el impecable servicio de la compañía: a Tarantino, a Sarcone y a Escobar los alojaría en el hotel

Printania, y a Rivero, solo y su alma, en el Palace. La falta no era grave, pero cometida por Tusa —y en qué momento— para Rivero importaba un desengaño, acaso el desamparo moral.

Si encontramos un pelo en la sopa, pronto pescamos el cuero cabelludo. Apenas notificado el ingrato ukase relativo a hoteles, el mismo señor salió con la novedad de que el gran mérito de Dinard era la calma. Trató de embriagar con palabras:

—Para el hombre moderno, que vive hacinado en su enjambre, la soledad es un lujo —sentenció.

—No venimos desde América —repuso Tarantino, que en el fondo no conocía el respeto— para que nos metan en un despoblado.

Ya en la apacible Dinard, Rivero no pudo contenerse:

—La ciudad está encajonada. Con Miramar ni la comparo. Otra cosa: amplitud por todos lados, horizontes.

Los muchachos callaron, porque a Miramar la habían visto únicamente en fotografías. La circunstancia pinta al argentino, que recorre Europa como la palma de la mano, pero con tal de no visitar las maravillas del país declara que todo kilómetro es polvoriento y que todo ferrocarril una calamidad.

En el estado de ánimo de Rivero resultaba muy duro el aislamiento en el Palace. Debatir francamente a Mimí con el grupo, contar de nuevo, a calzón quitado, el lisonjero episodio, acaso le hubiera impartido el coraje del alcohol. Extrañaba sin paliativos, no encontraba salida para la angustia. Llegó a creer que ni siquiera el regreso a París, recurso que por indigno de la entereza de un criollo descartaba por el momento, le devolvería a la muchacha. No sólo apellido y domicilio: todo ignoraba de Mimí.

Su cuarto en el Palace, con vista a la ensenada y a Saint-Maló, se le antojó un calabozo. Antes de abrir la valija, recién llegado, salió a dar una vuelta. Se metió en el ascensor y apretó el botón de la planta baja. Durante el viaje estudió el letrero de instrucciones para el manejo del artefacto. Cumplió el descenso con lentitud.

Por falta de ánimo desistió del paseo; estuvo sentado en el hall; recorrió los salones. Trató de razonar: «No atendamos el dolor de la pérdida, sino el valor de la conquista —se dijo—. El galardón engalana el pecho.» Repitiéndose que no tomaría las cosas a lo trágico entró en el luminosamente blanco y dorado comedor del hotel. Tiempo se llama la amarga medicina del inconsolable.

Lo condujeron hasta una mesa, intercalaron entre él y la servilleta un descomunal rectángulo de papel acartonado: el menú. Para orientarse nomás, llevó ojeadas apáticas al menú inmediato, al salón circundante. En una mesa no lejana divisó a una rubia, un poco gorda, seguramente de baja estatura, nada fea, atareada con el marido en mimos recíprocos. Ordenada la cena, Rivero completó su imagen de la rubia: piel blanca, de las que por cualquier pretexto enrojecen; pelo rubio de origen reforzado por tintura. No pudo menos que admirar a mujer tan alegre, conversadora, vistosa.

Primero con el *maître d'hôtel*, después con un amodorrado personaje entubado en un delantal verde, que dispensaba la lista de vinos, por último, con el mozo, la rubia y el marido entablaron conversación; universales catadores de la variada ofrenda terrenal, auténticamente se imbuían en los sucesivos debates, pero, retirado el interlocutor, sin pausa retomaban las caricias.

Cuando el marido hundió la calva, aureolada de pelo gris, en el plato de sopa, la rubia dirigió los ojos a Rivero. Este pensó: «De puro distraído y triste se me fue la mano. Esa mirada reprende.» Pero como seguía distraído y triste volvió a mirar. La rubia acariciaba la pelusa del marido. La cabeza acariciada bajaba a la sopa. Los ojos azules buscaban a Rivero. Como si con ellas manipulara un malabarista, las pupilas prodigiosamente se detenían en el aire y sostenían la mirada. El fenómeno era tan breve que, después de ocurrido, Rivero lo ponía en duda.

«Será una idea —se dijo; pero la ronda continuó: mimos conyugales, cabeza que baja, ojos que buscan, mimos conyugales. Rivero dedujo—: Una esposa infiel», como quien descubre en este mundo de fraudes un artículo genuino o siquiera un unicornio o un ángel.

Cuando él se retiró del comedor, la rubia volvió a mirarlo e, indudablemente, guiñó un ojo. Inquieto por no tener un plan de conducta, caminó por el hall. No había mucho en qué ocuparse, ni siquiera ficticiamente: unas pocas vitrinas con boquillas, con alhajas, con portamonedas; cartelones que anunciaban para fecha pretérita espectáculos en dos o tres cinematógrafos y en el casino High Life. Agotado aquello, se dejó caer en un sillón.

Aparecieron viejo y rubia. Algo en la actitud de la pareja, acaso una plausible jovialidad, proclamaba que estando juntos nada necesitaban de nadie. Platicaban y reían, pero la animación aumentaba ni bien terciaba el portero de la noche o el mozo del bar o aun el lúgubre señor de la recepción. «Oh matrimonio, matrimonio», moralizó para sí Rivero, sacudiendo la cabeza benévolamente. Era un poco retacona la bella infiel, pero con qué gracia le lanzó un guiño a espaldas del mimoso, del mimado marido, que se la llevaba en el ascensor, como en una jaula romántica, vaya uno a saber a qué alcoba del vasto Palace.

Como toda acción quedaba archivada hasta el día siguiente, él también se retiró a su cuarto.

Lo despertó la voz en cuello de Sarcone:

> *Qué lindo es estar metido.*
> *Tiradito en la catrera.*

Rivero articuló con rabia:

—Mejor cantaba eso la Maizani.

—Falta poco para mediodía —dijo Escobar.

—La viudez no le quita el sueño —comentó Tarantino.

—No tanta viudez —respondió Rivero, y puso a calentar el agua para el mate. Mientras meticulosamente se afeitaba refirió la conquista de la rubia.

—Se presentaban condiciones desfavorables —peroró—. Francamente desfavorables. Problema: irrumpir en una pareja unida con el marido al pie del cañón. Lo

conseguí, no me pregunten cómo. Les hablo con el corazón en la mano. No me crean mago ni nada por el
estilo. Cualquiera de ustedes empata mi performance.
¿Les doy el secreto? Atropellar a ojos cerrados. ¡En
tierra extranjera el arrastre del criollo es irresistible!

Circulaba el mate. Rivero se vestía.

—Píntenos a la rubia —pidió Sarcone.

—Más bien petisa, tirando a pizpireta. Rozagante, de
piel rosada, buen estado.

—Es la que vimos abajo — dictaminó Escobar.

—¿Sola? — inquirió Rivero.

—Sola —declaró Escobar.

—Será otra —opinó Tarantino, con la cara ennegre-
cida por la envidia y los ojos achicados, vidriosos—. Una
mujer de esa categoría no repara en un pobre turista,
que al fin es ave de paso.

—Ustedes me esperan —ordenó Rivero.

Impaciente, descartó el ascensor y corrió escaleras abajo. Sus trancos abarcaban dos y aun tres escalones, pero
quizá el impávido ascensor hubiera ganado la carrera
como la tortuga de la fábula.

La rubia no estaba en el hall, ni en el salón, ni en los
corredores, ni en el jardín de invierno. No había nadie
en el corredor. Un parroquiano único, probablemente inglés, en el bar daba enfáticas explicaciones al mozo, que
las escuchaba con indiferencia. Concluyó Rivero la ins-
pección en la entrada del hotel, mirando afuera. Ahí la
divisó del otro lado de la calle, de espaldas, apoyada
contra la baranda de piedra, absorta en la contemplación
de la ensenada.

Resueltamente caminó hacia ella. Por instinto sabía
que en tales ocasiones la originalidad importa menos que
un aire natural y confiado; de modo que dijo:

—Demos una vuelta. ¿Existe en Dinard un parque
algo parecido al Bois de Boulogne?

Claramente replicó la rubia:

—No, el bosque no.

Porfió con disminuida seguridad:

—Demos una vuelta.

—Es peligroso. Pueden verme —afirmó la rubia—.

Lo espero en la plaza de la República. Yo voy por la calle Levavasseur, por aquí —indicó hacia la izquierda— usted toma la primera calle a su derecha y sigue hasta la plaza.

Como siempre, pensó Rivero, la mujer es el hombre y el hombre es el chico. Con disimulo volvió los ojos al Palace; halló lo que presentía: apiñados en la ventana de su cuarto, los muchachos reían y gesticulaban. Innegablemente, Tarantino hacía visajes. «Creen que me fue mal —se dijo—. Por eso están tan contentos. Los desengañaré, les contaré todo, pero abarataré un poco las cosas, porque entre varones, por delicado pudor, ocultamos lo que sentimos.» Se encogió de hombros, a lo mejor se cuadró, acatando con estoicismo esa dura ley de la etiqueta viril, y apuró el paso. En la plaza lo esperaba la señora, con impaciencia que se adivinaba de lejos, en el balanceo de la cartera. Rivero, con voz, gemebunda, preguntó:

—¿Dónde vamos?

Estaba un poco desesperado porque habiendo obtenido lo principal, el asentimiento, tal vez lo perdiera antes de cobrarlo por falta de iniciativa. Entre el mentón y un hombro de la señora apareció el letrero: *Hotel de la Republique*. Rechazó de plano la idea por burda, o tal vez por no dar con una fórmula para proponerla. La señora lo miraba con irritado menosprecio, como reflexionando: «Con su irresolución pueril me expone — ¡qué desencanto! — a que mi marido me sorprenda.» Ni así espoleada la imaginación de Rivero aportaba soluciones. La visión del letrero lo inhibía. Por último, sacando fuerza de flaqueza, en una jugada que bien puede calificarse de manotón de ahogado, balbuceó:

—Para que nadie la vea, ¿lo mejor no sería, al fin y al cabo, meternos en un lugar de por aquí cerca, por ejemplo, en ese hotel?

Una vez más admiró Rivero el temple de las mujeres y el buen ánimo con que se avienen a la realidad, que nos parece crudo, porque nos tienen habituados a un tono general de fineza que abarca modales, piel y ropa. La señora dijo brevemente:

—Vamos.

Al enfrentarse con la dilapidada habitación, Rivero deploró la facilidad con que él perdía la calma. Peor aún, su falta de hombría. Nuevamente había cometido el error de llevar a una dama a un tugurio. Como dijo una Gladys de Temperley: «Esto no es marco para una señora.» El hotel de la Republique era, con evidencia infame, una casa de citas. Las palabras que oyó entonces bastaron para dar a la desolada realidad un toque de sueño. Despierto ¿podía uno admitir que el lugar tan instantáneamente hubiera degradado a la señora? En efecto, ésta previno:

—Son doscientos francos.

La mente más ofuscada descubre de pronto un abra de luz. Confiado, Rivero contestó:

—Entiendo su ironía. No sea cruel. Este lugar no es para una dama. Perdón.

—Ah, no —replicó la rubia—. No tolero errores, ni fingidos ni deliberado. No soy como algunas que si el cliente las confunde juegan a ser chicas buenas, a pasar una tarde de amor.

—Pero usted es casada. Está con su marido.

—¿Marido? Cliente. Me contrató en el bar, detrás de la Magdalena, en París, para que lo acompañara de vacaciones. Todos los años contrata a una, siempre en el mismo bar: es muy fiel. Quiere ocuparnos *full time,* pera ya me explicaron que sobresale por lo tacaño, así que me busco la vida.

Como guiado por el diablo en persona, Rivero preguntó:

—Usted dijo que algunas, cuando el cliente las confunde...

—Juegan a ser chicas buenas, a pasar una tarde de amor. Sin ir más lejos, una antigua compañera del bar.

—¿De atrás de la Magdalena?

—De atrás de la Magdalena. ¿Le digo lo que pienso? Yo digo: Esa conducta no es sana ni propia de una profesional. Es la conducta de una aficionada, de una mujer deshonesta.

—Su compañera trabaja en el bar.

—Trabajaba. Ahora la señora ha conseguido una parada de privilegio. Saint Philippe du Roule, nada menos. Se llama Mimí, pero ni siquiera es francesa. Alemana, lo juro. ¿El secreto del éxito en este país? Venir del extranjero. Se quedan con todo lo mejor. ¿No ves? Tú mismo, un extranjero, me tienes a mí. ¿Qué más quieres?

Aquel sábado a la mañana, en Montevideo, cuando volví al hotel a preparar las valijas y pagar la cuenta, tropecé con un compatriota, un viejo tenorio rosarino, que en su molino harinero había encontrado la fuente de Juvencio. Por lo menos, mantenía a perpetuidad un airecillo juvenil, aunque no fresco, sino afantochado, a causa del curioso colorido del pelo a la altura de las sienes. En diversas oportunidades me aseguró que «el secreto residía en el germen de trigo». Este señor, de cuyo nombre apenas recuerdo las sílabas mi y ni, me atrinconó contra una columna del hall y, en tono confidencial, declaró:

—Malas noticias. Parece que el gobierno va a impedir los viajes al Uruguay. Grotesco. Todo lo que quiera. Constitucionalmente imposible. Por lo tanto, verosímil.

Tal vez dijo *lo viajes*. Pregunté si la noticia era de buena fuente. Contestó:

—De buena.

Trajo a colación el germen del trigo, y yo, ni corto ni perezoso, me alejé. No me dirigí hacia la Caja, sino hacia

la calle, pues la sola idea de que me vedaran las visitas
a Montevideo me infundió una viva ansiedad por diferir la partida. No podía diferirla por mucho tiempo; lo
haría por veinticuatro o por cuarenta y ocho horas (por
un número de horas considerable e indefinido), y mientras tanto me daría la satisfacción de no fijar fecha. Por
la Ciudad Vieja vagué sin rumbo, despidiéndome de
zaguanes y de esquinas. Me pregunto si tales arranques
románticos afloran espontáneamente o si nos conmovemos ante nosotros mismos porque nos imaginamos héroes
de episodios novelescos.

Almorcé en un gran hotel, dormí una amplia siesta y
me llevé a pasear, en un doble faetón de alquiler, por
Pocitos y por Carrasco. Cuando el conductor quiso mostrarme el aeródromo de Carrasco le ordené en seguida:

—Pegue la vuelta.

El punto espinoso era la noche. No podía meterme,
como en una ocasión cualquiera, en un cinematógrafo.
Además, ya había visto los dos o tres *films* que probablemente no llegaran a Buenos Aires. Bajé del coche en
la Pasiva, porque era temprano, y estiraría un poco las
piernas, mirando vidrieras, antes de comer a cuerpo de
rey en el Aguila. Curiosearía, de afuera nomás, el teatro
Solís, pues ya sabía, por instinto, que no era para mí
la función. Dieran lo que dieran, no entraría en la sala.
A lo largo de los años me he mantenido a prudente distancia de gran parte de los espectáculos públicos; del
teatro clásico francés, por ejemplo, para no mentar el
español. Si la humanidad y yo nos pareciéramos, hace
tiempo que la ópera habría callado. No digo esto con
arrogancia; hablo con la humildad de quien conoce y
acata sus propias limitaciones.

Leí el programa. Esa noche cantaban: «La *condenación
de Fausto,* leyenda en cuatro partes, de Héctor Berlioz.»
No me había engañado el instinto: se trataba de una
suerte de ópera, y ahí adentro yo me hallaría fuera de
lugar. Como el protagonista de Estanislao del Campo,
si ustedes recuerdan.

Sin embargo, *La condenación de Fausto* no era una
ópera. Así lo dio a entender una señora de peinado caó-

tico y de aspecto intelectual, que junto a la boletería
alentaba a un hombre (un pobre hermano mío, tal vez).
Le explicaba:

—Nada temas. No encontrarás la acción dramática
de las óperas ni esa falsedad que te espanta. Un oratorio
y, qué más quieres, música de Berlioz.

A pesar de las circunstancias apuntadas, yo no me
considero un *imbecile musicale*. Más aún: con mi dejo
de *snobismo* alardeo de afición por la música. El *snobismo* intuitivamente nos orienta en la dirección prestigiosa.

—Hum —discurrí con prontitud—, Berlioz. Sin duda
un exquisito. Sin duda un inolvidable. Lo que busco
para jalonar esta última noche. También: qué oportunidad para aumentar el bagaje cultural.

Yo me sabía al borde de un error, pero no me ponía
a salvo. Diríase que el Mefistófeles del oratorio, o lo
que fuera, me tendía sus redes. Intenté alguna defensa:

—Vamos por partes —reflexioné, aparentando fle-
ma—. Veamos a qué hora levantan el telón. *Nulla da
fare:* a las veinte y treinta. Demasiado temprano. No me
queda tiempo para comer. La comida es, ya se sabe, sa-
grada.

No hay duda de que Mefistófeles o su abogado se
ocupaban de mí. En el acto argumenté:

—Si quiero que esta noche no se parezca a las otras,
¿por qué no cenar después del teatro, de acuerdo a la
prestigiosa tradición de los grandes calaveras?

Ustedes me vieran frente a la boletería, primero esperando turno, después comprando mi entrada. No sé
por qué se me ocurrió que en tal momento yo procedía
como un mono amaestrado. Buena parte de nuestra conducta a lo mejor es propia de animales amaestrados.

Cuando ocupé el asiento advertí con abrumadora claridad la magnitud del error cometido. Atado a esa platea
pasaría quién sabe cuántas horas. ¿Qué me retenía ahí?
En parte, el gasto (considerable, pero no exorbitante).
Yo era demasiado tímido para apersonarme al boletero
a gestionar una devolución y carecía del temple necesario para levantarme y, ante el suspenso de toda la sala,

arrojar al aire, en ademán de suprema liberación, la entrada hecha bollo, y con paso airoso recuperar la noche de afuera. ¿Salir tan pronto no configuraba el acto de un loco? El lector que haya sobrellevado temporadas en ciudades lejanas habrá descubierto, como yo, que la soledad, con su interminable monólogo interior y el rosario de nimias decisiones— ahora hago esto, ahora aquello— peligrosamente se parece a la locura.

Yo tenía la platea a mitad de fila, de modo que para salir molestaría a una larga ristra de espectadores. Como el asiento a mi izquierda estaba vacío, me animé a salir en esa dirección, cuando noté que por ahí justamente avanzaba una señora de blanco. La señora se sentó a mi lado, y yo murmuré: «La suerte está echada. Me quedo.»

Entonces me pregunté cómo sabía yo que Berlioz era un músico seguro, un hombre que el aficionado puede manejar sin temor al traspié. Es claro, Cecilia me había hablado de él; Cecilia, por la profusión de sabiduría, tan superior a mí como los gigantes del Renacimiento italiano a los hombrecitos de nuestro siglos. Fuimos amigos la vida entera, y el momento de llegar a algo más, no recuerdo claramente cómo, se nos pasó (cuando pasa no vuelve, lo explicó ella misma). Hoy nos vemos tarde y nunca, pues no vivimos en el mismo continente. Cecilia acompaña a su marido, pinche diplomático hace poco despachado a cierto oscuro apostadero de la Europa Central; pensándolo bien, el tiempo corre, quizá a estas horas el hombre esté por fin encaramado, sea todo un embajador maduro para la jubilación y el desecho. Cuando llaman al marido a la cancillería —una penitencia, anda intratable, lo obligan a que trabaje y, como si no bastara el insólito castigo, le pagan en moneda nacional—, yo dejo caer a todo el mundo y me dedico a Cecilia. Aquella noche en mi platea del teatro Solís arribé a la siguiente conclusión: «No cabe error: distingo a Cecilia entre las otras mujeres, como a una persona real entre figuras dibujadas en un papel. Es la mujer de mi vida, aunque sólo hay amistad entre nosotros.» De pronto recordé su frase: «Berlioz, para cualquiera, un gran

compositor de segundo orden, y, para los que enten-
demos, uno de los pocos y únicos músicos.»

Rompió la orquesta en afinaciones y demás prácticas
previas. A mí me ganó una duda, que volvió penosa mi
permanencia en el teatro. Ya no estaba seguro de que el
sacrificio redundara favorablemente para el bagaje cultural, porque me pregunté si la frase de Cecilia no se
refería más bien a Gluck y si yo no padecía una confusión, desde luego muy perdonable. El recuerdo de no
sé qué guerra de puccinistas y gluckistas —únicamente
Cecilia me hablaba de esos temas— ahondaba mi re-
celo. Si no había que admirar a Berlioz, ¿para qué yo
estaba ahí? ¿Para crearme una penosa dificultad? ¿Para
que me corroyera —hasta cuándo— la inquietud de saber si la música escuchada me gustaba o no?

Con la sana intención de distraerme de tales cavilacio-
nes examiné a la vecina. No sólo estaba vestida de blanco, era blanca. Una piel pálida, demasiado pálida; sé
perfectamente que para comentar a esas carnes descolo-
ridas lo que se recomienda es la mueca reprobatoria;
pero yo estoy cansado de fingir, lo confesaré, ¡no soy
muy delicado!; para mí representan una variedad, no
menos interesante que otras, del eterno femenino de
Goethe.

Cecilia, que en su frivolidad de mujer bonita lleva
una mente activa y nada común, más de una vez me ha
dicho que la vista y el tacto son dos niveles de un solo
sentido. Me parece que la veo pontificar con su pedan-
tería encantadora: «Si te miran mucho te sientes toca-
do. Aunque no la mencionen los tratadistas, hay una sensibilidad sutil, pero indudable, que nos avisa que nos
miran.» Mi vecina confirmó estas verdades. Tras de
cambiar de postura en la platea, pausadamente —habría
que decir, apenas pausadamente— me miró. Quedé al-
terado. Además de blanca era muy linda. Lo era de un
modo peculiar, extraño y exquisito, más capaz, lo creí
en aquel momento, de provocar un vivo arranque de
atracción que un sentimiento duradero. Después de mirarla cerré los ojos, tal vez para serenarme, e imaginé
largas siluetas en un friso con jeroglíficos, imaginé a una

reina egipcia, cuya cabeza reprodujeron últimamente infinidad de revistas, y a una actriz de cinematógrafo que representó el papel de esa reina o quizá el de Cleopatra. Volviendo a la muchacha de blanco, la juzgué belleza un poco rara para la mujer de mi vida, pero tan única, tan extrema, que si pasaba de largo y la perdía de nuevo en el mundo sin haberla estrechado entre los brazos, sin haberla mirado y conocido, el desconsuelo no tendría fin. Ya lo dije, cuando mucho monologamos en la soledad, bordeamos la locura.

Con caracoleo de semental emprendí el asedio. Me jugaba el todo por el todo: si la vecina me observaba fríamente yo estaba perdido, pues entregado a tales maniobras tal vez resulto ridículo. Intuí la salvadora posibilidad de que la destinataria de la demostración la valorara como justo homenaje y excluyera, por inoportuna, cualquier actitud irónica. Plenamente resuelto me lancé a la carga. En el acto sofrené. Las personas que ocupaban asientos a continuación de mi vecina, ¿la acompañaban? Llegó sola, pero ¿no llegaría tarde, no sería del grupo? La simple idea de un incidente me incomodaba, créanme ustedes. Cuchicheaban entre sí; ella se mantenía callada. Entonado por esta circunstancia, me volqué de nuevo al ataque. Estaba en eso cuando otra duda clavó su lanceta. A lo mejor no consiguieron asientos juntos, a lo mejor había un marido, novio o quién sabe qué emboscado en algún imprevisible lugar de la vasta sala, y yo daría un paso en falso, me expondría a miradas burlonas de la pareja, a pullas o tal vez a una peor humillación. Mientras tanto, la función había empezado. Llevábamos un buen rato de canto y música, y sólo yo en el auditorio no miraba hacia adelante, no seguía el espectáculo. De pronto sentí una ofuscación pasajera, palpitaciones, un grato calor en el cuerpo. Recuerdo que me dije: «No puede ser.» ¿Qué ocurría? En los delicados labios de la vecina se había esbozado una sonrisa, lo que significaba nada menos que el reconocimiento de mi existencia, el principio del diálogo. ¡El diálogo! ¡Un camino, recto o tortuoso, que me conduciría a la meta! Para retomarlo había que esperar hasta la caída del telón. No sé qué irreprimible seguridad, acaso una verdadera fe, volvía grata la expectativa: como si yo me sometiera de buen grado a las reglas del juego por saber intuitivamente que el juego ya estaba ganado y que sus reglas y dificultades llegarían a ser muy pronto un mérito adicional del premio. Noté después un leve movimiento de cabeza que me conminaba —discreta, secretamente— a dirigir al escenario la atención. Para no parecer terco obedecí. Creí que no había dificultad en lo que me pedían. No tardé en advertir mi error. Esa cara blanca, nítida y breve, con delicadas efusiones rosadas, involuntariamente atraía mis ojos. ¿Involuntariamente? Una nueva duda me sobresaltó. ¿Me encontraba yo ante lo increíble, ante una profesional? Las sospechas tienen verdadero talento para hallar su confirmación. Está sola, argumenté, porque es una profesional en procura de trabajo. Si me atraían los planos blancos y rosados de la cara, la acuática profundidad azul de los ojos, ¿importaba mucho, preguntarán ustedes, la circunstancia de obtenerlos por dinero? En su fuero interno todo hombre incluye a un sobreviviente de la edad de piedra, pletórico de grosera vanidad, manejado por ideas de amor propio, conquista, presa y cobrada y demás vulgaridades análogas. «Pero ¿habrá profesionales tan finas? —me dije, mirando las manos de la muchacha de blanco—. En el extranjero ¡qué sé yo!»

El entreacto puso coto a la suspicacia. Nuestros pasos divergieron despreocupadamente, para converger luego en un rincón del *foyer*. Con prodigiosa naturalidad nos hablamos. Quedé supeditado al diálogo; tal vez pude desdoblarme lo necesario para advertir uno que otro signo de progreso; no para vigilar a mi interlocutora ni para juzgarla. Tan favorable aparecía la fortuna que propuse:

—¿Por qué no vamos a comer por ahí?

—¿Cuándo? —preguntó.

—Ahora mismo —exclamé.

En seguida me explicó que *La condenación de Fausto* era una obra de gran belleza.

—El que se distrae —aseguró— comete un crimen.

Por favor, escuche la tercera y la cuarta parte, que van a empezar.

Creo que a esa altura el tema de la profesional tuvo otra aparición en mi conciencia. Vino con el recuerdo de un desvencijado cinematógrafo que hubo frente a la plazoleta de Dorrego y que demolieron después. Apalabrado el cliente, me dije, estas mujeres no se quedaban hasta el fin de la vista. Es claro que la vida, con raras excepciones puramente pornográficas, trataba de alguna enfermedad secreta, ¡nada del otro mundo, como diversión o como estímulo! A diferencia de la deprimente pantalla, el local, un galpón infecto, resultaba alegre, con mucho movimiento, corridas por la platea, que sonaban como redobles y risas ahogadas. El recuerdo, con su carga efusiva, tuvo resultado práctico, pues me convenció de la ventaja de no quedar como tonto, de por sí acaso comunicar a la muchacha no torpemente, sino por alguna salida reidera, la circunstancia que pondría a cubierto el amor propio. Sólo me faltaba encontrar cuanto antes el modo de colocar, con la apogiatura oportuna, más de una frase del tenor de «te conozco mascarita».

Por el momento me distrajeron del propósito los comentarios de la muchacha sobre aspectos de la representación. Yo también aprecié detalles, pero por más que me devanaba la mente no elucubré observaciones dignas de formulación en voz alta, no pasé de «¡Muy lindo, muy lindo!», que repetí hasta lo increíble. Con todo no callé. Gracias al mayor volumen vocal, impuse mis opiniones y dominé el diálogo. Ahora de buena fe ignoro quién dijo esto, quién dijo aquello; quién, por ejemplo, señaló el mérito del verso o tal vez de la situación apuntada por el verso:

En mis sueños yo lo he visto.

Recuerdo a la perfección que las palabras corresponden a la partitura de Margarita —Mefistófeles le había infundido sueños en que ella vio a Fausto cuando no lo conocía aún—, pero todo se entrevera en la misma nostálgica lejanía, confundo los pasajes oídos antes y después del entreacto, lo hablado por nosotros en el teatro y lo hablado más tarde en otros lugares de esa noche extraordinaria. No imaginen que yo había perdido la cabeza ni que me había entregado plenamente. Me defendí hasta el fin. Como en un apuro toda arma es buena, cuando la muchacha me dijo que se llamaba Perla solté bromas y comentarios que la zaherían sin articular palabra, sin que de labios para afuera nada asomara, porque no iba yo a dificultar con impertinencias una aventura que se presentaba —hasta ahí, por lo menos— bajo signos tan favorables. Para quien se crea refinado, el humorismo que estriba en nombres acaso peque de basto. En cuanto a mí, que una muchacha blanquísima se llamara Perla me pareció el colmo. Admito además que en el instante de recibir la información me estremecí a ojos vistas. Hoy encuentro todo eso un poco increíble. Perla es Perla, naturalmente, y para designarla cualquier otro nombre resultaría ridículo.

Insisto en que no perdí la cabeza; noté su manera de hablar, que unía a un acento extranjero el cómodo manejo del vocabulario y de las frases hechas de una niña argentina.

Concluida la función, demoramos la salida hasta quién sabe cuándo, porque Perla no se resignaba a poner término a los aplausos. Yo me entretenía en observar esa actividad frenética y, sin duda, significativa. Ella me explicó que no lloraba para que no se le corriera el rimmel. «Te ha de gustar esta Perla —pensé— porque sin contrariedad reprimes la irritación, no giras sobre los talones y sin más la plantas.» Por último, salimos de aquella sala, tomé del brazo a mi nueva amiga y audazmente la dirigí rumbo al restaurante. El espectáculo había durado hasta horas que nunca abordo con el estómago vacío. Mientras caminábamos pausadamente, ocupados en proponer fórmulas adecuadas para definir el arte de Berlioz y para elogiarlo, en lo íntimo yo eliminaba entradas complicadas, que llevan tiempo, y resolvía preceder la gallina en pepitoria por un simple fiambre, aunque mantendría el espíritu abierto a cualquier sugerencia del *maître d'hotel,* que pudiera servirse pronto y que se distinguiera, desde luego, por lo copiosa. Conozco a fondo mi languidez: reclama alimento inmediato, y ante la menor demora amenaza con desmayos. Háganse cargo de mi estado anímico al oír, de boca de Perla, una de esas despreocupadas frasecitas que importaban nada menos que el fallo del destino. Despreocupada, sí, pero incontrovertible. Aunque de mujeres entienda poco, sé cuándo puedo contrariarlas y cuándo no. En aquel trance no quedaba otra alternativa que escamotear la personalidad entera, con sus anhelos y sus renuncias, y exclamar, como quien bate palmas: ¡Encantado! Perla había dicho:

—¿Dónde vamos? ¿Al restaurante? ¿A comer? ¡Qué opio! Demos una vuelta.

Efectivamente dimos una vuelta de noventa grados y me encontré avanzando en rumbo opuesto; pero su mano apretó mi brazo y, como hasta caer de viejos llevamos dentro a un adolescente sentimental, apenas contuve mi eufórica gratitud. En lugar de entrar en el acogedor salón del Aguila desembocamos en la enorme plaza y no sé por qué involuntaria fantasía tuve una visión de nosotros dos, como tomada de lejos: una patética pareja perdida en el descampado. Recuerdo detalles de esa noche de Montevideo tan vivamente como si estuviera soñándolos.

Nos internamos en todo amor a través de vaivenes del sentimiento que retrospectivamente nos alarman. ¿O el peligro de quedar afuera es ilusorio? Ya me abandonaba yo a ese juego incomparable, la gradual conquista de una mujer, cuando la mujer en cuestión retomó su monólogo:

—¿Meternos en un restaurante? Ni loca. Me da claustrofobia.

Calló inopinadamente, para luego preguntar:

—¿O usted es de los que da gran importancia a las comidas? ¿De los que tienen que comer dos platos en mesa y con mantel?

Me describía como si me conociera, pero por desgracia el tono era despectivo. Remató la tirada con la declaración inapelable:

—¡Yo me arreglo con un *sandwich* a deshora!

Por favor, no me llamen misógino porque de vez en cuando suelte mi párrafo contra las mujeres. Ocasionales desahogos caben a lo largo de la vida y no perjudican a nadie. Yo adoro a las mujeres, pero las desenmascaro: son las anarquistas que dislocan la civilización. Créanme, si entre todos cuidamos las cosas chicas, este mundo caótico tendrá siquiera la apariencia del orden. Las mujeres constituyen el gran estorbo, son gitanas que no respetan las cuatro comidas del ser humano. Para avivar el enojo me digo que bajo tales ayunos late menos espiritualidad que temor a la gordura, y recuerdo que a otra de estas devotas de la frugalidad, a una genuina sacerdotisa del estómago liviano que por varias noches me tuvo sin más plato sólido que un te con limón, la sorprendí una madrugada devorando como un tigre junto a la heladera su arrolladito de dulce de leche.

Yo no soy un infame hipócrita que resta importancia a la comida. Aclarada la cuestión, afirmo que el hambre insatisfecha no era el único motivo de mi contrariedad. En efecto, un alto en el Aguila, amén de sustancioso, resultaría providencial y poco menos que insustituible, pues decorosamente deslizaría la ocasión de conversar, de conocernos, de intimar hasta el punto en que la proposición de pasar juntos la noche no disonara. Sin el restaurante, ¿qué camino quedaba para llevar la navegación a buen puerto? Tengo para mí que propuse el más adecuado.

—¿Vamos a tomar un whisky y bailar un poco? —dije.

No imaginen que yo estuviera ansioso por conducir a Perla a uno de esos antros costosísimos, pero el caballero se reconoce en que apechuga de tarde en tarde. Por lo demás, yo especulaba con las relevantes ventajas que en la ocasión proporcionan tales comercios: la infalible mecánica del alcohol, de la oscuridad y del baile, a la par de las oportunidades de pellizcar, al amparo de la oscuridad mencionada, mis bocaditos de aceitunas, queso y maní. Añadan a lo anterior el mérito de lo consabido, de lo que por habitual no requiere explicaciones y valorarán mi sorpresa ante la salida de Perla.

—¡Me invita a una *boite!* —exclamó—. ¡Qué primitivismo encantador! ¡Un niño de verdad, un alma fresca! Le juro que me tienta, pero ¿no le da claustrofobia y hasta un poco de pereza? ¡Qué opio!

Vieran ustedes cómo me encocoré. Por dentro nomás, ya que por fuera impecablemente mantuve la amplia sonrisa que se me torcía en la boca. No era el momento de atender el amor propio, sino de salvar la noche. Esa mujer, con sus exclamaciones despectivas, diezmaba las posibilidades. Tras un inventario somero eché a temblar. ¿Sólo quedaba el paseo por la ciudad? ¿A pie, a tales horas, con el fresquete o en taxímetro, sin destino, con un *chauffeur* conversador? El dilema de dos cuernos tuvo sobre mi espíritu un efecto paralizante, sobre todo por el tercer cuerno, que fatalmente propuso: la eliminación lisa y llana de las etapas intermedias. En verdad, para determinadas proposiciones carezco de coraje. ¿Y mi zarandeada sospecha sobre la profesión de mi compañera? Acababa de cambiarla por la certidumbre de haber estado al borde de un vergonzoso error. Intuí que articular la palabra hotel y convertirme en un extraño, en un indeseable, sería todo uno. Si todavía le propusiera un eufónico nombre capaz de sugerir imágenes que gratifican la vanidad —Ritz, Plaza, Carlton, Claridges—, pero el desdoroso refugio que no se menciona... La previsión del lugar me enmudecía. Ya adivinaba la decaída madriguera cruzada por huidizos individuos mal abrazados a borbotones de sábanas usadas y atendida por un displicente pelafustán que digita papel moneda. ¿Cómo someter a una señora a experiencia tan vil? ¿Que el amor todo lo redime y todo lo puede? A condición de que le den tiempo. El impalpable tiempo es lo inexcusable, lo rígido.

—De acuerdo —alegué—. No vamos al restaurante. No vamos a la *boite*. Ayunamos. Lo que usted me pida menos dejarla ahora.

Para componer la próxima frase o para respirar me detuve antes de explicarle que no debíamos perder tiem-

po, pues el plazo acordado a nuestra —¿cómo definir-
la?— relación, amistad, es brevísimo: a lo sumo, dos
o tres días. Un repentino escrúpulo —¡quién está seguro con las mujeres!—, el temor de cometer un desliz
de orden táctico, de dar pretexto a que ella exclamara:
«¡Entonces no vale la pena!», demoró las palabras que
ya se articulaban. No me arrepentí de la dilación. Perla
reconoció:

—Por fin me dice algo simpático.

Estimulado, pero perplejo, pregunté:

—Entonces, ¿dónde vamos?

Contestó:

—Donde quiera. A cualquier parte.

—¿A cualquier parte? —aventuré.

—A cualquier parte —respondió.

A continuación la incalculable realidad desplegó lo
que no vacilo en describir como la culminación de mi
vida, su noche más extraordinaria. Admito que no cualquiera se pone a la altura de los grandes momentos, que
son aterradores y magníficos. Yo mismo me amparé esa
vez en eventuales distracciones, en medio de la dicha no
perdía de vista el reloj y graduaba la gloria para que no
durara más allá de las dos de la mañana, hora en que
cierra el restaurante. En el maremagno de la pasión, en
pleno vértigo de compenetración y entrega, no descuidé
la pequeña astucia personal: ni una palabra dije sobre
mi próxima partida de Montevideo. Más aún: mientras
ávidamente adoraba a esas manos únicas, a esa cara
entrañable, por una suerte de engañosa lucidez comprendí que ya no valía la pena prolongar mi permanencia en
el Uruguay. Lo importante era el haber alcanzado la gloria; pero *un día más* ¿no significaba un mero *segundo
día?* ¡Yo volaría en el primer avión de la mañana! Ar-
gumentarán ustedes que si continuamente me retiraba
a mis cálculos, no sería para tanto el amor. Se equivocan.
En mi recuerdo sólo queda la plenitud. Para enumerar
las imperfecciones, que sin duda existieron, debo esfor-
zar la memoria y la buena fe. El íntimo gusano indivi-
dual raramente se rinde, y con mayor facilidad nos
abandonamos a la impaciencia que a los grandes pesares

y alegrías. La vida está demasiado agolpada de cosas para que la vivamos fuera del recuerdo, que ni siquiera es ilusión. De aquellas horas con Perla tampoco olvido —¿otro defecto?— el hambre. Su trabajo de lima, continuo, sutil, me infundía una débil desazón que probablemente ahondó el aspecto casi místico de esa noche portentosa. Nadie lea esto como una admisión de que no bastara el solo encanto de la muchacha. Con total clarividencia descubrí que esa desacreditada blancura y ese desleimiento de tonos capaz de suscitar en algunos auténtica reprobación moral estaban hechos para mí, constituían la belleza que mi alma desde épocas inmemoriales con vehemente sed reclamaba. Escuché después historias de un lejano país, de un castillo, de un bosque de Moravia, de una madre inglesa, de un impetuoso padre cazador, y también la revelación de secretos atinentes a una Liga Emancipadora que se proponía —¿o habré oído mal?— la vuelta al pasado. Dios me perdone, persistí en los comentarios para mí mismo. No hay que tomar en serio, me dije, secretos revelados al primer venido. Nunca pensé que yo no fuera un primer venido; menos aún, que mi imperfecta comprensión absolviera de infidencias a Perla. En resumen, yo quedé más informado de amplios cuartos claros (como de quintas de las nuestras) donde había vivido aquella señora inglesa, que de conspiraciones y de espionaje.

—Pobrecita —exclamé conmiserado—, criada en un castillo, tenía que conocerme a mí para bajar a este lugar.

—¿Qué tiene este lugar? —preguntó, mirando en derredor, como si no viera la sospechosa cobija parda, la rústica mesa de luz en cuya madera las colillas habían dejado cicatrices, la pared, rica en torpes dibujos e inscripciones a lápiz.

Muy pronto me abandoné al encanto de los relatos. Perla hablaba con gracia y con vivacidad. Es verdad que a la luz de aquella piel descolorida, como de pescado muerto, todo me fascinaba. Todavía no lo dije, pero ya habíamos dejado atrás la hora de improvisar una irrefutable despedida para llegar al Aguila antes de que cerraran. A tiempo miré el reloj y deliberadamente sacrifiqué mi previsto *boeuf a la Rossini*. De acuerdo a la idiosincrasia de cada cual son las pruebas de amor. Repito, pues, mi afirmación de que esa noche fue la más extraordinaria que me tocó vivir. A la otra mañana volé a Bueno Aires.

En el avión, ¿con quién me topé?: con el rosarino. Efectivamente, en la estrechez aquella, entre valijas de mano, sobretodos y viajeros, el tenorio y yo nos inclinamos en reverente saludo, con el aludido resultado de mutuo cocazo. Tras palparse la frente, mi conocido preguntó:

—¿Cómo le fue?

—Cómo quiere que me vaya —empecé a decir.

Al punto entreví esos curiosos colores, una bandera o cassata de pelo, a la altura de los parietales, recordé el germen de trigo, la fama de tenorio del oponente, y, no me pregunten por qué, me embravecí. Para darme el gusto de restregarle un poco el último triunfo mío en una especialidad suya, ahí nomás de punta a punta le narré la noche anterior. Tuve tema para todo el viaje, incluido el trámite en la aduana. Me consta de que un sordo encono contra ese hombre, que al fin y al cabo se defendía a su manera y como podía de los topetazos de los años, me soltó la lengua y me llevó, sin un momento de vacilación, a inmolar a Perla, a desnudarla (¡figuradamente hablando!) y a exhibirla ante terceros, mientras allá en el fuero interno una vocecita me repetía las palabras: falta de lealtad.

Leal, lo que se entiende por leal, ¿quién es? Ciertamente no la gente buena, demasiado blanda. Acaso algún engreído o nadie, probablemente. No, lo peor de aquellas confidencias en el avión fue la circunstancia de que para mí constituyeron un precioso curso de aprendizaje. Aprendí a contar el cuento sin omitir en el proceso la melancólica ojeada sobre nuestras debilidades humanas ni la nota bufa. Como el perrillo amaestrado que sin ton ni son repite su prueba, fuera quien fuese el interlocutor que me saliera al paso, yo contaba mi aventura con Perla.

Sin embargo, en el primer experimento no recogí únicamente laureles. Hubo alguna espinita que por un período prolongado dejó su huella dolorosa. El pinchazo me sorprendió porque venía oculto en una frase despreocupada:

—Y si le gusta la mujer, ¿por qué la deja?

Está visto que el rosarino padecía de la incurable mezquindad de los maestros o de los que se creen maestros: no toleraba la eventual lección de un lego sin añadir, para salvar las apariencias, una objeción de detalle. Su pregunta, ¿no tenía mucho de golpe bajo? Me sobrepuse a la momentánea confusión, y quiso la buena suerte que sin perder tiempo yo diera con una de esas máximas que justifican cualquier conducta. En rápido contraataque interrogué:

—¿No dicen los españoles que en amor el que huye triunfa?

Contestó en un tono explicativo que me irritaba los nervios:

—Hasta llegar al punto de saturación en que de veras no la aguantamos, una mujer no ha dado de sí cuanto puede. A esa altura, lo reconozco, la fuga se presenta problemática, pero para retirarse antes mejor no empezar. Se lo digo a conciencia: de mujeres el español suyo entendía menos que yo.

¿Habrá dicho *meno que yo?* De cualquier modo, el tenorio tuvo la última palabra y con el pretexto de atacar a ese español imaginario me dejó la espina. Por suerte soy de los que pronto se recuperan, como lo demostré a la tarde, cuando otro español, ahora comerciante de carne y hueso, mientras me despachaba mi Fernet con «basuras» refirió no sé qué trivial anécdota de hambre en un villorio sitiado durante la guerra civil. Levantando mi bronca voz pasé a declarar:

—Hambre, hambre la que tuve anoche en Montevideo.

A renglón seguido narré los amores con Perla. De ahí me trasladé al club para bañarme. Bajo las duchas, hombres desnudos departían sobre carreras pedestres. Uno de esos viejitos típicos de club deportivo, donde francamente resultan fuera de lugar, aventuró:

—O me equivoco o el hombre más rápido del mundo fue uno de mi época, un tal Paddock.

—Si le dan pie, nos habla de Botafogo y de Old Man —previno otro.

Para evitar disputas, tercié:

—La mujer más rápida del mundo es una tal Perla, que anoche conocí en Montevideo.

Con soltura me interné en el relato. De oportunidad en oportunidad yo me superaba, redondeaba mejor las peripecias, afinaba los efectos cómicos. Señalaré una circunstancia rara: con el tiempo yo insistiría menos en la brevedad del episodio. Si de esta suerte incurrí en deformaciones de la verdad —quede el punto aclarado—, obré involuntariamente, de ningún modo movido por el propósito de proteger la reputación de Perla. Bastaba que me distrajera un poco para caer en la suposición de que lo nuestro había durado más de una noche. Quizá observe alguien que si mis recuerdos correspondían tan sólo a dos lugares —el teatro Solís y el caserón aquel—, no dejaban latitud para ilusiones o errores. Imagino que en algún proceso cumplido en la inconsciencia o a lo mejor en sueños debí de emprender aquellas ampliaciones que elevaban el idilio, siquiera ante los oyentes, a una categoría superior. Pensándolo bien, la práctica es habitual. Una tarde, en el hotel del Jardín, de Lobos, en la memoria se convierte en tres o cuatro días; con frases del tenor de «cuando vivía en el Azul» recordamos la semana que pasamos allá. Indudablemente más curiosa parecerá esta otra circunstancia: aunque de tales disertaciones ante amigotes me retiraba envuelto en un halo de aprobación, no me sentía feliz. En mi conciencia alguna duda se revolvía. El envidiable protagonista de la proeza, es decir, yo, ¿sería el más desdichado de los mortales? Al satirizar a Perla ¿me lastimaba a mí mismo? Creo que si entonces me hubiera planteado las preguntas hubiese replicado con un cortante no. Después perdí el aplomo. Contaba la historia, pero contrariado, como quien recae en una tentación vergonzosa. Cada una de las risotadas del auditorio, preciosos galardones del narrador, inexplicablemente me dolían en las entra-

ñas y persistía después como eco sardónico; pero nadie
se obstina a disgusto, de modo que tras una media docena de experimentos expositivos me guardé bien de
ventilar mis intimidades con Perla. Tiemblo al referirlo:
por un interminable lustro su nombre no afloró a mis
labios. El olvido no participó en ese monumental silencio. Perla estuvo en mi memoria como en un santuario,
y yo —pecador arrepentido, lastimero, enamorado— todos los días la visitaba allí. En cuanto largarme a la otra
Banda, en su busca, ni soñarlo, porque el gobierno no
permitía los viajes. En tiempos de dictadura, la pobla-
ción entera resulta un poco ridícula, como obedientes
escolares respetuosos del puntero de la maestra.

Una noche, cinco años después, en la mesa de los amigos, en La Corneta del Cazador, comparábamos, según
creo, el Buenos Aires de ayer con el actual, cuando unas
manos frescas me taparon los ojos. Me volví. Me encontré con Cecilia. Tan espontáneo fue nuestro abrazo,
que en las palabras de la muchacha — ¡una proposición
un tanto intempestiva, no lo niego! — sopesé en el acto
la consistencia de lo inevitable. Dijo:

—¿Dónde vamos?

Para las mujeres los demás no cuentan. No hay dificultades. Una pareja es todo lo que existe en el mundo:
la que ellas integran. La proposición de Cecilia, por inevitable que fuese, me sorprendió. El sorprendido se enoja:
yo me disponía a protestar: «¿Qué dirá el *maître-d'hotel*?
¿Qué será de mi pollito? ¿Quién se lo come? ¿Quién
lo paga? ¿Qué explicación doy a estos caballeros?»,
pero en una mesa lateral divisé al marido, que me sonreía débilmente, y en el momento de hablar sustituí
aquel airado interrogatorio por una sola pregunta respetuosa:

—¿Con él qué haces?

—Mi marido comprende todo —replicó Cecilia con
orgullo.

Perdido por perdido, lo mejor era actuar como un
caballero. Con elegante empaque y prontitud declaré a
los muchachos, que miraban desconfiados:

—Señores, mañana arreglamos cuentas.

En dirección del marido me incliné gravemente, demasiado gravemente: «¿No supondrá el pobre diablo —pensé— que para humillarlo parodio un pésame burlesco? Allá él.»

Cecilia repitió su pregunta:

—¿Dónde vamos?

—A casa —respondí.

Esa noche yo estaba tremendo.

—¿A tu casa? —inquirió desconcertada.

—A casa. A estas horas no vamos a andar de la ceca a la meca.

—Está bien —dijo Cecilia.

Creo que reprimió una sonrisa. Por mi parte, mientras planeaba atrevidamente, discurría con lucidez extraordinaria: «Hablaré poco, porque el primer plato, lo recuerdo, fue atún, y quién sabe si no huelo. ¿Cómo estará mi cuarto? Visto por una mujer, espantoso, pero menos revuelto que de costumbre.»

Apenas llegamos ofrecí un whisky, un álbum de discos, abrí el fonógrafo y me escapé al baño. Lavé manos, dientes, cara, nuca; me empapé en agua de Colonia, y sólo por cortedad no me desnudé, para volver a escena envuelto en un leve y amplio *robe-de-chambre,* con mangas como alas y con dragones colorados en fondo negro. Mi perfecta complacencia quedó empañada por un recuerdo inoportuno: el de esa tradicional queja femenina contra los hombres que huelen a dentífrico. Una bocanada contra el hueco de las manos confirmó los temores; postergué, pues, la embestida y me dispuse al diálogo. Indiferentemente hablamos de esto y aquello, hasta el desprevenido instante en que Cecilia dijo:

—En Praga conocí a una amiga tuya, ¿sabes a quién?, a Perla.

Apenas oí el nombre me entregué a las reacciones más increíbles. Aquello fue la rápida inoculación de una fiebre. Sin duda a vista y paciencia de Cecilia yo cambiaba de color, temblaba, me enfermaba, me desplomaba tal vez. Instintivamente aparenté calma, no sé con qué resultado. Cecilia contaba:

—La encontraba en *cocktails* y reuniones. Si la encontraba no la perdía. La tenía siempre a mi lado.

Discutir a Perla con otra mujer era insufrible sacrilegio. Sobreponiéndome sugerí:

—Le habrás caído en gracia.

—No —contestó Cecilia—. La pobre quería hablarme de vos.

La miré con gratitud, porque supe que no atacaría a Perla. Mientras pensaba: «Sobre Cecilia no me he equivocado. ¡Qué sensibilidad, qué inteligencia!», me admiré de alguna vez haberla supuesto la mujer de mi vida. Era una amiga nomás, estaba irremediablemente lejos de mi corazón. Hablé de la que estaba cerca.

—¿Se quedó allá en Praga?

—Aquí no vuelve. La vigilan. No la dejan salir. Descubrieron que pertenecía a una liga o sociedad revolucionaria. La detuvieron, la interrogaron, la torturaron, como es natural, pero según ella no lo pasó nada bien. Después la soltaron. Tal vez porque la consideraron de poca importancia o para ver con quién hablaba, seguirla y llegar a los jefes del movimiento. La pobre sabe que si da un paso en falso está perdida. Desde luego, no la dejan salir del país.

—¿Y si yo fuera?

—Esa mujer vive de tu recuerdo —prosiguió Cecilia—. Me atrevo a decirte que está más allá de lo que le sucede. Como si le bastara con haberte conocido. Me pregunto si yo no sabré valorarte.

—¿Te parece que me largue y vaya?

—Me contó una historia demasiado fabulosa: que te conocía desde antes de conocerte porque te había soñado. Que te había querido en sueños y que al verte no tuvo sorpresa, porque te había esperado tanto y por fin llegabas. La explicación era innecesaria. ¿Por qué no se enamoraría ella en una noche? Una mujer decente que encuentra al amor de su vida no se rebaja a tácticas y postergaciones. Esos juegos son una indignidad. El hombre, te lo aseguro yo, lo entiende perfectamente, si no es uno de esos brutos que ya no quedan. Hasta un estúpido ha oído hablar de amores a primera vista y sabe que los enamorados descubren siempre o inventan antecedentes para demostrar que la reunión de ellos dos era inevitable.

Insistí:

—¿Y si yo me largara a buscarla?

—Lo pasarías mal. La pobre, una loca, igual que todas las mujeres, habló de ti. Tú no entiendes esto: los hombres de verdad son reservados.

—No tanto. Si los oyeras en el club...

—De entrada irías preso. A la larga la embajada intervendría, y quién te dice que por último no te soltaran. Lo pasarías mal.

El miedo no es zonzo, pero sí triste.

Si dentro de algunos años quiero imaginar a Margot, la memoria, fatalmente selectiva, omitirá alguna circunstancia molesta y exaltará los rizos de oro, la piel rosada y blanca, los ojos misteriosamente iluminados, la talla que no vacilo en calificar de pesada, el pecho de paloma, la inmarcesible frescura de su inocencia y las enormes nalgas; pero, antes de entrar de lleno en la historia galante que la concierne, permítaseme unas breves consideraciones morales. Primero la verdad, después el amor.

Más que facultad, yo diría que la imaginación es virtud. En el origen de todo acto cruel, ¿no hay una pobreza de imaginación que impide la menor corridita simpática, el traslado, siquiera momentáneo, a la situación del prójimo? El egoísmo proviene de idéntico defecto. Con visión clara de nuestra futilidad, ¿pondríamos tanto empeño en fomentarnos y en agasajarnos?

La mente humana, máquina bastante simple, trabaja con pocas ideas. El párrafo anterior registra una de las que habitualmente me ocupan. Aquí va otra: los viajes porque nos enriquecen de recuerdos, agrandan la vida.

Despachado el ideario, me apresuro a declarar que mi conducta es libre. Quienes aplican con excesiva literalidad los principios de la conducta —no recuerdo qué autor famoso lo sostuvo— se nos antojan excéntricos, aun incongruentes. Respecto a la imaginación y los viajes, yo dejo que la primera duerma la siesta, y si el azar no descarga su providencial empujoncito, para mí no se rompe el tejido de los días iguales y la hora de la partida no llega. Por fortuna, hoy funcionó el azar, yo recibí el empujón y antes de que sea tarde me convertiré en viajero, por los polvorientos caminos que más allá de Bahía Blanca penetran la desnuda y desmedida Patagonia, para concluir en los hielos del Sur: lo más probable, por cierto, es que yo no pase de Tres Arroyos.

Sin duda, echaré de menos el Club Atlético, sobre todo ahora que volvía a frecuentarlo después de un alejamiento que duró un mes entero, en que trabajé en la editorial desde la mañana hasta la noche; mudamos las oficinas y, como dice el gerente, si no estoy yo para poner un poco de orden ocurre quién sabe qué. En tiempos normales, buena parte de mi vida se desliza en el club. Este, por qué negarlo, no es el de antes. Para compensar el aumento de gastos, la temida espiral de que todos hablamos, la Comisión Directiva apela a maniobras en extremo turbias, incluso la de admitir ¡en calidad de socios! a damas y caballeros, desde luego de honorabilidad intachable, que por toda credencial esgrimen una solicitud debidamente apadrinada y el pago de una exorbitante cuota de ingreso. El pretexto está bien calibrado, pero la amarga verdad es que, hoy por hoy, en el club usted se topa al menor descuido con caras nuevas. Como socio viejo, soy de los primeros en proclamar la necesidad de poner un límite a este avance y rétemplo mi espíritu en conversaciones con los muchachos de mi grupo, fraternalmente solidarios en el clamor: Bolilla negra para los de afuera. Sin embargo, confesaré —en estas páginas las omisiones u ocultaciones no tendrían sentido— que la actual situación personalmente me favorece. Por un lado, como quiere el refrán, a río revuelto, y por otro, recuérdese que el sector femenino

de nuestro club —las pobres chicas de la guardia vieja—
nunca fue extraordinario y que de veintitantos años a
esta parte pide a gritos renovación.

El viernes yo disputaba, en una de las canchas del
fondo, un interminable partido con ese Mac Dougall,
que parece pintado al minio. Mi contrario, cada vez que
perdía una jugada, se llevaba una mano al hombro derecho y prorrumpía en lamentos.

—¿Qué pasa? —pregunté.

—Me rompí la clavícula —contestó.

—¿Cuándo? ¿Cómo?

Sin ningún disimulo soslayó la explicación, pero la
vergüenza lo traicionó y el minio de la cara subió de tono
a ojos vista. ¿Por qué tanto misterio? Comprendí que el
gordo Mac Dougall engrosaba el número de los jugadores a quienes la derrota duele moral y físicamente. ¿No-
taron ustedes la infinidad de rengueras, manqueras e in-
valideces de todo género que sale a relucir ni bien el
desarrollo de un partido se presenta desfavorable? El
nuestro, muy parejo, concluyó con una pelota dudosa,
que me apresuré a ceder por buena en favor del contrario. A esa hora me importaba menos el resultado que
un inmediato final. Mi único anhelo era de paredes y
techo, porque el sol caía, el aire perdía calor, y yo, al
tragar, palpaba en la garganta un dolorcito que desembo-
caría, de no mediar una enérgica ducha y un té caliente,
en calamitoso apretón de garganta. Entre las personas
que miraban —en su ignorancia inaudita el socio nuevo
concurre con interés a encuentros como el nuestro— divisé a Margot, una socia nueva demasiado rosada, rubia y
ampulosa, para que la pasara por alto. Pensé que estaría
tomando sol, pero debió de seguir el partido, porque
me detuvo con la observación:

—Fue mala esa pelota.

—Mi contrario creyó que era buena.

Yo quería echar mano a *pull-overs* y demás abrigos
que había dejado en el banco. Logré discretamente ro-
dearla.

—¿A usted no le importa perder?

—Sospecho que a él le importa ganar.

—¿Para que él ganara usted dio por buena la pelota?
—Es claro.
—Qué generosidad. Qué espíritu deportivo.

Desde un remolino de mangas la miré. Creí que hablaba en broma; hablaba en serio. Los grandes ojos azules manaban lágrimas y un dedo experto corregía los deplorables efectos del *rimmel* corrido.

Con ella volví de la cancha. Mac Dougall —uno de esos bobos que si lo ven a usted acompañado se retiran con ostensible delicaleza— murmuró:

—Permiso.

Partió al trote. Margot caminaba despacio, porque debía de imaginar que a su tipo de belleza le convenía un andar majestuoso; yo me apresuraba, porque el sudor se me pasmaba en la espalda y en el pecho. Irritado y arrepentido sucesivamente, a lo largo del trayecto la dejaba atrás y la aguardaba. Margot no advertía la irregularidad; seguía embelesada con mi actitud.

—¡En el último tanto! —exclamó—. En su lugar, a mí no me bastaría con mi propio aplauso. Yo buscaría reconocimiento universal y algún premio.

—No exagere —dije.

—No exagero —contestó—. Lo merece. Un buen perdedor. Un deportista.

De nuevo creí que se burlaba, pero olvidé la sospecha, perturbado por la mera confrontación ocular con aquel busto,. Su aspecto más interesante era el volumen. Cuando llegamos a la casa del club, Margot me aseguró que la ausencia de espíritu caballeresco se dejaba notar en las canchas de fútbol. Estando mi salud en juego soy capaz de resoluciones enérgicas, de modo que murmuré, en tono de excusa, palabras poco inteligibles y corrí, escaleras arriba, rumbo al vestuario de socios. Allí adentro estaba a salvo. No miré hacia atrás; me bastó la suposición de que la pobre señora se mostraría desconcertada para divertirme un rato.

Me desvestí, no di pie a los amigos, dispuestos a retenerme (¿para que sudado y desnudo me enfriara?) con matizadas explicaciones de encuentros que ni bien jugados ingresan en la categoría de lo que no fue, corrí a los baños, me sometí a la grata protección del agua caliente, no escuché las admoniciones del gallego —«Triple tarifa para los que se quedan más de tres minutos»—, discutí con Mac Dougall, de ducha a ducha, a través de nubes de vapor y de diálogos, a gritos, de consocios, las alternativas del partido que habíamos jugado. Inesperadamente Mac Dougall vociferó:

—Te felicito, hermano. Levantaste a la gorda.

En cualquier terreno yo desapruebo las vulgaridades de la camaradería masculina, pero de veras me halagó el comentario.

Ya vestido y listo, busqué a Mac Dougall para que bajáramos a tomar el té.

—Tengo para rato —dijo—. No me esperes.

Por lo visto se mantenía en su papel de señor delicado. No dije nada, por pereza de protestar y explicar.

Bajé al comedor, me senté en una de las mesas chicas (por casualidad, libre), pedí un té bien cargado, bien caliente, tostadas, dulce de leche. La primera taza difundía en mi organismo su efecto reparador, cuando una presión en el hombro interrumpió la cuarta o quinta selección de tostadas.

—¿Molesto? —preguntó Margot, con extrema seriedad.

La buena fe de esta muchacha suscitaba en mí alternados impulsos de protegerla y de maltratarla. El pequeño psicólogo diletante en que todos hoy en día nos desdoblamos opinó que en ello andaba mezclado, por increíble que pareciera, el sexo. Fácilmente me figuré a Margot como una redonda fruta dorada, una gran ciruela o, tal vez, un gran durazno o damasco sexual.

Su compañía no me molestó. En el espinoso momento del té de la tarde congeniamos; coincidimos en reclamar refuerzos de dulce, de tostadas, de teteras y todo lo devoramos en admirable armonía (yo, por el precepto aquel de alimentar el resfrío; ella, por su innata voracidad de muchacha gorda).

Nos repantigábamos cada cual en su silla, jadeantes aún por el mucho comer, cuando cruzó, junto a la mesa,

Moduño. Porque sabe entonar, itálico modo, acarame-
ladas canciones del Paraguay o del Caribe, se cree un
Don Juan portentoso, el auténtico gallo del Club Atlético. Iba metido en una suerte de escafandra blanca,
enyesado hasta el nacimiento del cuello o más abajo.
No me pregunten cómo, a pesar de esa bola fantasma-
górica y del pescuezo estirado, lo identifiqué. Lo picante
del caso es que él no me reconoció. Por lo menos pasó
de largo sin mirar. Que no saludara a la señora que estaba conmigo es, quizá, perdonable, por tratarse de una
socia nueva, pero ¿a mí? Apenas contuve la tentación
de soltar alguna sandez del tenor de «La gente se ha
vuelto loca».

—Me voy —anuncié.

—¿Tiene coche? —preguntó Margot—. ¿Me lleva?

Si promete no desfondarlo, dije para mis adentros.
Cuando salimos las conversaciones callaron y todo el
club nos miraba. En un acceso de orgullo viril pensé:
«Me voy del brazo de una reina.»

Bastó una ínfima demora en calentar el motor para
que bajaran, en nuestras barbas, las barreras del paso a
nivel. Enfilé por el bosque. El elogio de mi automovilito —«No se precisa más», repetía Margot, con la cabeza
aplastada contra el techo— nos entretuvo durante un
minuto. De acuerdo a todas las previsiones, en la zona
arbolada y realmente oscura, la muchacha me aseguró que
yo merecía una recompensa. Me volví hacia ella. Mi
canallesca sonrisa de cómplice vaciló ante su desapreve-
nida ingenuidad. No me acobardé. La cubrí de besos.
Gimió como si ya estuviéramos en cama. Este clamor,
que en el momento oportuno gratifica, me alarmaba por
lo rápido y espontáneo. ¿Estaría yo a la altura? Tampoco esta vez me acobardé, y porque era tan rubia, tan
grande y tan suave, la llevé a un hotel por horas, detrás
de la Exposición Rural.

Sin ánimo de arrogarme hazañas inverosímiles afirmo
que en el proceso allá adentro registrado, sólo comparable a un desaforado y *sui generis* baño de inmersión,
olvidé el famoso resfrío. Lo olvidé en absoluto y debí
de cometer más de una imprudencia, pues a la noche,

aunque me ufanaba de tragar con facilidad, había trocado mi voz, habitualmente límpida, en una afonía cerrada. Si para desahogarme eché las culpas a Margot, procedí correctamente; culparse a uno mismo no parece natural ni satisfactorio. Sin embargo, al identificar a Margot con un demonio especialmente enviado para hundirme en el resfrío y al aborrecerla por ello, tendí a la injusticia. La novedad que me esperó en el garage avivaría el encono. Mi automóvil estaba un poco ladeado hacia la derecha. Yo comenté festivamente, sin comprender todavía la situación: «Un compadrito requintado.» Tuve que llevarlo al taller, donde el mecánico diagnosticó:

—Elástico vencido. Lo deja para el cambio de hoja.

El sábado la campanilla del teléfono de casa me mantuvo en un continuo sobresalto. Margot llamaba, no oía mi respuesta, cortaba la comunicación, llamaba de nuevo. Traté de explicarle a esa boba que un afónico por más que grite no dispone de mucha voz. Esfuerzo inútil: cortó la comunicación, como si yo no hablara.

Esta mañana desperté mejorado y conseguí que me oyera. Rápidamente declaró:

—Quería decirte que la otra tarde estuviste sublime.

—Bueno —exclamé—. No te quedaste atrás.

—No digo eso —respondió—. En la cancha, al ceder el partido. Me parece que no te premié bastante.

—No creas. Fuiste generosa.

«En arrobas de rubia», pensé.

—¿Cuándo te veo? —preguntó.

Las excusas no la desanimaron y me doblegó por cansancio.

—Bueno, podríamos ir al Tigre —concedí finalmente, y agregué—: A tomar una copa.

—¿Dónde nos encontramos?

—Hoy no tengo coche —repliqué, enojándome—. No sé qué pasó: el coche está con un elástico roto y yo con afonía —envalentonado concluí—: El precio de la gloria.

Como ella nació muchos años después del estreno de la película, mi ilusión cayó en el vacío.

—¿Vamos en tren? —preguntó.

«Ahora se verá si es tan firme su resolución de premiarme», pensé.

—En tren o como te guste, pero cada cual por su lado —pertinentemente marqué las sílabas en las últimas palabras—. Te sientas en una mesita al aire libre, en cualquier confitería sobre el río Luján y sin apuro, como una chica buena, me esperas. A la hora del té yo hago mi aparición.

No admitió vaguedades; laboriosamente precisó lugar y hora. Con profética lucidez me dije: «Pobre Margot.»

A la tarde la garganta no estaba para ventilarse junto al río. Entre la salud por la gorda o un baño en el club no vacilé. Aclaro que miré el reloj, pero simplemente para confirmar que ya no había tiempo de llamarla.

En el vestuario, un desparramado grupo de consocios desnudos festejaba a carcajadas anécdotas de amoríos y de mujeres. Rondando como chacal que no se atreve a intervenir en el festín de las fieras, un socio nuevo, uno de tantos pobres diablos que nunca entra en la verdadera vida del club, se atareaba en su valija mientras volcaba la atención en la charla. Compadecido lo observé: las proporciones de ese chacal correspondían más bien a un elefante, o por lo menos a un gorila. Yo me deslicé en el grupo no por vana ostentación —todos me conocen en el club—, sino por tendencia gregaria. No hablé porque debo cuidar la garganta. En el diálogo de mayor espiritualidad, si usted no habla, se aburre. Opté por bañarme.

A la salida, el socio nuevo me preguntó:

—Señor, ¿tiene coche?

Los individuos de esta especie jamás omiten el tratamiento de señor. Moví negativamente la cabeza. El gigantón propuso:

—¿Lo llevo, señor?

A nuestra espalda un grupo de zanguangos hacía aspavientos no impropios de colegiales. Unos me decían que no con la mano, otros remedaban mímicamente trompadas y castigos. Como si por un viaje en automóvil yo fuera a renegar de mis convicciones.

En el automóvil me dijo el socio nuevo:

—¿Qué me cuenta de los señores de allá arriba? No los califico para no hacer uso de un término grueso. Pobres mujeres, pensar que están en boca de los hombres. No de los hombres de verdad, como usted, señor, que no dijo una palabra para no mezclarse en la difamación.

Me acometió una inexplicable premura en demostrar que no era mudo. Disimulando en lo posible la afonía, observé:

—La pura verdad, pero habría que ver cómo ellas hablan de nosotros.

—La idea es un consuelo. Sin embargo, nada disculpa ese lenguaje. ¡Hablar así de las mujeres, que merecen nuestro respeto y protección! Yo también hablaré de una mujer. No con sarcasmos baratos. ¡Con el corazón en la mano! Cuando allá arriba lo vi tan digno me dije: «Si apenas lo conozco, mejor. Será un consejero imparcial. Voy a consultarlo.»

Como la barrera estaba cerrada tomó por el *bosque*. Donde besé a Margot, el socio nuevo detuvo el automóvil, que vino a quedar en una larga y espaciada hilera, puntuada de lucecitas. En los otros coches había parejas.

Clavándome los ojos murmuró:

—Maricas infames.

Aventuré:

—Quizá conviniera un lugar mejor iluminado.

No me oyó.

—¿No saben que es propio de maricas hablar así de las mujeres? Olvidémoslos —entró rápidamente en una explosión—. Un asunto de mayor importancia me ocupa: mi señora. Con mi señora nos adoramos. Los familiares nos llaman los gigantes unidos. Jocosamente, créame, señor. En alusión a nuestro tamaño. Mi señora es de una generosidad de alma, de una seriedad, de una pureza. ¡Para ella encima del amor no hay nada! Cuando le hablo de personas que hacen vida en común por interés o por costumbre, no entiende. Simplemente no entiende, como si cometieran una misteriosa profanación. Por su propio sexo ella profesa respeto, una genuina reverencia. Nada la induciría a malbaratarlo. ¿Le cuento ahora un aspecto gracioso? Prométame que no me interpretará mal. Si alguna vez, con propósito didáctico, referí a mi señora historias de grandes cortesanas, cubiertas de alhajas y de lujo, los ojitos le brillaban. ¿Adivina usted el motivo? Yo la conozco, yo sé perfectamente qué piensa cuando le brillan los ojitos. Piensa que esas mujeres hicieron valer su sexo. No le atribuya, se lo ruego, la menor tentación de imitarlas. Ella nunca olvida que es una señora y se da su lugar, pero paradójicamente, créame, se malbarata. Ya le hablé de su generosidad de alma. Suponga, mi buen señor, que alguien cumple una acción heroica, siquiera desinteresada, llamémosle noble. Mi señora acude a premiarlo. La fascinación de un gesto hermoso resulta para ella abrumadora. Desde luego todas, en el sueño dorado de su vanidad, se figuran que les es dado conferir el don supremo. Pero mi señora pone en práctica esta convicción. Usted me entenderá: la ocasión no falta y la pobre se prodiga en una forma que ni para la salud conviene. Mi posición es delicada. Ella sabe que la comprendo y busca mi simpatía. Por nada quiero desilusionarla. *Pour la noblesse:* el concepto me ata de pies y manos, lo que tiene su lado, ¿cómo diré?, desesperante. Desde luego, cosecho satisfacciones. Al cabo de un mes o dos, mi señora me da cuenta de sus quijotadas una por una, y yo, cuando el caballero no se comportó como tal, a renglón seguido procedo a castigarlo con toda esa fuerza que Dios me ha dado: a fulano le fracturo el cuello, a zutano la clavícula y a perengano, si se ofrece, tres costillas.

Yo dispongo de una imaginación intuitiva y rápida, de modo que a esta altura del diálogo preví la tremenda sorpresa que se preparaba.

—Me hago la ilusión de que la fama de estas reprimendas —continuó mi interlocutor— levante un día en torno de mi Margot una barrera infranqueable. Usted, señor, ¿qué me aconseja?

Divisé a lo lejos una lucecita que en evoluciones por el aire incidía en la fila de luces. Al rato entendí con pavor: era la linterna de algún policía que se asomaba a los automóviles para ver qué hacían las parejas.

—La policía —exclamé—. Todavía nos van a confundir.

—No faltaba más —contestó con aplomo.

Dije en tono de súplica:

—Yo evitaría el momento desagradable.

Sin prisa retomó la marcha y me exhortó a que le diera un consejo franco. Pedí un tiempo para meditarlo.

—¿Dónde vive? —preguntó—. Lo llevo hasta su casa.

—De ninguna manera —respondí.

Me dejó en la boca del subterráneo de Agüero. En casa preparé a toda velocidad una valija, y ya en el hotel donde estoy pasando la noche hablé por teléfono con el gerente de la editorial, para explicarle que me tomaré una licencia de un mes y que nadie es insustituible. Mañana el coche está listo y me voy de viaje. ¿Con qué ánimo, con qué garantías, regresaré finalmente? Lo ignoro. Por ahora me atengo a las palabras de un predicador: «Basta al día su afán.»

Yo había dicho que las diferencias de temperamento que descubre cada cual entre hombres y mujeres, en definitiva, son las que descubre cada cual en el trato con su mujer y, en definitiva, son las que hay entre cualquiera y su prójimo.

—No sé —contestó alguien en aire de duda.

—Lo que sabemos todos —concluyó otro— es que uno vive solo, deseando encuentros imposibles.

—Eso es verdad —afirmó el del aire de duda; ahora, con ágil seguridad, tomó la palabra para no soltarla—: Vean si no lo que me pasó un invierno años atrás. Las obligaciones me retuvieron por tres o cuatro días en el Tandil. Despaché el trabajo la primera mañana, pero resolví quedarme hasta el regreso de un ingeniero de la firma, que andaba por el Sur.

Era un invierno muy crudo; fuera de la cama usted no se hallaba en caja. Me sobraba el tiempo, y como no podía pasar la vida acostado, intenté una recorrida turística por parajes pintorescos; el frío, tras acortarla notablemente, me introdujo en un cinematógrafo, de donde me corrió a los pocos minutos, para devolverme al hotel. Allí, entre té y *cognac,* a cada rato yo me levantaba del asiento y palpaba los radiadores para cerciorarme de que la calefacción estaba encendida. Increíblemente, estaba encendida.

La segunda tarde, luego de un breve ensayo de matar el rato en un bar, que resultó deprimente, no me moví del hotel. El Palace, con sus columnas blancas y sus carnosas plantas en maceta, me agrada, porque reproduce, en una escala menor, de buen gusto, los grandes hoteles de *la belle époque;* pero ¿quién no recuerda el poemita del pájaro cautivo y la jaula de oro? Mi jaula, por otra parte, era de frío, de impaciencia y de tedio. La rueda del tiempo se había detenido. Yo leía los diarios hasta aprenderlos de memoria, amén del anuncio de un remate-feria, de fecha vencida, pinchado en la pared, y aquel otro de los rotarianos, que recomendaba: *Visite Tandil.* Divagué en pleno día como un desvelado en la mitad de la noche y me figuré de pronto, ustedes no lo creerán, que el único refugio para olvidar el aburrimiento era una aventura con una mujer.

Como me faltaba la mujer, en el comedor miré a las que ocupaban las mesas vecinas, por lo general señoras formales, abocadas al alimento propio y de chicuelos que correteaban en derredor, y vigilé, a lo largo de interminables horas, en el salón de lectura, con la impertérrita paciencia del pescador de caña, la puerta giratoria y el quiosco de hierros forjados del ascensor, otras tantas loterías cuyos premios no estimularon mi esperanza. Intuí entonces la interesante verdad de que las mujeres lindas no andan sueltas por el territorio de la República, sino que está reunidas en dos o tres lugares. Acababa de formular la regla cuando descubrí la excepción. No la trajo el ascensor ni entró por la puerta giratoria. Estaba, como puesta por un mago, en un sillón, a mis espaldas. El puro instinto o algún movimiento de Olga me indujo a volver la cabeza y a mirar.

—Dormías —explicó afectuosamente—. Parecías alerta, un centinela, pero yo pasé a tu lado y no te desperté.

Olga es una muchacha muy linda. Atrae por el pelo

rubio, la tonalidad y perfección de la piel, la nobleza de
facciones y una grave diafanidad en la mirada, que guarda armonía con su alma recta, nunca pedante ni hostil.
Es buena persona. A mí las buenas personas me gustan:
todas pertenecen, lo he descubierto con extraordinaria
lentitud, a la verdadera *élite* de la gente superior. En
cuanto a la seguridad de que uno al arrimarse no recibirá
mordiscos ni zarpazos, no importa demasiado, porque es
tamos en la vida dispuestos a cualquier cosa, pero tiene
su mérito.

—¿Qué haces en el Tandil? —preguntó.

Tras explicar, pregunté:

—Y tú, ¿qué haces?

—Estoy esperando a mi marido —contestó—. Fue a
revisar un campo en Juárez. Le llevará el día entero.

Sonreía intencionalmente o, mejor dicho, tontamente.
Antes de casarse ella, pareció probable un amor entre
nosotros. No pasó nada, no volví a verla, pero tampoco
la olvidé. Quiero decir que al recordar a Olga, este centenar de kilos de carne de hombre, oscura e hirsuta, sus-
pira. No sé si ustedes me entienden.

Me miró en los ojos de una manera abierta, que valoré
como prueba de la franqueza y de la naturalidad de las
mujeres. Le devolví la mirada y comenté:

—Con este frío uno no está en caja... —tras una vacilación, concluí rápidamente—, en ninguna parte.

—¿Frío aquí en el hotel? —preguntó.

—En el mundo entero —respondí con sinceridad—.
¿No tomarías un *cognac* o, mucho mejor, un té bien calentito?

—Un *cognac* —dijo.

Fuimos al bar. Mientras bebíamos el primer copón,
advertí o imaginé que sus ojos se detenían, más de una
vez, en los míos. Adelanté una pregunta bastante segura:

—¿Cómo te trata la vida?

La vida trata mal a todos, a casi todos. Por eso me
sorprendió la respuesta de Olga.

—Demasiado bien.

Por si quedaba la posibilidad de un distingo entre vida
y matrimonio, intenté una segunda pregunta, una pre-

gunta que no falla, salvo con gente pequeña, de amor propio enorme.

—Y con tu marido, ¿cómo te va?

—¡Cómo quieres que me vaya! —exclamó.

—Claro, claro. Mi corazón no me engañaba.

Me interrumpió a tiempo.

—Es un hombre extraordinario —explicó—. Me gustaría que lo conocieras.

—No pido otra cosa —aseguré con hipocresía.

—Da vergüenza decirlo: me adora. No merezco tanta suerte.

—Tanta suerte —repetí con desconsuelo.

Entendí que yo estaba de más, como el médico ante un paciente en perfecta salud, y tuve ganas de retirarme cuanto antes. Olga —ella sí que es una persona extraordinaria— adivinó mi estado de ánimo.

—Perdóname —pidió—. Nada de peor gusto que elogiar a un hombre ante otro. Se ven como rivales, y no dudes que en un toro encontraría uno mayor comprensión. Pero tú y yo, qué embromar, podemos dejar de lado la etiqueta y hablar francamente. Lo necesito tanto.

Con la última frase me desarmó. Quedé a la disposición de Olga para lo que quisiera. Se lo dije. Tomándome las manos —no, no me las tomó, pero la efusión del momento correspondía al ademán—, mirándome en los ojos, murmuró:

—Gracias —después oí tres palabrejas que ya no esperaba—. No soy feliz.

Tuve que recurrir al coraje para aventurar la afirmación:

—Tú no quieres a tu marido.

—Con toda el alma —replicó.

—¿Y él? ¿No me dijiste que te quiere?

—Claro que me quiere.

—¿Entonces?

—¿Cómo entonces? ¡Por eso mismo! ¿No entiendes?

—No, no entiendo —contesté con rabia.

Como si yo no estuviera, como si hablara para sí misma, declaró:

—Le di una prueba de cariño.

De repente recordé. Decía la verdad Olga. Era una historia de una deuda de honor. ¿Cómo pude olvidarla? Quizá recorramos la vida solos, existan muy poco los otros... Olga me había enamorado, se la llevó el individuo aquel y traté de borrarla de la memoria. Me creí perseguido por su recuerdo; pero muy pronto empecé a olvidar lo que me contaban de ella. A lo mejor olvidé esa historia porque probaba que Olga quería a su marido; a lo mejor, porque olvidamos todo. El marido era un jugador incurable. (Parece que después Olga lo curó, con mano suave, pero segura, me dijeron.) Una noche el individuo perdió más de lo que tenía, y como no conocía otro honor que el de las deudas de honor, a la mañana quiso pagar. Lo que se llama desprendida, Olga nunca fue —lo son pocas mujeres—, pero sacrificó buena parte de su fortuna para que el marido pagara. Una prueba de amor verdadero, porque en tales deudas no creía y en el dinero sí.

Pidió otro *cognac*. ¡La rapidez con que las mujeres beben y fuman! Se alejó el mozo; Olga habló tristemente:

—No soy digna —dijo.

—¿De tu marido? —pregunté. Me incorporé, busqué un espejo; como resultó demasiado grande para traerlo, con la mano lo señalé y grité a media voz—: ¡Mírate!

Sonrió. Era más linda aún cuando sonreía. Gravemente continuó:

—No soy digna. Tú has vivido, debes entender. Quiero decir que soy indigna.

Yo le aseguré que entendía, pero no bastante para ayudarla, y que desde luego no creía en ayudas de amigos ni de nadie. No por falta de voluntad, sino por la soledad de cada uno. ¿Me explico? Entonces me refirió la historia, un tanto sórdida, de su caída. Por una circunstancia que se me escapó, una tarde quedó no sé dónde con un hombre extraordinariamente grosero y absurdo...

—Un hombre que por el aspecto nomás —dijo— toda mujer desprecia. Creo que era peletero. No tengo nada contra los peleteros. Quiero que te lo imagines: gordo, rubio, sobre todo calvo, de cara sudada, con lentes de oro. Y de pronto yo estaba en sus brazos. Porque sí, nada más que porque sí.

—¿Volviste a verlo?

—¿Cómo te imaginas? Nunca. Pero si lo viera sería igual. No existe. ¿No te digo que no existe?

—Entonces —respondí— tampoco existe tu famosa caída.

Alegué que no era injusto considerar el hecho como ocurrido en un sueño y opiné que ella no debía atribuirle trascendencia alguna.

—Tan fácil —protestó.

—¿Cómo ese vertiginoso instante conmovería tu amor, firme y real como una roca? Por otra parte —argumenté—, no está lejos la hora en que la sociedad, los hombres, revisemos la idea de traición. ¡Traición! ¡Qué palabra desmedida! No está lejos la hora en que nuestras más crudas novelas de amor se vuelvan totalmente ilegibles por ridículas. La gente no entenderá la gravedad con que tratamos las traiciones. Verá esta cuestión como una manía de nuestros novelistas, una manía inexplicable, como la del honor de las mujeres, tan localizado en un punto que interesaba a los clásicos. No demos importancia a hechos que no la tienen. El amor no es eso. No es un juego, no es una ficción ridícula. Cuando queremos de verdad...

He olvidado cómo concluí el párrafo, pero doy fe de que dije «uno está por encima», y de que eché mano del adjetivo «inconmovible».

Yo proponía tales argumentos con mayor elocuencia que ahora, y, ebrio de lógica, había cerrado los ojos; recuerdo perfectamente que antes de reabrirlos pensé: «Voy a recoger el triunfo»; pero recuerdo también que entonces tuve la primera duda y que me pregunté: «¿No saldrá ella con mejores razones?» ¡Tantas veces me ocurrió esto con las mujeres! Como si realmente poseyeran una mayor sabiduría sobre lo esencial de la vida, cuando creemos que sólo un milagro nos mostraría las cosas bajo otra luz, las mujeres con naturalidad operan el milagro, dan razones que reconocemos como verdaderas,

razones que anonadan las nuestras, que nos dejan a la
altura de niños teóricos, un poco estúpidos, porque hablan de lo que no saben.

Olga, cuando no, suavemente movía la cabeza. Con
extrema dulzura, como si de veras hablara con un niño,
respondió:

—No, mi querido. Lo que dices está bien, en abs-
tracto; en la realidad no. ¿Cómo no descubriste todavía
que en el amor intervienen sentimientos, no razones, y
que a los sentimientos no los maneja la voluntad? Por
lo mismo, no hay que razonar demasiado el amor. Con
la religión, es lo más real que tenemos, pero no te pongas
a razonarlos, porque no queda nada o, peor aún, se
vuelven, como tú dices, ridículos. Probablemente el amor
sea un juego; en los juegos hay que respetar las reglas.
En todo caso, es algo muy delicado: no lo manosees,
como lo he manoseado yo, porque lo estropeas irremediablemente.

Me acuerdo que pensé: «No aprendo.» Como otras
veces, por orgullo del intelecto, yo había caído en el
error de imaginar la vida, el mundo, del todo transparentes a la razón, y, como otras veces, una mujer me señalaba que siempre queda para cada cosa un fanal de bru-
ma, un margen inexplicable.

—El gran amor —porfié— no es tan débil. Porque
lo soples no cae. Aguanta. Está por encima.

Argumenté y protesté con ímpetu creciente, porque
me habían convencido. Olga notaba, quién lo duda, que
mi dialéctica sonaba a hueco.

Insistió todavía:

—Ah, si pudiera volver al momento anterior y rea-
nudar el camino sin el revolcón infame.

Me conmovió el auténtico tono de dolor. ¡Qué no
hubiera dado por consolarla! Para mí, Olga ya no era
una mujer deseada, sino una hermana triste. Apelé a
toda mi energía mental para encontrar cuanto antes el
argumento incontrovertible. Mientras buscaba algo mejor pregunté:

—¿Cómo una caída fortuita puede contaminar el
afecto?

—El afecto no —dijo—, pero el amor no es únicamente afecto.

Como agudamente observó el negro Acosta, las mujeres tienen otra complejidad. Nosotros, entregados al
inmediato asunto debatido, olvidamos que un poco más
allá suele estar el verdadero móvil.

—Todo minuto —anuncié, al fin, en aire triunfal—,
toda hora, todo día te aleja, y si perseveras, aquel momento se perderá de vista muy pronto en el olvido.

—¿Si persevero? —preguntó con un ligero sobresalto—. ¿En qué?

—¿En qué? —repetí para ganar tiempo, porque la
explicación me parecía redundante y molesta—. En el
amor por tu marido, en la fidelidad, en todo lo que no
me conviene, qué diablos.

Yo descontaba que mi estúpido exabrupto arrancaría
siquiera una sonrisa. De ningún modo. No exagero: me
pareció que de pronto Olga se había cansado mor-
talmente. Como si le costara un gran esfuerzo, protestó:

—Después de aquello, ahora, para mí, no tiene sentido la fidelidad. ¿Entiendes?

Entendía, desde luego, pero ella misma, tan perfectamente me había persuadido, que al rato yo no podía,
¿cómo diré?, prevalerme de su infortunio.

Hubo un revuelo por el lado de la recepción. Alguien
había llegado. No me cabe duda de que Olga y yo com-
partimos una misma expectativa. Cuando, por fin, en-
trevimos al viajero, Olga comentó con alivio:

—No podía ser mi marido. Ya te dije que tiene para
todo el día en ese campo.

—¿Dónde pasó lo del peletero?

—En el hotel de...

No pregunten si mencionó el Azul o Las Flores, porque el punto preciso, ¿qué importa? Les diré, en cambio, que al responder me miró en los ojos, un poco —la
palabra es fuerte para algo tan fugaz— provocativamente.

Hubo un silencio en que oí el segundero de mi reloj.
De manera visible Olga se entristeció. Ahí estaba, al
alcance de la mano —Dios mío, triste era más linda

aún—, y reflexioné que si la perdía esa tarde probablemente la perdería para siempre.

—Vamos a tomar otro *cognac* —anuncié.

Tal vez ustedes imaginen que tuve, por jactancia, el propósito de castigarla. Se equivocan. Firmemente creo que ella habló de corazón, que fue sincera en todos los momentos. A mi me falló agilidad para pasar de una idea a otra y seguirla. Por eso la perdí, nada más.

Quizá por la suavidad de la voz y por los diminutivos que infundían en las palabras un tono de melosa blandura me dispuse a oír alguna de esas benévolas trivialidades que suele dictar la cortesía. Mi compañero de mesa —un colega bastante oscuro, que redactaba noticias policiales ¿o políticas? en uno de los dos vespertinos del lugar— me prevenía de un peligro verdaderamente espantoso que en el término de pocas horas caería sobre mí. Sospecho que por un instante perdí conciencia y tuve la ilusión de flotar en el aire. Tal vez me asusté.

No era para menos. En mi carácter de *nuestro enviado especial* (un prestigioso talismán que me protegería contra todo riesgo, según creí) yo había llegado la semana anterior, con la consabida misión de escribir una serie de artículos que día a día informaran al público porteño sobre aquellas fiestas del centenario de la independencia, hijas inequívocas de la grosera voluntad de maravillar al mundo. El país había volcado en la capital, conjuntamente con los desfiles y demás pompas de gobierno, sus conjeturas y, sin duda, estupendas reservas de *folklore,* de superstición y de taumaturgia: el sueño pintoresco, la pesadilla viviente, que desde quién sabe cuándo duerme en la selvática montaña, mientras en la casi urbana periferia un mandamás vigila con ojos despabilados.

Cuando sirvieron el café, la gente se levantó de la mesa; el colega y yo nos arrimamos, mi tacita bailando en el plano, a uno de los ventanales. El restaurante, el famoso Panorámico, está en lo alto de la torre del hotel y, para repetir una frase que en la ocasión oí por lo menos cuatro veces, domina la ciudad. Apuntando con un dedo que parecía un gancho, Orduño —se llamaba así el colega— explicó:

—Allá queda el Palacio, las carreras, la cancha de fútbol (según la antigua fórmula de circo sin pan). Acá cerquita tiene usted la cárcel y el Departamento de Policía. Abajo la plaza Libertadores y ahí nomás la playa de moda, gala y colorido.

De aquel almuerzo, verdadero banquete que cerraba el copioso programa de actos oficiales, las autoridades habían ofrecido dos versiones: la selecta, en el Jockey Club, para embajadores e invitados de honor, v la otra, en el Panorámico, más democrática, pero también más interesante, como lo señaló Orduño, pues reunía la inteligencia, que identifiqué en seguida con nosotros dos, y la cabeza, representada por algunas azafatas de las líneas aéreas.

—¿Pero qué hice yo para que me persigan? —pregunté con voz quebrada.

—Los diarios de Buenos Aires llegaron anoche.

—¿Han leído mis crónicas? No me va a decir que dos o tres bromas inocentes...

—Los ofendieron. Nuestro gobierno, créame, no aprecia el humorismo de sus críticos.

—¿Quién soy yo para criticarlo? Le juro que ni siquiera he deslizado una ironía intencionada... Tal vez una que otra broma, impuesta, usted sabe, por la misma construcción de las frases.

—¿Espera que esta gente comprenda? No están hechos como nosotros; lo que nos divierte los enoja. A la madrugada vendrán por usted.

—No puede ser.

—¡Qué despertar, mi señorito! De la literatura a la realidad. No: de la literatura al calabozo.

Me entró la sospecha de que mi protector fuera un poco sádico, pero reflexioné que, en mi situación, no convenía indisponerlo.

—¿Y si me asilo en la embajada? ¿O en la uruguaya, que está más cerca?

—Vivirá a todo trapo, no lo dude, pero vaya echando la cuenta que por unos añitos no sale.

—Imposible. Imagínese el disgusto que se lleva la familia en Beccar. A ver, otra idea, por favor, déme otra idea. Ayúdeme.

Engolando confortablemente la voz preguntó, mientras apuntaba con ese dedo que parecía un gancho:

—Desde ahí ¿admiró el panorama? —me empujó al ventanal opuesto—. ¿Qué ve?

Reprimí la contrariedad y describí lo que veía: el jardín del hotel, un muro y del otro lado un vasto parque circular, con un caserón blanco, de techo de pizarra, que me recordaba alguna vieja quinta de San Isidro o del Tigre; bien mirado, el parque aparecía dividido en triángulos verdes, una suerte de estrella en cuyo centro refulgía la blancura del caserón, que a la distancia resultaba minúsculo.

—Después —continué— veo un espacio abierto.

—El aeródromo. ¿Qué más?

—A la derecha un puñado de casas.

—Lo felicito. El *motel* para las tripulaciones.

Yo esperaba la conclusión, la explicación; como no llegaron, declaré:

—No entiendo.

—¡Pero, amigo! —protestó.

Agitó en aspavientos ambas manos y retrocedió. Atiné a gemir:

—¡No me va a dejar ahora!

Se había escabullido. Procuré dominar los nervios, pues no me quedaba otra alternativa que afrontar la situación; es decir, afrontarla solo. Comparé mi estado de ánimo con el de un suicida que hubiera tragado un veneno cuyo letal efecto habría de producirse horas después. Le di la razón a Orduño: ese penoso arresto que me amenazaba a lo mejor equivaldría a despertar por fin de una vida de hacerme el gracioso en letras de molde. Exaltado por el remordimiento y el miedo, me ensañé contra mí. No dejé, sin embargo, que la consideración de mi culpa me distrajera. Si un rato en cualquier comisaría nos hunde en el desamparo, ¡qué de amarguras no me reservaría el mañana en un país remoto, a merced de gendarmes recién llegado de la selva, donde el nativo se gradúa en la indiferente crueldad a través de rituales degüellos de cabritos, de gallos y de personas!

No había que ceder al desaliento; yo disponía de una tarde y una noche: con mucha suerte, diligencia, voluntad y lucidez, acaso me salvaría. Por de pronto, debía sobreponerme a ese temblor que nuevamente se apoderaba de mí.

Orduño había expuesto claramente el problema y proporcionado indicios para la solución (ninguna otra interpretación de su proceder resultaba verosímil). No se mostró más explícito para que el plan fuera mío, de modo que si me agarraban y obligaban a contar la verdad, yo no lo delatara; no confesara: Me dijo que hiciera esto o aquello. Increíblemente yo estaba tan perturbado que aún ignoraba el plan... Me acerqué a las azafatas. Algún pedante declarará que siempre el hombre es un chico y que en la desolación encuentra en toda mujer a la madre. ¿Por qué no admitir la modesta explicación de que únicamente el encanto de una mujer podía contrarrestar mi disgusto?

Miré en derredor. Primero me dije que las risas festejaban seguramente idioteces y después que los grupitos de conversadores parecían impenetrables. Llegué a la conclusión de que lo mejor era bajar a mi cuarto y renunciar a toda esperanza. Entonces me acordé de la policía, que a la otra mañana vendría a buscarme, y junté coraje para abordar a alguna de las azafatas presentes, apelar a sus sentimientos democráticos, odio al despotismo, compasión o propensión por el prójimo y procurar su complicidad para embarcarme furtivamente en el primer avión que saliera del país.

Me detuve alelado: comprendí que no podía permitirme un paso en falso. Toda mi suerte dependía de la circunstancia, tal vez fortuita, de que yo me dirigiera a la persona apropiada. Si no elegía a una chica valiente y generosa estaba perdido. Por ahí cerca rondaba un uniforme de nuestras Aerolíneas. Miré detenidamente: se trataba de una muchacha alta, muy derechita, rubia, pecosa, de ojos redondos, graves, un poco asombrados. Como algo inevitable imaginé esos ojos fijos en los míos y me pareció que oía la pregunta: «¿Con qué derecho me pide que me arriesgue por usted?» Yo debía contener los nervios para que no me pusieran a la merced de la primer chiquillina que tuviera a mi alcance. A escasos metros, en el extremo de la mesa, descubrí a otra, de pelo castaño, de estatura breve, que vagamente me recordaba a una actriz francesa del viejo cinematógrafo americano... Por el uniforme supe que trabajaba en una compañía europea, y por la expresión y los modales la imaginé muy despierta. «Entenderá sin dificultad mis temores. Para una europea no ha de haber pesadilla más horrible que la cárcel en estos países, verdaderos andurriales perdidos de la mano de la civilización. La criolla, en cambio, quién sabe si no me sale con que no ha de ser para tanto, que muchos entran en la comisaría de la vuelta de su casa y que si me dijera que vio sacar un muerto mentiría.» Pensé entonces que todos los europeos tienden al respeto liberal de reglamentos y leyes; la posibilidad de toparme con una inflexibilidad estúpida me decidió. «¡La criolla! ¡La criolla!» —exclamé patrióticamente, y me dirigí a la chica de Aerolíneas. Le dije:

—Es un alivio, ¿no es verdad?, encontrarse de golpe entre argentinos.

—Depende —contestó—. Yo me largué a volar porque no los trago.

—No me va a decir que no prefiere nuestra pronunciación.

Encogiéndose de hombros precisó:

—Cuestión de gustos.

—Usted lo dice. El hecho de compartir los gustos, ¿no crea una especie de fraternidad entre los hombres? Gardel ¿no cuenta?

Miré los ojos de la muchacha: sólo en estatuas he visto una mirada tan perdida. No cabía duda: aquellos ojos languidecían de indiferencia y de tedio; era inútil porfiar; el argumento en favor de la solidaridad entre los compatriotas no me llevaba por buen camino. Me quedaba tal vez el recurso de cortejarla. ¿Qué me detenía? Un escrúpulo de hombre honrado, pero sobre todo la prevista dificultad de pasar decorosamente de pedir amor a pedir socorro. O la emborrachaba con palabras apasionadas o en un momento fatal la chica descubría que yo no estaba desviviéndome por ella, sino por la seguridad de mi persona.

Como el reloj apremiaba y yo no tenía opción, arremetí; cortejé desaforadamente. Este cambio de actitud repentino, que sugería menos una inclinación del alma que el mecanismo de un autómata, obtuvo la franca aprobación de mi interlocutora.

Me parece que recaigo en el humor satírico, al que debo tanta desventura... Sí, la calumnio: la muchacha pertenece al tipo de las grandes heroínas de Stendhal: mujeres bellas, audaces y valientes, de generosa imaginación. Por mi parte, no sólo con elocuencia traté de embriagarla. Conseguí que me acompañara al bar. Le pregunté:

—¿Qué tomamos?

—Lo que usted quiera —respondió.

—El ron de aquí tiene fama.

—¿Conoce el dicho? En las botellas de ron hay sueños de piratas.

Pedí esa bebida porque recordé unos versitos machacones que a todas horas oía por entonces. Para animarme los murmuré como quien entona un himno:

> *Quince hombres en el arca del muerto,*
> *quince hombres y una cuba de ron.*
> *Que el demonio los lleve a buen puerto*
> *y nosotros bebamos el ron.*

—¿Habla solo? —preguntó.

En el acto confesé:

—Estoy desesperado.

—¿Porque me quiere y me adora no pretenderá que me tire en sus brazos?

Gemí inarticuladamente:

—Lo previsto —dije—, peor que lo previsto.

¿Cómo despertarla de la borrachera de envanecimiento sin herir su amor propio? Yo debía de encaminar ese estado de ánimo a través de una maniobra bastante difícil: no me bastaba que la chica me perdonara, tenía que ayudarme y salvarme. Perdí la cabeza. Confundí seguramente el apuro de mis nervios con un saludable anhelo de sinceridad, y sin más dilaciones aclaré la situación.

Cuando habló, cada sílaba sonaba sequita, como el golpeteo de una máquina de escribir.

—¿Y por qué me voy a meter, hágame el favor? Deje que lo agarren y lo maltraten, ya verá cómo los diarios chillan; pero si yo me pudro en la cárcel, nadie se acordará de mí. Además hay un detalle que usted pasa por alto: la responsabilidad no es mía, sino suya.

—¡Qué espanto! — exclamé, y cerré los ojos, mareado por los giros de una ruleta en que las vertiginosas ideas de policía, interrogatorio, tortura, desplazaban y ocultaban las razones que tal vez yo podía alegar. En esa aflicción articulé precipitadamente las primeras palabras que se me ocurrieron—: No insista. Su implacable sensatez me confunde. ¡Renuncio a la fuga! Me fascinaba por lo romántica y peligrosa... Ahora veo que no tengo derecho.

Le volvió el color a la cara y sonrió como si algún pensamiento la divirtiera.

—A las siete de la tarde. En el *motel*. Cabaña 11.

No pude creer lo que oía. De pronto advertí que se ponía los guantes. Alarmado, pregunté:

—¡No me va a dejar ahora!

Me pareció que todo el tiempo yo repetía esa frase.

—Tengo que hacer compras. Con un hombre, usted sabe, son un martirio.

—No se vaya sin decirme cómo se llama.

—Luz —contestó—. Pero no va a tener que preguntar por mí. Cuando llegue me encontrará.

Ni bien me creí solo alcé los brazos y giré sobre mí mismo, pero interrumpí ese baile cuando noté que tenía un espectador en el hombre del bar. «Supone que estoy borracho —me dije—. Qué importa.» Pagué las bebidas, me arrimé al ventanal del frente y con los ojos cerrados apoyé la cabeza en el vidrio; no encontré la esperada frescura. Al abrir los ojos algo despertó mi curiosidad: un hormiguero allá abajo, en la plaza Libertadores; unos hombrecitos que no acababan de salir de un furgón policial. Los comparé con bichos; la escena me parecía graciosa. En grupo se encaminaron al hotel.

—¡Son los míos! —grité, en un atolondrado intento de explicar mi agitación—. ¡Llegaron antes de hora!

El hombre del bar me observaba flemáticamente, como un experto en borrachos, mientras yo, para no correr, caminaba con excesiva dignidad. Pensé: «Mejor que nadie me vea», y descarté el ascensor, porque a veces lo manejaba un ascensorista; empujé la puerta de vaivén, me lancé escaleras abajo; a mis pies los escalones crecieron y se multiplicaron; en los rellanos yo miraba ansiosamente los números, porque en el noveno iría hasta la habitación a recoger un portafolios y dos o tres objetos, de los que por nada me separo (por su valor sentimental), pero luego me dije que mi cuarto era el sitio más indicado para que la policía me esperara y seguí bajando.

Si me hubieran vendado los ojos, al salir a la terraza hubiese creído que entraba en un invernáculo. Por suerte el calor ahuyentaba a los turistas. En la terraza no había nadie. Bajé la escalinata de mármol, me aventuré por el jardín y, después de recorrer un centenar de metros —debí soslayar a un jardinero que no me vio—, llegué al muro del fondo. Lo trepé afanosamente, caí del otro lado, quedé inmóvil, de bruces, anonadado por

el cansancio, por el dolor de cabeza, por el ron, por
la ansiedad de la fuga y más que nada por el golpe.
«Estoy a salvo», murmuré. Había alcanzado el lejano
parque de los triángulos verdes, que divisé desde la
ventana. Reflexioné: «Todavía no estoy a salvo. Aquí
me ve el primer vigilante que asome por arriba del muro.»
Como pude me incorporé y corrí a guarecerme detrás
de unos laureles. Apenas contuve un grito. Para escapar
de un perseguidor imaginario, por poco atropellaba a
un gigantón de uniforme verde con fusil al hombro.
«El soldado —pensé con estupor— me vio.» No sólo
me había visto, me había sorprendido en plena fuga,
pero no me arrestó; con la mayor tranquilidad me volvió la espalda —como si mi presencia no le incumbiera
ni tampoco lo asombrara— y se metió en una casa, mejor
dicho, en el frente de una casa, levantado ahí, conjeturé,
para alguna función de teatro o filmación. Aquello representaba una hostería de vago estilo alemán provista
de su correspondiente enseña, pintarrajeada con ingenuidad, donde se leía (en español, quién sabe por qué): *El
cazador verde*. Me dije que el supuesto soldado era más
bien un cazador, sin duda el de la enseña, pero no traté
de explicarme los hechos. No tenía tiempo para resolver
acertijos ni ganas de asombrarme por nada: presentía la
inminencia de los perseguidores. Antes de seguir corriendo, para no caer sobre algún otro cazador emboscado,
examiné el parque; su principal adorno era un lago, flan-
queado hacia la izquierda por un montículo de rocas
artificiales. Miré atentamente en derredor, empezando
por la derecha; vi tan sólo vegetales y objetos inanima-
dos: una hamaca paraguaya colgada entre dos palmeras,
un juego de croquet, un dogo de bronce, un grupo de
arbolitos floridos, un enorme jarrón de porcelana azul,
un embarcadero, el lago, con botes en forma de cisne, y
las rocas. Mientras corría me pregunté: «¿Del otro lado
qué me espera?» Me abracé a las rocas, oí el susurro de
una caída de agua, procedí a rodear, con precaución y
lentitud, el montículo hasta que aparecieron ante mis
ojos, primero, la pequeña cascada, y a lo alto, en la entrada de una gruta, como en un pedestal en la piedra, la

mujer. Era delgada, muy blanca. No sé por qué me la
represento de perfil, con la cara hacia arriba y la negra
cabellera pendiente... Sospecho que esta descripción sugiere un dibujito ridículo, una viñeta de mal gusto. Para
refutarla no encuentro sino argumentos subjetivos: me
pareció que faltaba el aire, sentí la desazón que provoca
la belleza, intuí por una brusca revelación que todo mi
pasado se justificaba porque me había traído hasta esa
mujer, pensé que si llegaba a perderla no me consolaría
nunca. También tuve un instante de felicidad, como si
no entendiera la burla del destino, que me enseñaba la
mujer de mi vida cuando los sabuesos me pisaban los
talones. «Debo de estar impresentable», dije, e instintivamente me pasé una mano por el pelo, me ajusté la
corbata. Yo creo que la mujer sonrió; en todo caso, me
miraba sin desconfianza o aun como si estuviera espe-
rándome.

Oí entonces una trompa de caza y los apremiantes ladridos de la jauría. Había algo tan compulsivo y terro-
rífico en el clamor que empecé a correr. «Lo que faltaba
—pensé—. Que me sigan con perros.» Cuando acordé
había traspuesto la tapia divisoria y caía de rodillas en
las piedritas del sendero, en el segundo triángulo del
parque. Ya no oía ladridos, como si hubiera llegado muy
lejos o como si los perros no existieran. Al levantar los
ojos me encontré frente a un anciano, estaba sentado en
un sillón de mimbre, a la sombra de un baldaquín a fran-
jas amarillas, coloradas y azules, vestía un traje de gabardina, de vez en cuando se abanicaba con un sombrero
de panamá, parecía enfermo y cansado, me observaba.
El jardín, a su alrededor, era un paraje de sueño, mejor
dicho, el simulacro de un sueño construido según ideas
muy convencionales, con objetos vagamente significati-
vos y simbólicos: una jaula, en forma de quiosco chino,
donde revoloteaban dos o tres pájaros de color azul ver-
doso; una locomotora incompleta, casi enterrada en la
arena, y desparramados por el césped, el cilindro, en espirales blancas y escarlatas, de una barbería, un medallón
dorado con una cabeza de caballo; un escudo; una an-
torcha. El casual descubrimiento de que las piedritas del

suelo eran, en realidad, libros minúsculos (de vidrio macizo pintado) me indignó. Olvidé los perros, olvidé la policía, recogí uno de esos libritos, lo arrimé a los ojos del viejo como si le mostrara un elemento de prueba verdaderamente abrumador y le pregunté:

—¿Qué significa todo esto? ¿Y esa puerta?

Era de madera oscura, con infinidad de cabecitas labradas; tenía un llamador con mano de bronce y estaba enmarcada en la frondosa hiedra de una glorieta.

—Aseguran que abre únicamente sobre sueños reparadores —contestó.

Me pareció lóbrega, tristísima, y sospeché que traería desgracia; para sustraerme a esa idea imaginé a la muchacha del lago, pero en seguida traté de pensar en otra cosa, como si lo que entonces ocupara mi atención estuviese expuesto a efluvios de mala suerte. Pregunté:

—¿Qué se proponen con todo esto? ¿Volverme loco? No se hagan ilusiones.

—Una buena observación —respondió el viejo, riendo como si fuera a sofocarse—. La mejor crítica. Pero confiese, pues, amigo: ¿es usted algún nuevo partiquino del doctor Veblen?

—¿Partiquino del doctor qué?

—¿No dirá que entró por error? ¿O lo de siempre? ¡Un fugitivo! Le prevengo que la policía aquí no lo molestará. Es claro que si Veblen le echa el guante... Por nada se malquista con el gobierno.

—Yo me voy.

—Está bien. Hay que huir de los neuróticos —miró el reloj—. Cinco y media pasadas. Por un ratito no vienen a buscarnos.

Me dije que tenía tiempo de cruzar todo el parque y de llegar puntualmente al hotel (o *motel*) donde Luz me esperaba. ¿Estaba seguro? En su conjunto, el parque era enorme; yo podía extraviarme; no sería raro que me encontrara con alguien dispuesto a cerrarme el paso o a llamar a la policía. Quise volver, aunque fuera por unos minutos, al lago de las rocas, para hablar con la muchacha. Así urgido, ¿la convencería de algo? ¿De qué? En el mejor de los casos, de que me diera nombre y dirección para mantener correspondencia cuando yo hubiera regresado a Buenos Aires. ¿Valía la pena (Dios me perdone), para jugar a los novios por cartas, correr el riesgo de la cárcel? Antes de contestar la pregunta había trepado el cerco y estaba de nuevo en el jardín del lago. «Por una desconocida —cavilé— pierdo tiempo y me expongo. Van a prenderme. Van a meterme a puntapiés en un calabozo. Entonces no hallaré justificación para esta conducta.» Cuando enfrenté el montículo y no encontré allí a la muchacha me angustié, por segunda vez en un rato comprendí que si la perdía no me consolaría nunca. Olvidé las precauciones, me lancé a buscarla agitadamente. La descubrí de pronto debajo de un arbusto de flores coloradas, con las manos tendidas hacia mí; la muchacha cortaba flores, pero por un instante supuse que me llamaba; este terror me confundió, me desalentó, y cuando reapareció el gigante vestido de cazador verde, nuevamente emprendí la fuga, traspuse la tapia, una sucesión de tapias y en los diversos jardines vi (ya sin curiosidad) cocineros que disputaban un partido de tenis, gente disfrazada de animales, la torre de una fortaleza, de cuyas alacenas colgaba un ancla, un cupé, una chimenea, un arpa, una cuna dorada. Me dije que renunciaba a la mujer de mi vida porque estaba demasiado triste para luchar (lo contrario era verdad: estaba triste porque renunciaba a la mujer), y atribuí la culpa de todo a la funesta fantasía de esos jardines. En el último, un individuo de guardapolvo casi me atrapa. Escalé el muro, me encontré en plena calle; me interné (sobreponiéndome al cansancio y al miedo) por la ciudad; dos veces me extravié; por fin llegué al *motel*.

Luz cumplió su palabra: me esperaba. Riendo, como si me vistieran para un baile de máscaras, me disfrazaron de capitán o de camarero. Bebimos, llegó el ómnibus, el conductor comentó: «Hoy va uno más»; atravesamos el aeropuerto y embarcamos. Hasta que despegó el avión la tripulación parecía nerviosa; yo pensaba en la muchacha del lago.

Ya en el aire, me cambié de ropa y, para estar solo, me refugié en el último asiento. Creo que después de servirnos la comida, Luz nos deseó las buenas noches y vino a sentarse conmigo. Yo recordé historias que todos conocen de lo que sucedió en algún vuelo, en ese último asiento, mientras los pasajeros dormían. Para distraerla me puse a hablar.

—¿Usted cree en el amor a primera vista?

—Es maravilloso —contestó— y de lo más común. Pregúntele a cualquiera.

Se apasionó tanto con la argumentación que estuvo a punto de abrazarme. Le pregunté:

—¿Quién es el doctor Veblen?

—¿No sabes? El susto que te habrás llevado.

—Por lo menos he visto cosas raras.

—Comparsas alquiladas y objetos que consigue no sé dónde. Los pone ahí para que los internados, a la noche, sueñen. El charlatán cura con sueños a millonarios que se curan por el gusto de pagar montones de pesos.

Como si no cambiara de tema, rápidamente me preguntó con quién vivía. Cuando comprendí, le dije:

—Con mi madre y mis hermanas en Beccar.

—¡Entonces no estás casado! —gritó sin disimular el júbilo.

Pensé como si le hablara: «Con tal de que me dejes por un rato, después nos casamos.» La chica me había salvado, se parecía tal vez a las grandes heroínas de Stendhal, y a mí no me interesaba mi destino. Me miró con esos ojos graves, que ahora le conozco bien, me dijo que iba a ofrecer no sé qué a los pasajeros, pero que volvería pronto.

Almeyda se había vestido con el traje azul, como si fuera a salir. Frente al espejo anudó en impecable moño la corbata de las grandes ocasiones, y aun le agregó el lujo de un alfiler, en herradura de la suerte, con piedritas verdes, de valor puramente sentimental. A la luz de ese día de invierno las envolventes hojas de hiedra del marco dorado conferían una profundidad misteriosa y triste al óvalo de cristal que lo reflejaba. «Así voy a quedar —murmuró— en alguna fotografía en el dormitorio de Carmen. En la repisa, entre su retrato, con mantón de Manila y la foto del sobrinito desnudo sobre un almohadón.»

Oyó el roce de un papel y vio surgir por debajo de la puerta una carta que alguien empujaba desde afuera. «¿Todavía siento curiosidad?», se preguntó, mientras desgarraba el sobre. Era la cuenta del sastre. «Para pagarla —comentó— nadie postergaría el suicidio.»

Como si quisiera darse una última oportunidad, nuevamente enfrentado con el espejo, se preguntó cuáles eran las cosas que para él no habían perdido su encanto. De un rápido inventario sólo rescató el olor del pan tostado y el tango *Una noche de garufa*. Dos cosas no le bastaron; por superstición creyó necesario llegar a tres. Registró la memoria, primero de cualquier modo, luego con método; personas («Mejor pasar de largo»); costumbres que tuvo alguna vez («Con esas manías quién no se cansa de sí mismo»); teatro en la Avenida de Mayo; billares en el centro; comidas de hombres solos, hasta muy altas horas, con discursos y cuentos procaces, por lo común en un restaurante de la recova del Once; en verano, siestas en un bosque, en el camino de La Plata; lecturas, que en otro tiempo lo entretuvieron, como la historia de la máquina del tiempo y demás fantasías en que algún viajero se aventuraba en el futuro, que era mundo bastante aterrador y melancólico. ¿Dónde estaban los libros? En casa de Carmen, probablemente, o de algún sobrinito de Carmen, al que ella en seguida los pasaba, como si le quemaran las manos.

Ya se había cansado de esa inútil pesquisa de objetos más o menos encantadores, cuando se acordó de un camión, en forma de oso polar, de una peletería, que lo había deslumbrado cuando era chico. «Llegué a tres —victoriosamente exclamó, para agregar demasiado pronto—: ¿Y bueno?» Mirando todavía el espejo, alargó la mano, a tientas, en procura del revólver. Segundos después, al seguir ese movimiento con los ojos, reparó en el diario sobre la mesa. Mejor dicho, reparó en el siguiente anuncio (recuadrado en negro, como aparecían en periódicos de provincia de otra época las avisos fúnebres): *¿Usted está convencido de que la vida lo ha cercado y atrapado, de que todo se le cae encima y de que no le queda otra escapatoria que el suicidio? Si no tiene nada que perder, ¿por qué no viene a vernos?* «Como si pensaran en mí —se dijo—. Mi caso exactamente.»

Felices los que pueden descargar su culpa en el prójimo: tarde o temprano se desahogan. ¿Por qué no le hablaba francamente a Carmen y aclaraban la situación como le aconsejaba Joaquín, el Zurdo de *Los 36*? ¡Aclarar la situación!: un alivio, un oasis, una meta inalcan-

zable, un sueño que más valía no soñar. Nuestra libertad
está limitada por lo que el prójimo espera de nosotros.
Carmen, de carácter rápido, de voluntad firme, de arranques generosos, le había asegurado: «Cuentas conmigo»,
para proceder en el acto a una de esas convincentes
explicaciones minuciosas, que parecían incompatibles con
su personalidad vivaz, pero que en realidad la comple-
mentaban y reforzaban. Carmen, Carmen, incesantemente
Carmen, preciosa, de facciones delicadas, nítidamente de-
lineadas, blanca, rosada, de mirada centellante, de sonrisa triunfal, de proporciones tan armoniosas que nadie
nunca soñó en llamarla enana. Si él abría una puerta,
del otro lado surgía, cerrando el paso, rápida como el
movimiento de un abanico, graciosa como la muñequita
vestida de bailarina de una caja de música, Carmen, de
ojos que adormecían la voluntad, de risa que infundía
alegría, de perfecta dentadura, blanca y filosa, de manos
minúsculas, con dedos pálidos y delgados, que termina-
ban en uñas como garfios. Involuntariamente se la representaba arrebatada en frenéticas espirales de zapateos
y taconeos a los que ponía fin, las manos en alto, con
un impetuoso *Voilà!* «El tiempo lo arregla todo», le
había dicho en *Los 36 billares,* Joaquín, el mejor zurdo
del paño verde, su amigo de siempre, a quien la vida le
salía bien por carambola. «Yo no tengo esa suerte o esa
maestría, pero tengo a Carmen», recapacitó y estiró resueltamente la mano. En ese momento lo estremeció una
detonación. Recordó después que en la Recoleta rendían
honores a un militar muerto. Como si el inesperado ca-
ñonazo lo precaviera contra cualquier sobresalto, poster-
gó el revólver hasta haber leído otra vez el anuncio. Lo
recorrió sin mayores ilusiones, pero cuando llegó al número de teléfono y a la exhortación *Llámenos ahora mismo,* se dijo: «¿Por qué no? Soy demasiado escéptico
para oponerme a nada», y por simple curiosidad, para
ver si en ese trance la vida le proponía una aventura,
llamó. En seguida contestaron.

—¿Quiere fijar una entrevista? —le preguntó una voz
de hombre cansada, pero serena—. Esta semana tengo

todos los días tomados..., salvo que usted pueda venir ahora mismo...

Tal vez porque estaba perturbado entendió que se le presentaba una oportunidad.

—Poder... puedo... —balbuceó.

—Anote.

—Un momento...

—Avenida de Mayo —dictó la voz cansada.

Almeyda cuidadosamente escribió el número, el piso.

—Ya está.

—Si no quiere esperar, no se demore, por favor.

Recogió el reloj, las monedas que había en el cenicero, el llavero que le regaló Carmen, mojó el pañuelo en agua de Colonia, y, al ordenar el escritorio, vio la libreta de cheques. «La llevo —pensó—. Después de todo no moriré sin pagar al sastre.» Como iría hasta Callao a tomar un taxímetro la sastrería le quedaba de paso.

El portero lo interceptó con grave deferencia.

—La señorita Carmen —anunció— le dejó un sobre. Voy a buscarlo.

—Me lo da más tarde, cuando vuelva.

Se alejó por la calle antes de que el portero protestara. Entró en la sastrería. El sastre le preguntó:

—¿Le muestro un corte de género?

—No creo que necesite trajes nuevos —contestó—. He venido a pagar, nada más. ¿Le sorprende?

—No, señor, uno se lleva sorpresas cuando quiere.

Ni bien salió a la calle, un taxímetro quedó libre. Lo ocupó, dio la dirección y comentó para sí: «Tengo suerte. Cómo andarán mis cosas que solamente pienso que tengo suerte cuando consigo un taxímetro.»

Con el conductor mantuvo un diálogo sobre los avisos que leemos en los diarios.

—¿Usted qué opina? —preguntó Almeyda—. ¿Habrá que tomarlos en cuenta?

—Mi señora siempre los lee, y hay que ver las oportunidades que consigue. Si protesto que en la casa no caben más cachivaches, me confunde con alguna salida inesperada, como el que guarda tiene, y me hace ver que

gracias a un aviso me compró el cinturón eléctrico que
llevo puesto hasta el día de hoy.

El conductor parecía muy atento a lo que decía, pues
al llegar a la Avenida de Mayo se mostró sorprendido
de que hubiera automóviles en la calle, y apenas evitó
el encontronazo; un colega suyo, al sortearlo, se estre-
lló contra un ómnibus. Dieron fin a esa parte del episodio hierro y cristales en sucesivo estrépito.

Cuando bajó del automóvil, Almeyda sintió flojas las
piernas; no era para menos: primero, la salva en honor
del militar muerto; después, el choque. Se dijo que por
aprensión al ruido y a la sacudida esa tarde no tendría
fuerzas para gatillar el revólver, pero que si llegaba con
vida a la noche se encontraría de nuevo con Carmen. Por
la Avenida de Mayo, al 1200, buscando la puerta correspondiente al número que traía anotado en un papel, llegó
a pocos metros del teatro Avenida. «Qué destino. Los
mismos lugares de siempre —exclamó—. Debiera volverme a casa.» Como había llegado hasta ahí, se dijo
que más le valía enterarse de qué le propondría el esta-
fador del anuncio. En el *hall* de entrada notó un vago
olor desagradable, como si el portero cocinara con for-
mol; subió hasta el quinto piso; leyó *Doctor Edmundo
Scotto,* en una chapa de bronce, que se le antojó fune-
raria; siguió a una muchacha vestida de enfermera hasta
un consultorio o despacho, con las paredes cubiertas
de libros, donde un viejito en guardapolvo, desde atrás de
un escritorio, donde había infinidad de papeles y una
bandeja con un café con leche completo, le anunció con
la boca llena:

—Lo esperaba. Soy el doctor Scotto.

Era, sobre todo, minúsculo («Como mandado a hacer
para Carmen», se dijo Almeyda), pero también endeble
y de color de cadáver.

—He venido por el aviso.

—Perdone que no lo convide —Scotto se disculpó—.
Habría que pedir su completo a la lechería, que está a
la vuelta, y es notable lo que demoran.

Arriba del médico, en la pared del fondo, colgaba
un cuadro muy oscuro que representaba a Caronte con un

pasajero en su barca o a un gondolero que, por un canal de Venecia, llevaba a un enfermo o quizá a un muerto.

—He venido por el aviso —repitió Almeyda.

—¿Me perdona si como? —inquirió el doctor, mientras rebanaba el pan y lo mojaba en la taza—. El café con leche frío ¡no se lo recomiendo! Hable, por favor. Dígame todo lo que le pasa.

—No faltaría más —contestó Almeyda, con una irritación incomprensible, alentada, a lo mejor, por la fragilidad del médico—. Usted pone un aviso bastante sibilino, reconozcámoslo, yo me costeo hasta su consultorio, con la salvedad de que no me hago la menor ilusión, y ahora me sale con que soy yo el que debe dar explicaciones.

El doctor Scotto se pasó el pañuelo, primero por el bigote mojado en café con leche, después por la frente, suspiró y, ya dispuesto a hablar, advirtió una medialuna en el café con leche, mordió y masticó. Observó por fin:

—Yo soy el médico y usted es mi enfermo.

—Yo no estoy enfermo ni soy suyo.

—Antes de prescribir el tratamiento, el médico escucha al enfermo.

—En su aviso usted mismo ha descrito con bastante acierto, para qué negarlo, mi situación. ¿Qué más quiere que le diga?

El doctor preguntó con súbita alarma:

—¿No andará con problemas de dinero?

—No, no es eso. Una mujer.

—¿Una mujer? —Scotto recuperó el aplomo—. ¿Una mujer que no lo quiere? ¡*La donna e mobile*! Por favor, señor, no me distraiga con niñerías.

—Una mujer que me quiere.

—Permítame, le voy a recomendar un psicoanalista —escribió un nombre y una dirección en el recetario— para que usted no pierda la única oportunidad de ser feliz que nos queda a los hombres en este mundo que se acaba: la formación, la consolidación de la pareja.

—¿Entiendo bien lo que trata de decirme? —preguntó, y lentamente se incorporó.

—No lo tome así —contraído, Scotto lo miraba desde abajo—. ¿Es tan grave?

—Irrespirable. Estoy vivo, provisoriamente nomás, porque leí su aviso en el diario.

—¿No puede esconderse por un mes en casa de un amigo? El tiempo lo arregla todo.

—Tengo precisamente un amigo que siempre me repite esa frasecita; pero ni él ni usted la conocen a Carmen.

—¿A quién? —preguntó Scotto, poniendo un mano como pantalla en la oreja.

—No importa, doctor; si no puede ofrecerme nada, me vuelvo a casa.

—Mi sistema reconoce por base el principio irrefutable de que el tiempo lo arregla todo. En síntesis, mi buen señor, yo a usted lo duermo y lo hielo. Cuando despierte (después de un sueñito de cincuenta o de cien años) la situación ha evolucionado, en la costa no quedan moros. Hago hincapié, eso sí, en que usted pierde lo que yo he de llamar la gran opción de la pareja. La última reunión de la pareja será siempre mi propósito irrenunciable.

—Está bien. Me vuelvo a casa.

—No se enoje, no insisto. Para mostrarme cooperativo le señalaré, en mi sistema de sueño congelado, una ventaja que su espíritu curioso valorará: la ocasión de practicar turismo en el tiempo, conocer el futuro.

—De acuerdo. Si me hiela ahora mismo, le acepto el sueño de cien años.

—No se apure. Procederemos primero a examinarlo exhaustivamente. Le recomiendo un laboratorio serio, donde le efectuaremos radiografías y análisis a precios interesantes. Debo cerciorarme de que su organismo resistirá.

—¿Mi organismo resistirá mejor una bala?

—Ni en broma lo diga. Póngase en mi lugar. La reputación del doctor Scotto, ¿cómo queda si usted revienta? Además, apreciado señor, yo desconozco sus medios, pero supongo que deberá tomar algunas disposiciones para hacer frente. A ojo de buen cubero calcule: cien años de alquiler, más la atención y manutención.

—Le extiendo un cheque por todo lo que tengo en el banco.

El doctor examinó, sin prisa, el talonario. Por fin declaró:

—Usted me paga un año o, si el coste de la vida no sube, dos años. Después empieza a costarme plata.

—No se preocupe. Me voy a casa. Yo vine aquí por simple curiosidad, pero tengo mi plan perfectamente trazado.

—Por mi parte, yo tengo un gran defecto. Soy lo que se llama un hombre débil, que se deja convencer por la última persona que le habla. Pero, óigame bien, si mañana se me acaban los fondos, usted es el perjudicado. No lo voy a dejar morir, pero lo despierto quizá prematuramente.

—No se preocupe. Me voy a casa.

—¿Esa casa de la que siempre está hablando es de su propiedad? ¿Dispone de otros bienes? Cuanto más cuantiosos, mejor. Llamo al escribano, que está en el mismo edificio, lo consultamos, y usted me extiende un poder.

Concluyó por fin con los trámites legales. Pensó que si el doctor Scotto se propusiera irritarle los nervios y agotarlo, antes de la congelación, no podría elegir un procedimiento más eficaz. Ni siquiera a la tarde, cuando empuñó el revólver, había estado tan nervioso.

Un ayudante del médico lo llevó a un cuartito y empezó a auscultarlo. Almeyda asumió un aire de gran calma, casi de postración; pero el corazón le golpeaba en el pecho. «Si no me domino —pensó—, quién sabe qué enfermedad va a descubrirme.» Para tranquilizarse practicó su habitual método de imaginar praderas verdes y árboles. El ayudante le tomaba la presión y conversaba.

—El señor ¿de qué se ocupa?

—Dicto un curso de historia en el Instituto Libre —contestó Almeyda—. Antigua, moderna y contemporánea.

—Y ahora podrá añadir futura —dijo el hombre, sin observar tal vez el rigor lógico—. Porque tengo enten-

dido que el señor se larga en vuelo directo al siglo que
viene. ¿Qué le parece?

—¿Cómo será el futuro? —Almeyda preguntó en un
tono que simulaba indiferencia.

—No habrá trabajadores. No habrá esclavos. Del trabajo se encargarán las máquinas.

—Detrás de la máquina estará el hombre que la ma-
neje.

—Por algo desconfío del maquinismo. Animales ha-
rán el trabajo. O seres de otro planeta, seres inferiores,
traídos especialmente.

—Por los traficantes de esclavos...

—Algo mejor, le propongo algo mejor: a los hombres
apocados, que no quieran hacer frente a las contingen-
cias de la vida, les infundirán por algún método científico
la felicidad, la pura felicidad, a condición de que tra-
bajen. Vale decir que esclavos felices trabajarán para el
resto de los hombres.

—¿Sabe una cosa? —comentó Almeyda, como si hablara solo—. Me parece que el futuro no me gusta nada.

—Y, sin embargo, allá va en vuelo directo.

Lo pasaron a otro cuarto. Lo acostaron. Lo rodearon
Scotto, el ayudante y tres enfermeras. Antes de dormirse miró, en la pared de la izquierda, el calendario y se
dijo que el 13 de septiembre de 1970 emprendía la aventura más extraña de su vida.

Soñó que se deslizaba por una barranca nevada y que
seguía después por un angosto sendero hasta la boca
de una caverna; desde la oscuridad le llegó un rumor de
risas.

—Estoy despierto —afirmó, como quien se defiende—
y no sé nada de la bella del bosque.

Lo rodeaban dos hombres y una muchacha. En seguida se preguntó si esas personas habían hablado de la
bella del bosque o si él había estado soñando.

—¿Hormigueo en los pies? —dijo uno de los hombres.

—¿Se le durmieron los dedos de la mano? —dijo
el otro.

—¿Quiere una manta? —dijo la muchacha.

Se encorvaron para examinarlo de cerca. Temió por un instante que los desconocidos le ocultaran con sus cuerpos algún extraño servidor, un animal o un mecanismo. Apenas trató de incorporarse divisó entre dos cabezas el calendario. Con desconsuelo se dejó caer en la almohada.

—Despacito, despacito —dijo la muchacha.

—¿Debilidad? —preguntó uno de los hombres.

—¿Un mareo? ¿Un vértigo? —preguntó el otro.

Por despecho no contestó. Lo habían sometido a un simple ensayo o, peor aún, el experimento había fracasado; el calendario seguía en el 13 de septiembre.

—Quiero hablar con Scotto —dijo, sin disimular su abatimiento.

—Soy yo —contestó uno de los desconocidos.

—No… —Almeyda inició una protesta, que se transformó en confusa explicación, porque de pronto entrevió una duda. Al dormirse, ¿tenía el calendario a la derecha o a la izquierda? Ahora lo tenía a su izquierda. Dijo: «Quiero levantarme.»

Se incorporó, apartó a los desconocidos, no sin vacilaciones dio unos pasos en dirección a la pared. En el calendario, debajo del número 13, leyó una fecha increíble. Había dormido cien años. Pidió un espejo: se encontró pálido, con la barba un tanto crecida, pero más o menos igual a siempre. Quedaba, por cierto, la posibilidad de que todo fuera una broma.

—Ahora me va a beber la poción —dijo la muchacha, y le puso entre las manos un enorme vaso de leche.

—Me la toma de un trago —dijo uno de los hombres.

Aquello parecía leche, pero no lo era; sabía quizá a petróleo.

—Ya se bebió el primer vaso —dijo el otro.

—Antes de beber el segundo pasará un rato descansando en la salita de espera —dijo la muchacha.

—Después tendremos una charla amistosa —dijo uno de los hombres.

—Hay que prepararlo —dijo el otro.

—Hay que prevenirlo —dijo la muchacha— sobre la rigurosa reducción de sus medios económicos y sobre lo que va a encontrar en la calle.

—No está preparado. Antes deberá descansar un rato y fortificarse con la segunda poción —dijo uno de los hombres.

—Lo pasaremos a la salita de espera —dijo el otro.

La muchacha abrió la puerta y declaró:

—Está ocupada.

—Lo sé —replicó uno de los hombres—. Son contemporáneos. Aunque hablen no hay peligro.

—Entre —le dijo el otro.

Iba a entrar, pero se detuvo, ¿aún no había despertado? Si no soñaba, ¿cómo podía sonreírle, plantada en el centro de la salita?... Un instante después, para ocultar sin duda la mueca en que se mudaba la sonrisa, Carmen animosamente se arrebató en espirales y taconeos, alzó estática los brazos y por fin los abrió, para brindársele toda, al grito de:

Voilà!

Tras un silencio articuló Almeyda:

—No esperaba...

—¿Por qué disimulas tu generosidad y tu amor? —preguntó Carmen, ya segura—. Escribí esa horrible carta en un arranque, en un mal momento. No sé cómo decírtelo: creí que me asfixiaba, que no aguantaba más. Pensé, ¡qué horror!, en el suicidio, ¡perdóname!, y entonces vi el aviso del doctor Scotto, vine a visitarlo y lo convencí de que me durmiera, y te dejé esa carta horrible, y la leíste, no me guardaste rencor, me perdonaste, quisiste dormir mientras yo dormía, pensemos que hemos dormido juntos, mi amor, y ahora, de veras y para siempre, cuentas conmigo.

Indice